अँधेरों से उठती गुहार
कांटे की बात-7

कांटे की बात-1
न लिखने का कारण
कांटे की बात-2
अनपढ़ बनाये रखने की साज़िश
कांटे की बात-3
गुलामी का आनंद और स्वतंत्रता के ख़तरे
कांटे की बात-4
आगे रास्ता बंद है
कांटे की बात-5
खामोश, चिंतन चालू आहे !
कांटे की बात-6
स्थगित यात्राएँ
कांटे की बात-7
अँधेरों से उठती गुहार
कांटे की बात-8
खंड-खंड पाखंड
कांटे की बात-9
शब्द का भविष्य

पिछले 30 वर्षों में लिखी गयी समीक्षाओं, टिप्पणियों, अनुवीक्षाओं, 'हंस' के संपादकीयों से चुनाव

कांटे की बात-7

अँधेरों से उठती गुहार

राजेन्द्र यादव

समायोजन

विद्यानिधि

वाणी प्रकाशन

वाणी प्रकाशन का 'लोगो'
विख्यात चित्रकार मक़बूल फ़िदा हुसेन की
कूची से

ISBN : 978-93-5000-340-4

वाणी प्रकाशन
21-ए, दरियागंज, नयी दिल्ली-110002
द्वारा प्रकाशित

फोन : 0091#11#23273167, 23275710
फैक्स : 0091#11#23275710
ई-मेल : vaniprakashan@gmail.com
vani_prakashan@yahoo.com
वेबसाइट : www.vaniprakashan.com
संस्करण : 2000
द्वितीय संस्करण : 2011
मूल्य : 200.00

जय भारत प्रिंटिंग प्रेस, शाहदरा, दिल्ली-110032
द्वारा मुद्रित

(Kante Ki Baat-7)
ANDHERON SE UTHATI GUHAAR
by : Rajendra Yadav

बीमार का हाल अच्छा है

छुट्टियों में दिल्ली आना हुआ, तो सोचा, राजेंद्र जी की कुछ खैर-खबर ले ही ली जाए, सुना है पिछले दिनों काफी बीमार रहे 'बेचारे'। फोन घुमाया—''अब तबीयत कैसी है ?'' टका-सा जवाब मिला—''हमारी तबीयत को क्या होना है !'' भाव कुछ यूँ कि 'तबीयत खराब हो हमारे दुश्मनों की'।

सो, अपनी तबीयत की खैर मनाते 'बीमार' का हाल पूछने 'हंस' पहुँची, तो देखा, वही पुराना, जाना-पहचाना दरबार लगा है और वही भला-चंगा, तंदुरुस्त आदमी पाइप से धुआँ उगलते, मज़े से बतिया रहा है। बाहर ऐसी ग़ज़ब की ठंड है कि सूरज भी मरियल-सा मुँह लिये बैठा है, कोहरे से मौसम का 'मूड' तक उखड़ा हुआ है (कम्बख्त दिल्ली में तो अब ढंग का जाड़ा भी नहीं आता और हिमाचल में मौसम से शिकायत मुझे कभी नहीं होती), पर 'अक्षर' के अंदर के माहौल में वही गर्माहट बरकरार है—कुछ तो कृत्रिम ढंग से गर्म हवा देने वाले हीटरों की और कुछ बात-बात पर लगने वाले अकृत्रिम ठहाकों की। 'चलो, कहीं तो मौसम खुशगवार है' सोचकर चैन की साँस ली ही थी कि फरमान जारी हो गया—''काँटे की बात-8 के अगले खंडों का क्या हुआ ? अस्पताल में था तो सोचा कि कहीं ऐसा न हो कि मैं चल बसूँ और किताबें तुम्हारे पास ही धरी रह जायँ !''

इच्छा तो हुई कि कहूँ—''उफ, मरते-मरते भी आपको किताबों की सुध न गई। कब छूटेगी यह मोह-माया ? फिर, किताबें ही तो थीं, ऐसा कौन-सा गढ़ा हुआ खजाना छोड़ जाते।'' लेकिन इन कड़वे वचनों को मन ही में रखकर, सहानुभूति और आश्वासन के मिले-जुले स्वर में मैंने दिलासा दिया—''कोई नहीं, मेरी छुट्टियाँ खत्म होने से पहले पहुँच जाएँगी किताबें आपके पास।''

इस तरह मैंने अपना वायदा निभाया और 'हंस' के पिछले तीन सालों के संपादकीय और इधर-उधर छपे लेख 'काँटे की बात' के अगले तीन खंडों के रूप

में यहाँ प्रस्तुत हैं। वैसे, एक लेखक के पास किताबों से ज़्यादा अपना-आत्मीय और कुछ होता भी नहीं, इसलिए उनसे ज़्यादा मोह-ममता और किससे होगी। फिर, किताब अगर खुद रची हो, तो सृजन करने का लेखकीय बड़प्पन उसे और भी प्यारा बना देता है। हाँ, पढ़ने वालों के लिए ये किताबें कितनी अपनी हो पाती हैं, उनके दिल की बात को भी जुबाँ पर लाती हैं या असहमति ही की कोई प्रतिक्रिया जगाती हैं, उन्हें कोई गढ़ा हुआ खजाना मिलता है या नहीं, यह देखना बाकी है।

मुद्दे कई हैं, विवाद अनेक। बीसवीं सदी हमारे देखते-देखते मुट्ठी में से रेत की तरह फिसल रही है—वही अनसुलझी पहेलियाँ फेंककर, चिंता और खेद के विषय छोड़कर। मध्यवर्ग की मरण-कामना ऐसा ही एक मुद्दा है, जो **सातवें खंड—'अँधेरों से उठती गुहार'** का मुख्य विमर्श-बिंदु है।

स्वतंत्रता के पहले दशक में जो मध्यवर्ग युवा आकांक्षाओं और अनंत संभावनाओं से खलबला रहा था और अपनी उद्दाम ऊर्जा की लक्ष्मी को दृष्टि विहीन भ्रष्ट नेताओं की रूढ़िबद्ध राजनीति में कैद पाकर अँधेरों से गुहार उठा रहा था, वही आज **'मुझे मेरे खोल में रहने दो'** का नारा बुलंद कर रहा है। आज वह पितृ-पीढ़ी में तब्दील हो चुका है। उसकी ट्रैजिडी यह है कि उसने भ्रष्ट व्यवस्था के साथ सुविधा-समझौतों के 'बड़े अच्छे' समीकरण बिठा लिये हैं। पर अपनी ही बनाई मूर्ति को ध्वस्त कर वह ग्लानि और अपराध-बोध से मरा जा रहा है। खुद मरकर उसने जिस नई उपभोक्तावादी युवा पॉप पीढ़ी को जन्म दिया है—अपनी अवैध संतान के रूप में—उसी पीढ़ी ने उसे आज निरर्थक और अप्रासंगिक बना दिया है। **'अप्रासंगिक पाठ के टूटने का दर्द'** लेकर अब वह कहाँ जाए ? अचरज की बात तो यह है कि इतनी तूफानी उथल-पुथल से गुज़रने के बावजूद यह पीढ़ी अब भी पूरी तरह आत्मलिप्त होकर अपने साहित्य में अपनी ही प्रासंगिकता तलाश रही है। वह भी, बाहर के संघर्षों से जुड़कर नहीं, बल्कि अध्यात्म और व्यक्तिगत मोक्ष के खोखले प्रयासों में। हिंदी प्रदेश का वैचारिक संकट यही है कि उसमें बंद दृष्टि से अपना सीमित, संकुचित, व्यक्तिगत सत्य ही लिखा गया है। ईश्वर, स्त्री और समाज—इन तीनों के प्रति उसका नज़रिया अपरिवर्तनवादी, परंपराबद्ध, प्रश्नहीन समर्पण का रहा है। **'अभिनिवेशी और उपनिवेशी महानताएँ', 'पतन की स्वतंत्रता के पचास साल'** जैसे कई लेख मुख्य धारा के हिंदी साहित्य की इसी जड़ता के सौ वर्षों का इतिहास बताते हैं—व्यक्ति-स्वातंत्र्य से लेकर उत्तर-आधुनिकतावाद तक। 'खिलेगा तो देखेंगे', 'हमजाद', 'नर-नारी' जैसे उपन्यास लेखक के अनुसार मनुष्य के व्यक्तित्व के ध्वंस की ऐसी ही कथा सुनाते हैं, जहाँ न स्मृति है, न भविष्य; जहाँ मनुष्य स्वयं स्थगित हो गया है; स्थिति, विवरण और सूचना मात्र रह गया है।

नई उत्तर-आधुनिक स्थितियों में वर्चस्ववादी साहित्य कैसे अप्रासंगिक हो गया है, इसके लक्षण विश्व-साहित्य की 'क्लासिक' रचनाओं के अनुवाद के प्रति उपेक्षा

में भी दिखाई दे रहे हैं, जिसकी चर्चा **'खुद कहीं अनुवाद हैं हम'** में की गई है। समय गुज़रने के साथ जो जाने-पहचाने, आत्मीय-अजनबी साथ छोड़ गए हैं, उनके प्रति श्रद्धांजलियाँ हैं **'स्मृति-दंश'** में।

हिंदुत्व हो या राष्ट्रवाद, नारी-आरक्षण हो या दलित-लेखन–ये सभी मुद्दे पिछले कई दशकों से राजेंद्र जी की चिंतन-प्रक्रिया के मुख्य सरोकार रहे हैं, इसलिए प्रायः इन सभी लेखों में प्रकारांतर से समा ही जाते हैं। कई स्थानों पर इनमें दोहराव की स्थिति बन जाती है, जो थोड़ी झुँझलाहट भी पैदा करती है। कई प्रश्न ऐसे भी हैं, जहाँ सही-ग़लत के तर्कों-कुतर्कों के बावजूद राजेंद्र जी अपने अंतर्विरोधों से उबर नहीं पाते। इसलिए **'अपने मुख अपनी ही करनी'** में बिना किसी पुरस्कार, फैलोशिप और सरकारी सम्मान के इतने लंबे सालों तक 'हंस' निकालने और लेखकीय स्वतंत्रता के प्रति अपनी प्रतिबद्धता बचाए रखने का ढोल बजाने के बाद जब वे खुद को पुरस्कारों की काजल की कोठरी में पाते हैं, तो झट **'गरीब साहित्य और संपन्न साहित्यकार'** का तर्क उठा लेते हैं अब यही 'पुरस्कार' हंस के स्वतंत्र-निर्भीक व्यक्तित्व को बनाए रखने के लिए अपने व्यक्तिगत अहं का त्याग बन जाता है। (दिल को बहलाने का यह ख्याल अच्छा है।) वैसे भी, सही और ग़लत इसके ऊपर निर्भर करता है कि हम कहाँ खड़े हैं और किस कोण से उसे देख रहे हैं ठीक है न !

7 जनवरी 1999 **विद्यनिधि**

क्रम

अँधेरों से उठती गुहार : लक्ष्मी कहाँ कैद है ?

शायद बात उन दिनों की है जब जमशेदपुर में मुझे गोली लगी थी। मुझे बताया गया था कि महीना-भर सीढ़ियाँ नहीं चढ़ना है और कहीं ग्राउंडफ्लोर में ही आराम करना है। कलकत्ता में डायमंड हार्बर रोड पर हमारा फ्लैट था तीसरी मंजिल पर। सुधा अरोड़ा के पिता रामलुभाया अरोड़ा का साबुन का कारखाना नॉर्थ-कलकत्ता में राजा बाजार में था। कमलाकांत द्विवेदी इस परिवार के पुराने मित्र थे। चूँकि मैं, कमला और कृष्णाचार्य एक साथ फ्लैट में रहते थे, इसलिए कुछ मित्र कॉमन हो गए थे। कृष्णाचार्य उन दिनों कुछ भी न खाने-पीने वाले पोंगा बनारसी थे (वैसे थे मथुरा के) इसलिए रविवार को अपने प्रोग्राम अलग बनाते थे—बड़े बाजार में कभी किसी सेठ के यहाँ तो कभी मथुरा के किसी चौबे के यहाँ हम जाते थे रामलुभाया के घर चौथी मंजिल पर। खाना-पीना घूमना साथ होता था। इन्हीं दोनों के साथ मैं जमशेदपुर गया था, कमला के भतीजे के नामकरण या किसी संस्कार के अवसर पर। वहीं गोली-कांड हुआ।

बहरहाल, तय हुआ कि मैं उसी साबुन की फैक्टरी के दफ्तरवाले हिस्से में तख़्त पर एक महीना रहूँगा। रामलुभाया के घर से टिफिन में बढ़िया खाना दोनों वक्त आ जाता और मैं सारे दिन लेटा-लेटा या तो पढ़ता-लिखता या कारोबार होते देखता। गंदी, चारखाने वाली लुंगियाँ लगाए, बीड़ी पीते छोटे-मोटे दुकानदार आते और बड़ी-बड़ी झल्लियों में थोक के भाव साबुन की टिक्कियाँ ले जाते। कैंची छाप या ऐसा ही कुछ साबुन था—कपड़े धोने का साबुन, बनता शायद पास ही कहीं और था। सारे दिन काफी गहमागहमी रहती। कृष्णाचार्य और कमला रोज़ ही आते, कलकत्ता के मित्र भी आते रहते। आराम के बीच मैं 'उखड़े हुए लोग' को टाइप भी करता रहता। रात को रह जाते हम लोग, यानी एक चौकीदार, एक मैनेजरनुमा आदमी और मैं। मेरे तख़्त से जरा हटकर मेज-कुर्सी, साबुन तौलने के लिए तराजू और सामने दीवार पर साबुन के खाली-भरे क्रेट...रात का सन्नाटा और आस-पास से आती आवाज़ें...जहाजों के भोंपू, ट्रेनों की सीटियाँ और ट्रामों, बसों की घंटियाँ, गुर्राहटें, फैक्टरियों के घंटे, राजा बाज़ार

मजदूरों और छोटे-मोटे कारखानों की बस्ती थी। आज कहूँ तो बुरी तरह प्रदूषित।

मुझे लगता है—'जहाँ लक्ष्मी कैद है' में आटे की चक्की वाला कमरा यहीं से आया होगा। चारों तरफ बिखरे शोरे, साबुन के चूरे...तेलिया-गंध, चिपचिपाहट आगरे में न जाने कितनी बार साइकिल के पीछे कनस्तर लादकर हम गेहूँ पिसवाने जाते थे और घंटों चक्की के पास बैठे रहते थे। हर जगह बिखरे आटे की रेत ज़हन का हिस्सा बन गई थी। बाकी कहानी का घर, लोहे के टट्टरों (जाल) से घिरे अँधेरे आँगन, छज्जे और उनका काफ्काई माहौल तो आगरा में भरे पड़े थे, उन्हें लाने के लिए किसी विशेष जगह को याद करने की ज़रूरत नहीं है। चार-पाँच ऐसे आँगनों की तो हमारी अपनी ही हवेली थी जिसके कुछ हिस्से में बाद में बासु चटर्जी ने 'सारा आकाश' की शूटिंग की।

मगर कहानी का मूल सूत्र मिला था बहुत पहले आगरा में ही। उन दिनों कथाकार अमरकांत का नाम था श्रीराम वर्मा। वह और विश्वनाथ भटेले 'सैनिक' में नौकरी करते थे और प्रगतिशील लेखक संघ की मीटिंगों में आते थे। भटेले निहायत चुलबुली और चहकती पत्रकारी भाषा में अक्सर हर हफ्ते कोई कहानी-लेख लिख डालता और घर आकर या मीटिंग में सुना जाता। अनिवार्यतः साथ होता था श्रीराम वर्मा। चेहरे पर शैतानी-भाव लिये दुष्ट आँखों से मुस्कराता। बोलता कम था। मगर सही जगह सही चुटकी लेकर सारा माहौल बदल देता। किसी को तब शक भी नहीं होता था कि एक दिन यह कम्बख्त अमरकांत नाम से अवतार लेकर हिंदी कहानी में तूफ़ान खड़ा कर देगा। कचहरी के पास दोनों एक साथ रहते और कभी मेरे यहाँ तो कभी वहाँ अड्डा जमता। सधे गले से ग़ज़लें गाने और पकौड़े बनाने में श्रीराम माहिर था। कोई अंत था उन दिनों गप्पों का !

कई जगह मैं लिख भी चुका हूँ और अभी तक याद है वह दृश्य : चाँदनी रात में हम तीनों दयालबाग की पुलिया पर बैठे थे। नीचे सूखी नाली में पानी का गड्ढा था और उसमें चाँद पूरा का पूरा उतर आया था। भटेले आगरा के शांति प्रेस और कांति प्रेस की कहानी सुना रहा था—पूरी नाटकीयता के साथ। दो भाइयों ने अपनी-अपनी बेटियों के नाम पर प्रेस बनाए थे, बाकी कहानी वही थी जो 'जहाँ लक्ष्मी कैद है' में आई है। भटेले द्वारा बताया कहानी और नायिका का एक-एक विवरण, पुलिया के आस-पास का माहौल और गंदे पानी में झिलमिलाता चाँद—सभी कुछ मेरे दिमाग में ऐसा खुद गया था कि आज भी उतना ही साफ दिखाई देता है। उन दिनों हर जगह कहानी और कविताएँ लहराती थीं (जी हाँ, उन दिनों कविता से भी ज़ोर-आजमाइश चल रही थी।) शायद उस क्षण कोई कविता ही दिमाग में आ रही थी जिसका शीर्षक उभर रहा था—'चहबच्चे में कैद चाँद' या ऐसा ही कुछ। बाद में वही सब मिल-घुलकर 'लक्ष्मी' की कहानी बनी।

उन्हीं दिनों अश्क जी ने 'संकेत' की योजना बनाई और साथ लिया कमलेश्वर

और मार्कण्डेय को। दोनों ने कहानी के लिए दनादन पत्र लिखे तो मैंने डायमंड हार्बर रोड के फ्लैट में ही एक या दो बैठकों में कहानी लिख डाली। 'कमजोर लड़की की कहानी', 'त्याग और मुस्कान' भी शायद उसी पखवाड़े में लिखी गई। मैं दिन भर 'ज्ञानोदय' में काम करता, शाम को कॉफी हाउस जाता और रात में कहानियाँ लिखता--या कमला और कृष्णाचार्य से बहसें करता। कृष्णाचार्य का कई अर्थों में बपतिस्मा भी तब हमारे कार्यक्रम का हिस्सा था।

'जहाँ लक्ष्मी कैद है' किस तरह और क्यों लिखी गई, मैं आज भी तय नहीं कर पाता। उन दिनों हेमलता मेरी पत्र-मित्र थी। 'सारा आकाश' (प्रेत बोलते हैं) पढ़कर आगरा में पहला खूबसूरत पत्र आया था। तब से वह सिलसिला चलता रहा। मिले हम तीन-चार वर्ष बाद--मगर पत्र हर हफ्ते आते। बड़ी साहित्यिक और रोमानी बहसें, बातें और किशोर मानसिकता; कैसी होगी यह लड़की, विवाहिता, अकेली या परिवार के साथ ? बिना मिले बरसों चलने वाले इस संवाद ने सचमुच मेरी कल्पना को पंख लगा दिए थे। हो सकता है, लक्ष्मी को बिना देखे, नायक का उसके बारे में कल्पनाएँ करना, पत्रिकाओं के माध्यम से संदेश भेजना--सबकी प्रेरणा के पीछे यही नेपथ्य की आवाजें रही हों। मगर हेमलता तो बेहद ही संपन्न घर की थी और आज कलकत्ता, कल ऊटी के विवरणों से उनके पत्र भरे रहते थे, उपहार आते थे। देश के न जाने किन-किन हिस्सों से लंबे-लंबे फोन करती थीं--बेहद ही मीठी और मधुर निश्चिंत आवाज में। लक्ष्मी की घुटन और आर्थिक खींचतान का तो वहाँ सवाल ही नहीं है। फिर यह लक्ष्मी कौन है ? कांति और शांति प्रेस वाली अनदेखी लड़की ही रही होगी। हेमलता तो उन दिनों 'शह और मात' या 'एक इंच मुस्कान' की प्रमुख पात्र थी।

बहरहाल, कहानी छपी तो लगभग धूम ही मच गई। सुना, 'संकेत' पुस्तक में कहानी को किस नंबर पर दिया जाए, इसे लेकर भी इलाहाबाद में काफी उठा-पटक हुई--यह सूचनाएँ कमलेश्वर से मिलती रही थीं। फिर किस तरह कहानी 'संकेत' में पहले स्थान पर छपी, यह नहीं पता। शायद अश्क जी का वीटो था। आज कह सकता हूँ कि 'खेल-खिलौने' के बाद यह दूसरी कहानी थी जिसने मुझे रातों-रात प्रसिद्धि दी। तब से अब तक मैं इसी कहानी के नाम से जोड़ दिया गया हूँ। अमरकांत का एक पोस्टकार्ड अभी तक याद है, "ज़रूर इस कहानी पर सोचते-सोचते तेरी नाक हाथी की सूंड जितनी लंबी हो गई होगी" जिसे देखो वह 'जहाँ लक्ष्मी कैद है' की तारीफ़ करता, न जाने कितने संकलनों और अनुवादों में इसे शामिल किया गया। खुशी और गर्व जरूर होते, मगर मैं भीतर चकित होता कि इस कहानी में ऐसा आखिर क्या है ?

सूत्र दिया भारतभूषण अग्रवाल ने। वे भी आगरा-मथुरा के उसी माहौल से आए थे जिससे मैं। वैश्य परिवार के थे। हमारा मुहल्ला राजा मंडी भी मध्य और निम्न मध्यवर्गीय वैश्यों से भरा था। दुकानदारों और व्यापारियों का मुख्य केंद्र। उन्हीं घरों-परिवारों में सारा बचपन बीता था। कहानी की तारीफ करते हुए भारत जी ने

कहा, "जो आदमी यू.पी. के बनिया परिवारों को नहीं जानता, वह न इस कहानी को लिख सकता है, न समझ"। धन की आसक्ति, कंजूसी, आत्मनिग्रह और एक खास-किस्म की रूढ़िवादिता-अंधविश्वासों में आस्था की 'साइकी' से ही शायद उनका तात्पर्य रहा होगा। निश्चय ही लक्ष्मी वहाँ की सबसे बड़ी देवी है—रग-रग में बसी हुई। चौबीसों घंटे पैसे का हिसाब, उसी के बारे में सोचना, कमाई के सपने देखना शायद उनके अस्तित्व का हिस्सा है। दस पैसे के काम को एक पैसे में कराने के लिए घंटों घिस-घिस। इस जीवन पद्धति में परिवार और बाहर से या तो संबंध कम है या इसी सेतु से चलकर है। हर वक्त एक ही धुन, पैसा कमाना है ! क्यों कमाना है, किसके लिए और कब तक कमाना है—ये सारे प्रश्न अप्रासंगिक हैं। कमाना एक रूढ़ि और अंधविश्वास की तरह उनके खून में है। इसे भोगने की बात शायद उनके दिमाग के किसी हिस्से में नहीं होती। बेटा-बेटी, पत्नी, भाई सब इसी के लिए हैं। धन वहाँ ऐसी बेटी की तरह है जिसे भोगना पाप है और मुक्त करना मौत। हालाँकि इन लोगों में खर्चा सिर्फ शादी-विवाहों में ही खुलकर होता है। विश्वास यह भी है कि ये मर जाने के बाद साँप बनकर धन की रक्षा करते हैं। न जाने कितनी कहानियाँ इन साँपों को लेकर लोक-जीवन में प्रचलित हैं।

हर तरह की रचना में राजनीतिक अर्थ निकालना नामवर सिंह की विशेषता है और सुनते हैं उन्होंने मेरी एकाधिक कहानियों के ऐसे अर्थ निकाल भी रखे हैं जिन्हें लिखते समय दिमाग में दूर-दूर तक कहीं राजनीति नहीं थी। मगर आज इसमें भी मुझे भी एक राजनीतिक रूपक दिखाई देता है : स्वतंत्रता के पहले दशक में युवा-वर्ग अनंत संभावनाओं, आशाओं और आकांक्षाओं से खलबला रहा था, मगर दृष्टिहीन भ्रष्ट नेता-वर्ग हर अवसर और साधन पर कुंडली मारे बैठा था। उसने नयों के हर 'इनीशियेटिव' को कुचल दिया था। युवा वर्ग के स्वप्न-भंग और इस नेतृत्व के विश्वासघात ने बाद में इसे धीरे-धीरे आत्महंता निराशाओं में धकेल दिया। कुछ कर सकने की आकांक्षाएँ घुट-घुटकर अपने-आपको ही खाने लगीं, सारे रास्ते के खुले होने के आश्वासन, बंद गलियों में पछाड़ें खाने लगे। यह विश्वासघात हमें मिला था उन लोगों से, जो पूज्य थे, श्रेष्ठ थे और अनुभवी थे—अंग्रेज़ों की लंबी गुलामी ने उन्हें सिर्फ घूस, स्वार्थ और समझौतों की शिक्षा दी थी। ये ही लोग थे, जो सामंती मूल्यों को भारतीय संस्कृति के नाम से गले लगाए थे और नई दुनिया की जीवन-प्रणाली को अनैतिक और उच्छृंखल कह रहे थे। हर साधन-सुविधा उनके चंगुल में थी। औरतों की शिक्षा की बातें करते थे, मगर अवसर छीन लेते थे। उन्हें वापस रूढ़ियों और घुटन में धकेल दिया जाता था। वे शादी, विवाह, आचार, उत्सव सब जगहों पर यथास्थिति बनाए रखना चाहते थे। लक्ष्मी शायद वही युवा ऊर्जा थी जिसे इन लोगों ने क़ैद कर लिया था। हत्या या आत्महत्या के सिवा उसके सामने कोई विकल्प नहीं छोड़ा गया था—जो आगे चलकर नक्सली विद्रोह में व्यापक विस्फोट के रूप में दिखाई

देता है। पता नहीं कौन-सा खज़ाना था जिसे संचित करने या बचाए रखने के लिए यह वर्ग अपनी ही नई पीढ़ी की बलि दे रहा था। शायद इस रूपक को इसी बेहद 'भारतीय' ज़मीन से उठाया गया था जिसे न जाने कब के लोक-विश्वास और अंधी रूढ़िवादिता अपना समर्थन दे रही थी। लक्ष्मी का बाप वही सामंती प्रेत है जो नए युग के बरगद पर कब्ज़ा जमाए बैठा है और किसी को पास नहीं फटकने देता। आज तो मुझे वहाँ उन सैकड़ों पुरानी कहानियों की वह धुँधली अनुगूँज भी सुनाई देती है जहाँ किसी क्रूर राक्षस के किलों और तहखानों में सुंदर राजकुमारियाँ कैद होती थीं और कोई राजकुमार जान पर खेलकर उन्हें मुक्त करता था। बूढ़ी जकड़न और अंधपरंपरा की पहरेदारियों के दमघोंटू अँधेरों से मदद के लिए गुहारता यह आह्वान युवा पीढ़ी को कुछ करने की प्रेरणा देता है या कम-से-कम इस एहसास के प्रति सचेत करता है कि वह इतना निष्क्रिय और नपुंसक क्यों है ?

हो सकता है, यही सब तत्त्व रहे हों कि कहानी आज भी पाठकों या समाज-अध्येताओं को अपनी तरफ खींचती है। चूँकि हर रचनात्मक लेखन में कहीं न कहीं अवचेतन का भी योगदान रहता है, मेरे लिए आज यह बता पाना मुश्किल है कि और किन-किन जाने-अनजाने तत्त्वों की पृष्ठभूमि इस कहानी के पीछे रही है। हो सकता है, कोई मनोविश्लेषक कल सामंती-समाज में बूढ़े होते पुरुष-वर्चस्व की गंध भी इसमें सूँघ ले।

लोक चेतना और सामूहिक-स्मृति में पिरोए हुए कुछ कथा-मिथकों का कहानी में जाना-अनजाना इस्तेमाल है, यह बात अपनी जगह सही हो सकती है मगर मैं यह सवाल भी अपने-आप से पूछता हूँ कि आज भी क्या इसमें कुछ प्रासंगिक है ? आज तो लक्ष्मी उन रूढ़ियों और अंधविश्वासों में कैद नहीं है, क्योंकि तब की युवा पीढ़ी आज स्वयं उस पितृ-वर्ग में आ गई है जो 'भारतीयता' के नाम पर हर जहालत, अवैज्ञानिक और दकियानूसीपने को हमारे ऊपर लाद रहा था और जिसके खिलाफ हम गुस्से से तिलमिलाया करते थे। फिर आज ऐसा क्यों है कि उस तरह तो लक्ष्मी कैद नहीं, मगर घर-घर में उसे दहेज के नाम पर जलाया जा रहा है, उसके साथ व्यक्तिगत और सामूहिक बलात्कार किए जा रहे हैं और खरीदने-बेचने के लिए उसे बाज़ार में धकेल दिया गया है। लक्ष्मी तब भी असहाय थी और आज भी है। क्या इस लक्ष्मी का उस पुरानी लक्ष्मी से कोई संबंध है ?

मुझे लगता है कि कहानी में आए तब के युवा-वर्ग में सपने और कुछ करने के बलबले जरूर थे, मगर वह विद्रोह नहीं था कि पुरानी पीढ़ी के खिलाफ उठ खड़ा होता। लक्ष्मी की पुकार उसे उद्विग्न तो करती थी मगर फिर उसे नपुंसक स्वप्नजीविता में धकेल देती थी। सड़े-गले भारतीय मूल्यों और सामाजिक अंधविश्वासों के खोखले या निरर्थक हो जाने का बोध कभी भी सक्रिय प्रतिरोध या आंदोलन में नहीं बदला। देखते-देखते वह दृष्टिहीन नई पीढ़ी निरंतर भ्रष्ट होती व्यवस्था में ही अपने समीकरण

तलाश करने लगी। सही-गलत की धुँधली-सी चेतना के बावजूद हम हर सुविधा और समझौतों में मध्यवर्गीय होने की वास्तविकता जीने लगे; घूस, स्मगलिंग, ब्लैकमनी, सट्टा, शेयर और यहाँ तक कि राष्ट्रविरोधी दलाली को हमने नई जीवन-पद्धति के रूप में स्वीकार कर लिया। हममें से हरेक का एक पाँव बाहर यूरोप या अमेरिका में था—अघोषित खातों या बेटे-बेटियों के संवर्धन के रूप में; इस निरंकुश संपन्नता के लिए भारत के पास तो कोई भौगोलिक उपनिवेश था नहीं। हाँ, भीतर ही दलित और स्त्री नाम के दो उपनिवेश जरूर थे। ज़ाहिर है कि यह सब उन्हीं दो उपनिवेशों की कीमत पर होना था। मेरी कहानी के लाला रूपाराम के पास, लक्ष्मी को कैद में बनाए रखने के लिए अंधविश्वास, जड़ संस्कार और उद्देश्यहीनता का मोतियाबिंद था। बाद में आने वाली और अब बूढ़ी हो चुकी पीढ़ी के पास अपने और परिवार के लिए सारे संसाधनों पर मूल्यहीन वर्चस्व रह गया और इसे यह किसी कीमत पर नहीं छोड़ना चाहती। सारे आदर्शों और सारी व्यावहारिक नैतिक मर्यादाओं को चूल्हे पर चढ़ाकर हम भारतीय संस्कृति की डफलियाँ लिये सड़कों पर निकल आए। हमारे चंगुल में सत्ता के सारे स्तंभ भी हैं और उन्हें अपने लिए इस्तेमाल करने की शक्ति भी। सत्ता में न कोई किसी का भाई होता है, न सह-नागरिक; सिर्फ मुद्दों पर समझौता होता है क्योंकि वहाँ सिर्फ प्रतिद्वंद्वी होता है। सत्ता की यह भाषा या तो सौदा जानती है या ब्लैकमेलिंग, कुछ न होने पर हत्या। आपके बेटे, बेटी या किसी घोटाले का रहस्य अपने कब्जे में ले लेने के बाद ही तो मैं आपसे कुछ निचोड़ पाऊँगा। नतीजे में आज आपकी लक्ष्मी मेरे पास 'होस्टेज' (बंधक) है। अगर आप मेरी जरूरत पूरी नहीं करेंगे तो मैं उसे इतनी यातनाएँ दूँगा कि या तो आप झख मारकर लाइन पर आएँगे या उसकी मौत की खबर सुनेंगे...दो टूक मूल बात तो सिर्फ इतनी ही है कि सत्ता मेरे ही पास रहेगी, दो-एक टुकड़े चाहिए वह डाल दूँगा, मगर इस पर से अपना सवर्ण वर्चस्व किसी हालत में नहीं छोड़ूँगा—इसके लिए मुझे चाहे दलितों, अल्पसंख्यकों को जलाना पड़े या स्त्री को। बहुत ही निर्णायक लगने वाला खतरा आया तो दूसरों के बेटे-बेटियों से सड़कों पर 'आत्मदाह' करा दूँगा।

चालीस-पैंतालीस साल पहले मैंने 'जहाँ लक्ष्मी कैद है' कहानी लिखी थी, आज वह घर-घर से उठती लपटों में लिखी जा रही है। कहीं ऐसा तो नहीं है कि जो प्रतिशोध हम अपनी पहली पीढ़ी, यानी रूपारामों से नहीं ले पाए, वह अब अपनी नई पीढ़ी से ले रहे हैं, क्योंकि हमने उन्हें सचमुच अपंग, परोपजीवी, दहेज-लोलुप और अपराधी बना दिया है। रूपाराम ने लक्ष्मी को कैद में रखा था, हमने उसे खुला छोड़ दिया है ताकि उसी तरह उसका 'शिकार' कर सकें, जैसे पुलिस नक्सलवादियों को खुला छोड़कर पहले उन्हें भागने को कहती थी, फिर पीछे से गोली मार देती थी...

अप्रकाशित, जनवरी 1996

मुझे मेरे खोल में रहने दो

रचनात्मक दृष्टि से मेरे पढ़ने के लिए 1994 उपन्यासों का वर्ष था, 1951 आत्मकथाओं का। 'हंस' के चलते कहानियाँ या दूसरी वैचारिक रचनाएँ तो दिनचर्या का अंग ही हैं, वहाँ प्रायः चुनाव नहीं है। मुझे याद है, शायद 55 में मैंने नरेंद्र शिरोमणि के नाम से 'राष्ट्र भारती' (नागपुर) में एक लेख लिखा था, "आखिर इन हिंदी उपन्यासकारों को हो क्या गया है ?" लेख ने लगभग तूफ़ान खड़ा कर दिया था। पिछले वर्ष वही मुझे बार-बार याद आता रहा। इस लेख का कथ्य यही था कि हिंदी-उपन्यास की दुनिया बहुत सीमित, सँकरी और संकुचित है। उसका विषय और नायक प्रायः वह स्वयं होता है, यानी वह लेखक या लेखकीय समस्याओं को केंद्र बनाकर ही लिखता है। इतना बड़ा हिंदी क्षेत्र और ऐसा उथल-पुथल भरा तूफानी माहौल, मूल्यों, मान्यताओं और सारी जीवन-पद्धति का जड़-मूल से बदल जाना और ऐसी बंद लेखकीय दृष्टि। चिंताएँ सिर्फ लेखन, लेखक और उससे जुड़े प्रश्नों का प्रासंगिक या अप्रासंगिक होते जाना। दूसरे शब्दों में, भोगवादी बदलती औद्योगीकृत दुनिया में अपने व्यर्थ हो जाने या सार्थकता तलाश करने का गहरा अहसास। (बूढ़ों पर लिखी जाने वाली अस्सी प्रतिशत कहानियों की थीम)। यह आंचलिकता के उभार से पहले की औपन्यासिक स्थिति थी...स्थिति आज भी बहुत बदली नहीं है। गहरी मानवीय संवेदना या तलस्पर्शी जीवन-मूल्यों का अनुसंधान करने वाले रचनाकार ने शायद ही आसपास घटित होती भौतिकता का नोटिस लिया हो। वह अपनी व्यक्तिगत दुनिया का ही अनुसंधान करता रहा। अफसोस यही है कि वहाँ भी वह टामसमान या काफ्का की तरह रचनात्मकता या मूल्यों के गहरे स्रोतों से कभी मुठभेड़ नहीं करता—उसके सरोकार प्रायः बहुत उथले और सतही हैं। प्रेमचंद, यशपाल, निराला, राहुल, मुक्तिबोध, रेणु या इधर के सुरेंद्र वर्मा, मनोहर श्याम जोशी, जगदीश चंद्र, शानी, मासूम रज़ा, मंजूर एहतेशाम, गिरिराज किशोर, संजीव, कृष्णा सोबती, नासिरा शर्मा, मन्नू भंडारी, मृदुला गर्ग, प्रभा खेतान और मैत्रेयी पुष्पा जैसों को छोड़कर सभी 'व्यक्तिगत' ही लिखते रहे हैं। 1857 से

लेकर आज तक विभाजन और बाबरी मस्जिद ध्वंस जैसी इतिहास बदलने वाली बड़ी से बड़ी घटनाएँ होती रहीं और हिंदी-लेखक इन सबसे असंपृक्त अपने भीतर की गहराइयाँ ही देखता रहा, जबकि इसी क्षेत्र के उर्दू लेखक अपनी भीतरी और बाहरी—दोनों दुनियाओं से जूझ रहे थे—'उमराव जान अदा' 1857 के गदर की हलचलों के बीच लिखा गया तो 'आग का दरिया' विभाजन की कगार पर खड़े होकर—इस्मत, मंटो, बेदी, इंतज़ार हुसैन, बलवंत सिंह (यहाँ तक कि 'मिडनाइट चिल्ड्रन' के सलमान रुश्दी तक)। सभी ने इतिहास को अपने भीतर से गुजरते हुए देखा। 'हिंदी-प्रदेश का वैचारिक संकट' की बहस में मैंने यही पड़ताल करने की कोशिश की थी कि हिंदी-लेखन क्यों प्रायः इतिहास से बाहर ही खड़ा रहा है ? इसके पीछे निर्विकार, निरासक्त, निर्गुण आत्मा के अनुसंधान की शाश्वतवादी हिंदू गाँठ रही है या सुविधापरस्त, समझौतावादी, आत्मकेंद्रित, शहरी मध्यवर्गीय सवर्ण मानसिकता, जिसने सौ सालों के हिंदी-लेखन को ऊर्जाहीन, रक्ताल्प, लिजलिजा और मनोहर श्याम जोशी के शब्दों में 'सत्यम्, शिवम्, सुंदरम्-वादी' ही बनाए रखा और जिसने कभी अपने से बाहर नहीं देखा।

मुझे लगता है कि हारी हुई, पस्त, पराजित और भविष्यहीन जातियाँ जिस तरह अपने वर्तमान से आँखें मूँदकर अतीत के गौरव और सांस्कृतिक महानता का कीर्तन, सियापा या गुणगान करती हैं, उसी तरह अस्तित्व के बचाव की लड़ाई में साहित्य भी सिर्फ इतिहास-हीन 'आत्मदर्शन' करता है। समाप्त हो जाने के खतरे की ये वे घंटियाँ हैं जो छिनते जाते मोर्चों के बीच, टूटे और खोखले शस्त्रों के साथ अपनी-अपनी खंदकों में कैद इतिहास के शरणार्थियों के कानों में गूँजती हैं। इस विश्वासघाती 'लुच्चे' समय में कुलीन कविता की आत्मप्रशस्तियाँ (या आश्वस्तियाँ ?) और उपन्यास के लेखक (नायक) को बचाने की दुहरावभरी मर्सियाख्वानियाँ मुझे एक ही मनोरोग का विस्तार लगती हैं। शिकायत यह भी है कि यहाँ गोरा, चित्रलेखा या संस्कार जैसी बेचैनी, मूल्यों-संस्कारों और सांस्कृतिक गाँठों से मुठभेड़, घुटन, जिजीविषा या फैशन भी नहीं है। अपने भीतर के शाश्वत को अखबारी-लेखन के प्रदूषण से बचाने की चिंता में हिंदी-लेखक का पौराणिक आदिमताओं की रेत में मुँह गड़ा लेना सचमुच बहुत दयनीय लगता है। दूसरी तरफ मराठी के अरुण साधु का 'बंबई दिनांक' या 'सिंहासन' जैसी शुद्ध तात्कालिक राजनीति की पत्रकारी दुनिया से गुजरते हुए 'शोध' जैसा उपन्यास लिखना आश्वस्त भी करता है और चकित भी, जहाँ औद्योगिक सफलता के चरम पर पहुँचा हुआ नायक अचानक सब कुछ छोड़-छाड़कर 'अपनी खोज' में विभिन्न संस्थाओं, स्थानों और क्षेत्रों में भटकने निकल पड़ता है। यह भटकन और खोज चाहे जापानी उपन्यासकार कोबो एबे के 'वुमन इन द डयून्स' और 'लॉस्ट, मैप', कुर्रतुल एन हैदर के 'आग का दरिया', हरमन हैस के सिद्धार्थ या सॉल बैलो के 'हरज़ोग' जैसी झकझोर देने वाली भले ही न हो, मगर अपनी कैद को तोड़कर बाहर निकलने की तड़प को तो रेखांकित करती ही है। इसी संदर्भ में हिंदी-लेखक के घरघुस्सूपन

और आत्ममुग्ध किस्म के सिर्फ लेखकीय समस्याओं से जूझते नायक की उबाऊ उपस्थिति झुँझलाहट पैदा करे तो क्या यह अक्षम्य किस्म की बे-अदबी और गुस्ताख़ी है ? किन गुमनामियों के आदमख़ोर जंगलों में मर गया है वह बेचैन बंजारा, जो भूगोल, इतिहास, संस्कृति और समकालीनता में भटकता हर क्षण आविष्कार के 'थ्रिल' को जीता था ? नौकरी, संबंधों, सुख-सुविधाओं और अपनी ही आंतरिक जटिलताओं में घुटता यह हिंदी लेखक क्या कभी भी अपने से बाहर नहीं आएगा ? सिर्फ वही लिखेगा और आलोचकीय प्रमाणपत्रों की 'विमोचनी' अमरता प्राप्त करता 'मीडियॉक्रिटी' में ही खेत रहेगा ?

कभी-कभी मुझे यह भी लगता है कि इस अवरोध और सड़ाँध के कारण उपनिवेशवाद में ज़रूर होने चाहिए, क्योंकि जिस मुर्दनी को हम भोग रहे हैं—लगभग इसी निस्तेज ऊर्जाहीनता को हमारा कल तक का सांस्कृतिक मालिक इंग्लैंड भी तो जी रहा है। पिछले पचास वर्षों से न वहाँ कोई विश्व-स्तर का लेखक पैदा हुआ, न विचारक। उनकी छोड़ी प्रशासकीय व्यवस्था और पिछड़ी हुई अन्य मशीनों की तरह क्या सचमुच वहाँ का रचनात्मक बंजर ही है जो हमारे भीतर भी गहरे में पसर गया है ? उपनिवेश युग के अपने गौरवशाली अतीत को मुड़-मुड़कर देखते इंग्लैंड और अपने स्वर्ण-युग की रह-रहकर जुगाली करते हम—इन दोनों के बीच क्या कोई अंतःसूत्र है ? मगर वहाँ इंग्लैंड में तो एक गुस्सैल पीढ़ी उभरी भी थी—सन् 50 और 60 के बीच, हमारी स्वतंत्रता यानी द्वितीय महायुद्ध के बाद उपनिवेशी साम्राज्य के समाप्त होने पर, थके नायकों से अपनी पराजय, पस्ती और बेकारी के लिए जवाब माँगती, गाली देती युवाओं की पीढ़ी ने सारे साम्राज्यवादी अतीत की धज्जियाँ उड़ाने वाला साहित्य लिखा था—अतीत की महानताओं पर थूकते हुए। मगर वे भी शीघ्र ही 'मुकुट में जड़े हीरे' (ज्वेल इन द क्राउन) की खोज में 'राज' के अतीत रेगिस्तानों में निकल पड़े—नतीजे में बंगाली उपन्यास भी दो-ढाई सौ सालों की उपनिवेशी यात्राएँ करता रहा। हिंदी उपन्यास ने वह खोज भी नहीं की। उसके पास या तो लेखक का अपना 'हाय, यह पथ बंधु था' मार्का अतीत था जो फिर देश के पौराणिक 'स्वर्ण युग' या 'सवर्ण युग' तक जाता था। समकालीन वर्तमान प्रायः उसकी रचनात्मकता का हिस्सा नहीं ही रहा—शायद वह कुछ ज्यादा ही 'भौतिक' था। और तो और, 'होरी' और 'सुनीता' भी उसकी पकड़ से बाहर हो गए—रह गया सिर्फ मध्यवर्गीय ठहरा हुआ घर—और उसमें बंद नायक (लेखक)। क्या हम इंदिरा-युग को 'भविष्यहीन पीढ़ी' कह सकते हैं ?

सही है कि नाम, स्थितियाँ और समाज कोई भी हो, सच्चा (जेनुइन) लेखक अपनी ही कहानी कहता है, अपने ही अनुभवों से रचना को प्रामाणिकता देता है—मगर यह किसने कहा कि इन अनुभवों का विस्तार नहीं होता—वे अपने भीतर ही उगते और पल्लवित नहीं होते ? अपने-आप से बाहर निकलकर दूसरों में भी उनका साक्षात्कार

क्यों नहीं किया जा सकता ? और अगर वे इतने इकलौते, विलक्षण या अद्वितीय हैं कि सिर्फ एक ही गमले और जलवायु में जीवित रह सकते हैं तो फिर उनके सार्वभौमिक होने का अर्थ क्या है ? फिर वे अपने से अलग, एक भी पाठक के अपने कैसे होंगे ? व्यक्तिगत में सार्वजनिक और सार्वजनिक में व्यक्तिगत की तलाश के सिवा रचना की सार्थकता क्या है ? जीवंत अनुभव हमेशा अपने आपका अतिक्रमण करता है, उसकी कोंपलें दीवारें लाँघकर बाहर आती हैं। यह भी मान लें कि हिंदी-लेखक की एकमात्र चिंता, सीमा या पहुँच सिर्फ अपने जीवन या अपने साथ घटित ही है तो यह सरोकार दूसरे परिवेश, अपने से अलग पेशों और अन्य लोगों के अंतःसंबंधों की द्वंद्वात्मकता में प्रक्षेपित क्यों नहीं किया जा सकता ? तॉल्सतोय की सबसे बड़ी शक्ति ही यह है कि वह किसी भी स्थिति, स्तर और परिवेश के पात्र को उठाए, हमेशा लगता है कि वह लेखक स्वयं है। 'युद्ध और शांति' में तो उसने अपनी आत्मा को जिस तरह दर्जनों पात्रों में बाँट दिया है, वह साधारण लेखक को दंग कर देता है। 'फाउंटेन हेड' में आयनरैंड, आर्किटेक्ट पात्रों और उनकी आपसी खींचतान से नहीं, स्वयं अपनी रचनात्मकता की समस्याओं से जूझ रही है। रचनात्मक क्षेत्र की शायद कोई समस्या इतनी अपनी, निजी और अद्वितीय नहीं होती कि दूसरे क्षेत्रों के माध्यम से उसे समझा या संपन्न न किया जा सके। 'रेणु' की कहानी 'तीन बिन्दियाँ' संगीत के माध्यम से उसी रचनात्मकता के बदलते स्वरूप को जानना चाहती है, जिसे स्वयं लेखक जी रहा है...परिवेश और पात्र कोई हो, रेणु ने अपने निजी अनुभव ही दिए हैं। वहाँ यथार्थ अपने-आप में लक्ष्य, यानी अखबारी विवरण नहीं, एक रूपक की तरह इस्तेमाल होता है। दूसरे शब्दों में, वह एक बहाना या तरकीब है। मगर इसके लिए वे हमेशा अपने-आप से बाहर निकलकर दूसरों से जुड़े हैं। कला के क्षेत्र में 'साधना' का अर्थ ही है आत्म-विस्तार। अधिकांश हिंदी-लेखन न अपने-आप से बाहर निकलता है, न दूसरों के साथ साधारणीकरण करता है। नौकरी, घर और ग़मे-जिंदगी ही उसके सुरक्षित गढ़ हैं—किसी दूसरे पेशे, घर या गम तक पहुँचने या कहें, 'फील्ड वर्क' करने की न वहाँ कोई इच्छा है, न जोखिम—शायद धैर्य भी नहीं है। वही मेले में खोये बच्चे जैसा, अजनबी खूँखार दुनिया में आ पड़ा लेखक-पात्र और उस पर जान निछावर करती नायिकाएँ—यही है हमारी आत्मग्रस्त रचनात्मकता। (हिंदी-लेखन में विविधता और प्रयोग न होने का कारण यही आत्मग्रस्त घरघुसरापन तो नहीं है ?)

इस दुहराव, बासीपन, एकरसता और अवरोध को दूसरी तरह तोड़ा है विभिन्न वर्गों और भाषाओं से आने वाली आत्मकथाओं ने। वे अपने से अलग दुनिया जानने का सुख देती हैं। पिछले दिनों आत्मकथाओं पर लिखते हुए मैंने इस तथ्य को समझने की कोशिश की थी कि हिंदी में, खासतौर से साहित्य और संस्कृति के क्षेत्र में आत्मकथाएँ क्यों नहीं हैं ? कितना बड़ा अंतर्विरोध है कि लेखक के पास अपने सिवा लिखने को कुछ न हो, मगर अपनी कहानी भी वह साहस और बेबाकी से न लिख

सके...इसके पीछे भी आत्मगोपन, हिप्पोक्रेसी, असुविधाजनक के सामने आने का भय, 'मेरे जीवन में ऐसा कुछ नहीं है' की ज़र्रा-नवाज़ी है या "रहिमन निज मन की विथा, मन ही राखौ गोय, सुन इठलेयहिं लोग सब, बाँट न लहियै कोय" की सावधानी ? सामाजिक सुरक्षा का यहां चौकन्नापन रहा होगा कि हमारे पास सौ सालों में सिर्फ कुछ गिनी-चुनी आत्मकथाएँ ही हैं। दलितों और औरतों को तो हमने हजारों सालों से कभी मौका ही नहीं दिया कि वे हमारे बीच, हिक़ारत और हँसी का पात्र बने बिना, अपनी बात खुलकर कह सकें। क्या यह बात आपको चकित नहीं करती कि सौ सालों के हमारे शिष्ट-साहित्य में शिवरानी देवी के 'प्रेमचंद : घर में' के सिवा किसी लेखिका की आत्मकथा का नाम याद नहीं आता ? (पिछली सदी के नौ दशक में 'एक हिंदू औरत' की 'संदीपनी-संदेश' आत्मकथा कम, औरत-दुर्दशा ज़्यादा है)

मगर अब शायद परिदृश्य बदल रहा है। अनेक बार दुहराई गई बात को फिर से कहने का जोखिम उठाते हुए मैं कहना चाहता हूँ कि रीतिकालीन सड़ाँध को दरकिनार करते हुए जिस तरह संत-साहित्य में दलितों और स्त्रियों के लेखन से नई ऊर्जा, तेवर और लगभग सांस्कृतिक क्रांति के दर्शन हुए थे—ठीक वही युग अब वापस लौट रहा है—हिंदी के अपने भीतर और बाहर से छनकर हिंदी में ! दया पवार के 'अछूत' से लेकर शरण कुमार लिंबाले के 'अक्करमाशी' तक। मराठी दलित आत्मकथाओं से हम सभी परिचित और विचलित रहे हैं। इधर मोहनदास नैमिशराय और ओमप्रकाश वाल्मीकि की आत्मकथाएँ देखने का अवसर मिला। एक का नाम है 'अपने-अपने पिंजरे' और दूसरी है 'जूठन'। अपनी यातनाओं और संघर्षों को यथासंभव खुलकर कहतीं ये आत्मकथाएँ, सवर्ण समाज पर आरोपों के श्वेत-पत्र लगती हैं। रवींद्र वर्मा जैसे लोग इन पर आरोप भी लगा सकते हैं कि इनमें अपेक्षित कलात्मक गहराई और संतुलन नहीं है, कि ये अपनी भौतिक और आत्मिक विपन्नता को बढ़ा-चढ़ाकर कहती, ओढ़ी हुई शहादत की शिकार हैं, कि सभी कुछ एक ही बार में बता देने के बाद न लेखकों के पास ऐसा कुछ भी बचा नहीं रह जाएगा कि आगे के लेखन में नया कुछ जोड़ सकें, कि वे अपनी रचनाओं में यही सब दुहराएँगे, कि उनकी ग़रीबी, अपमान, संघर्ष और आत्मदया की एकरसता को आखिर हम कितनी बार और कब तक पढ़ते रहेंगे, कि सहानुभूति और प्रोत्साहन के लिए हम इन्हें पढ़ भले ही लें मगर वस्तुतः हमारे सौंदर्यबोध और सुरुचि के साथ इनका कोई तालमेल नहीं है, कि ये साहित्य की मूलभूत प्रतिज्ञा, सत्य, शिव, सुंदर को ही ध्वस्त करती हैं, कि क्या यह जरूरी है कि दलित-लेखन के लिए लेखक दलित ही हो ? हो सकता है, उनके दर्द को हम ही ज्यादा प्रासंगिकता और शक्ति के साथ रखें—प्रेमचंद से लेकर गिरिराज किशोर, जगदीश चंद्र तक रखते ही रहे हैं।

दलित लेखन को लेकर ये सारे प्रश्न, आरोप, आशंकाएँ और सद्‌भावनाएँ अनेक बार उठेंगी और रामचंद्र शुक्ल से लेकर रवीन्द्र वर्मा तक इस 'फूहड़' और अधकचरे

लेखन को ख़ारिज करने के तर्क तलाश करेंगे। पता नहीं, इसके पीछे कुरूप और कुरुचिपूर्ण को न देख पाने की जुगुप्सा है, अपने ही बीच इस दुनिया के बने रहने का अपराध-बोध है या उनके होने की जिम्मेदारी से बचने की साहसहीनता, मगर मुझे लगता है कि हमारा बद्धमूल विश्वास है कि साहित्य मध्यवर्गीय समाज की वह निजी और पवित्र दुनिया है, जहाँ लोग सिर्फ 'व्यक्तित्व' के लिए लड़ते हैं, 'अस्तित्व' और अस्मिता को लेकर जूझने वालों की यहाँ कोई जगह नहीं है। 'साहित्य मुक्त करता है' कहते हुए हमारी चेतना में सिर्फ अपनी सीमाओं और संस्कारों से मुक्ति है—मानवता के एक बड़े भाग की मुक्ति नहीं है। साहित्य सब कहीं एक है, वह हमें देश-काल से ऊपर उठाता है, वहाँ भौगोलिक और सामाजिक विभाजन करना गलत है, वह सभी को वाणी देता है और सबका हित करता है, 'सुरसरिसम सबकर हित होई' कहते हुए भी हम जानते हैं कि समाज के एक वर्ग के लिए ही यह सत्य है, बहुलांश को न इसमें वाणी दी गई है, न उनका हित है। अगर वह है भी, तो केवल हमारी शर्तों पर, हमारे समर्थन में है। वे शायद कहीं हमारी चेतना-वृत्ति में हैं ही नहीं। मगर अब हमारे सौंदर्यबोध और कला-चेतना के लिए चाहे जितना अपचनीय हो, इस तथ्य को स्वीकार किए बिना कोई बचाव नहीं है कि साहित्य सिर्फ व्यक्तित्व का बनना ही नहीं, अस्तित्व का होना और उससे जूझना भी है। जरूरत उनके मूल्यांकन की नहीं, उत्तर-आधुनिक युग में स्वयं अपनी शाश्वत कसौटियों को जाँचने की है...

ज़ाहिर है कि अभी हम मानसिक रूप से स्वीकार नहीं कर पा रहे हैं कि दलितों और अल्पसंख्यकों की दुनिया भी 'अपनी' ही है, अपने भीतर ही है। वे कोई दूसरे, अलग और नीचे के लोग हैं, यह कुंठा भी कहीं गहरे में जड़ जमाए है। शायद इसके पीछे प्रतिरोध यही है कि वे हमारी सुविधा, शर्तों और संस्कारों के हिसाब से आएँगे, तभी हमारे हो सकते हैं, वरना वे अपनी शर्तों पर हमारे अपने कैसे होंगे ? वे हमेशा अलग, नीचे और दूसरे ही बने रहेंगे। यानी हम तो जैसे हैं, वैसे ही रहेंगे, बदलना सिर्फ उन्हें ही है। बदलना नहीं, हमारी बनाई यथास्थिति के अनुकूल होना है। शायद यह द्वंद्व सवर्ण हिंदू समाज में प्रगतिशीलता के युग से ही रहा है : क्रांति के लिए हम ही अपनी सुविधा और यत्किंचित बदली मानसिकता के साथ शोषितों और वंचितों की दुनिया में जाते रहे हैं, वे खुद चलकर अपनी बदबू, गंदगी और फूहड़ जबान के साथ हमारे बीच घुसे चले आएँ—यह स्थिति तो अकल्पनीय ही है।

ईमानदारी की बात कहूँ तो दूधनाथ सिंह की संस्मरण पुस्तक 'लौट आ ओ धार' के बाद दलित लेखकों की आत्मकथाएँ पढ़कर ऐसा ही कुछ मुझे लगा था। कहाँ भाषा और संवेदना की वह अद्भुत तराश, शैली की नियंत्रित लय, कलात्मक कोणों से डाले गए आधे-पूरे प्रकाश-वृत्त, शमशेर, मलयज, अज्ञेय, पंत की सुरुचि-सौंदर्य में डूबती-तैरती, पाठ के उल्लास से भरी मन-आत्मा सबको 'अघा' देने वाली दूधनाथ की पेंटिंग जैसी अनुभूतियाँ और कहाँ मोहनदास नैमिशराय की कीचड़,

गोबर, गू और चमड़े में लिसड़ती या ओमप्रकाश वाल्मीकि की मरे जानवरों की बदबू देतीं, भूखी-ठिठुरती ज़िंदगियाँ—जैसे बढ़िया हलुए के बाद मोटे नाज की कच्ची-पक्की रेतीली रोटियाँ चबानी पड़ रही हों। अपने सौंदर्यबोध, संस्कार और अभ्यास को मैं कितना लतियाता ? मगर क्या करूँ ? दूधनाथ के नायकों के सूफियाना दर्द के मुक़ाबले इन दलित लेखकों की अमानवीय तकलीफों, उससे निकलने की जद्दोजहद ने मुझे अंतर्तम तक झकझोर दिया। ठीक है : इसमें अभी पकाव भी आएगा और सलीका भी, मगर हमारी आने वाली तीसरी दुनिया का सौंदर्यशास्त्र जिस यातना, संघर्ष और स्वप्न के खंभों पर खड़ा होगा—उसकी नंगी, अनगढ़ और भौंडी रूपरेखा तो यही रचनाएँ देंगी। फिर, मैं अभी तक तय नहीं कर पाया हूँ कि दूधनाथ की पुस्तक ने मुझे जो लोकोत्तर आनंद दिया, वह सचमुच मेरा अपना था या दो सौ सालों के 'विश्व-साहित्य' से छनकर मेरी रगों और रुचियों में बसा हुआ 'पढ़ने का संस्कार' था—एक अभिजात, स्नॉब और निथरे हुए वर्ग का मानसिक विलास...यह अपराध-बोध, कुलीन-साहित्य में ही 'सेन्स ऑफ बिलोंगिंग' या वहाँ का अपना होने की भावना से आया था या अपने ही बीभत्स को अनदेखा करने की उदासीनता से ? ईमानदारी की बात तो यह है कि आज भी गोरों का यूरोप-केंद्रित साहित्य हमारी बौद्धिकता, सौंदर्यबोध और संस्कारों को जितना आत्मीय लगता है, उतना खुद तीसरी दुनिया के होने के बावजूद अश्वेत साहित्य नहीं...वह अभी भी कच्चा, गैर-कलात्मक, विपन्नता और संघर्ष जैसी टुच्ची मानसिकता से ग्रस्त है...हम जिस 'ग्लोबलाइज़ेशन' (भू-मंडलीकरण) का हिस्सा बनने को ललकते हैं, ये काले लोग उसी के ख़िलाफ लड़ रहे हैं।

उधर हमारे आस्वाद-बोध में ऐसी ही फाँक स्त्री-लेखन पैदा कर रहा है। दलित लेखन अगर हमारी अब तक चली आती सामाजिक-राजनीतिक-सांस्कृतिक यथास्थिति को गड़बड़ा रहा है तो स्त्री-लेखन सारी नैतिक मूल्य-मान्यताओं में दरार पैदा कर रहा है। हम समझ नहीं पा रहे कि हमारे अब तक के दिए हुए सांस्कृतिक सम्मान से आखिर इन औरतों को शिकायत क्या है कि अपनी बात को अपनी ही ज़बान में बोलने की जिद ठाने हुए हैं। दहेज-दहन, हत्याएँ, आत्महत्याएँ, वेश्यावृत्ति, बलात्कार या सती-वती जैसी बातें तो हमेशा से होती रही हैं, इनसे हमारी उनके प्रति श्रद्धा, सम्मान या 'जय माता दी' की भावना का क्या लेना-देना ? हमने उनके महिमागान और प्रशस्ति-पाठ में कभी कोई कमी आने दी है ? कितना कुछ महान् और उदात्त लिखा है हमारे शास्त्रों में। वह घर की रानी है, माता है, परिवार की धुरी है और हम उसकी हर इच्छा, आकांक्षा को बाहर बताते ही रहे हैं, उस पर लिख रहे हैं। यह अचानक अविश्वास की स्थिति कैसे आ गई कि नहीं, अब उसे पुरुषों की नुमाइंदगी नहीं चाहिए; निर्णायकों और समाज के सामने खुद बोलेंगी—और वे भी ऐसी-ऐसी बेशर्मी भरी गंदी-गंदी बातें कि तौबा : वे क्यों भूलती हैं कि हया औरत का गहना है। तुम्हारे साथ अगर क़ुछ ऐसा अशोभन या अमानवीय हुआ भी है तो बर्दाश्त करो

और घर बैठो—यह क्या कि गली-मुहल्ले में निकलकर दुनिया सिर पर उठा लो...मत भूलो कि तुम घर की शोभा और इज्जत हो, धरती की तरह तुम्हारा शील, धैर्य और सहिष्णुता ही है कि दुनिया-भर में भारतीय नारी की पूजा होती है।

इसी नई हवा और 'पश्चिम की अंधी नकल' के कारण हमारी इस आश्वस्ति दायिनी दुनिया को ध्वस्त किए दे रहा है इधर आने वाला स्त्री-लेखन। वह दलितों की तरह 'दूसरों' का या दूर का, अलग और नीचे के लोगों का नहीं, ठेठ अपने बीच अपनों का लेखन है, इसलिए हमें ज़्यादा उघाड़ता और उधेड़ता है। अपनी बात खुद कहने वाली स्त्रियों की आत्मकथाओं का मराठी में सिलसिला सौ साल पुराना है और वहाँ सब वे खुलकर कहने लगी हैं कि हजारों सालों से औरत की देह का शोषक और शासक सिर्फ पुरुष रहा है, वही उसे भोगता, प्रदर्शित करता और खरीदता-बेचता रहा है—अब उसे बताना ज़रूरी है कि देश, राष्ट्र और संस्कृति में हमारी भी उतनी ही हिस्सेदारी है, कि हमारी देह, हमारा जीवन हमारे अपने हैं। हिंदी-प्रदेश में यह आवाज आत्मकथाओं के रूप में नहीं, कथा-रचनाओं के माध्यम से आती रही है। हाँ, मराठी की तरह हमारे यहाँ दलित लेखिकाएँ नहीं हैं, न ही मल्लिका अमरशेख या बेबी काम्बले जैसियों की आत्मकथाएँ हैं। यहाँ लेखिकाएँ सिर्फ शहरी मध्यवर्ग से आती हैं, मगर कृष्णा सोबती से लेकर मैत्रेयी पुष्पा, प्रभा खेतान तक की उपस्थिति यथास्थितिवादी नारी-लेखन को ध्वस्त करती है। हाँ, इस्मत चुगताई की तरह आत्मकथा (टेढ़ी लकीर) लिखने का साहस अभी हिंदी-लेखिका में नहीं है। अब तक के हिंदी साहित्य में शायद एकमात्र आत्मकथा (मेरी जानकारी में) अभी-अभी कुसुम अंसल की 'जो कहा नहीं गया' आई है। 'प्रेमचंद : घर में' शिवरानी नहीं, प्रेमचंद ही सामने हैं। यों कुसुम अंसल ने जिस वर्ग पर लिखा है, उस पर आत्मकथात्मक उपन्यासों की श्रृंखला में दिनेश नंदिनी डालमिया शायद ज्यादा साहस और बेबाकी से लिखती रही हैं। मगर कुसुम अंसल की इस इकलौती आत्मकथा से शिकायत हो सकती है कि वह एक उच्चपरिवार की शील, सुरुचिसंपन्न संस्कारवती कुलवधू की कहानी है। उसमें औरत कुसुम कहाँ है ? वहाँ आदर्श बेटी, पत्नी, माँ, समाजसेवी लेखिका सभी कुछ है—धर्म के भेदभाव को लेकर प्रारंभिक प्रश्नाकुलता के सिवा व्यक्ति कुसुम कहीं नहीं है। अपने बारे में उसका कोई फैसला ऐसा नहीं है, जो उस समाज के लिए असुविधाजनक हो। अगर उसमें 'भविष्य की ओर' वाला प्रकरण न होता, जहाँ लेखिका ने औरत को अवधारणात्मक स्तर पर समझने की कोशिश की है, तो यह आत्मकथा भी संपन्न समाज में आत्मा की शांति या 'मैं कौन हूँ' के आध्यात्मिक षड्यंत्र की कहानी बनकर रह जाती। फिर भी वहाँ तलाश की वही बेचैनी है जो अरुण साधु की 'शोध' में दिखाई देती है या असमिया लेखिका इंदिरा गोस्वामी की आत्मकथा 'जिंदगी सौदा नहीं' की उथल-पुथलभरी तूफ़ानी ज़िंदगी। एक जगह कुसुम अंसल ने सवाल उठाया है (जो उनकी अगली तलाश का प्रस्थान-बिंदु हो सकता है) कि समय और इतिहास गवाह

है, रानियाँ, महारानियाँ, बेग़मात या फिर सो-कॉल्ड बड़े लोगों की पत्नियाँ, इंडस्ट्रियलिस्टों की बीवियाँ अपनी जीवन-संध्या तक आते-आते बहुत सामान्य या नॉर्मल क्यों नहीं रह पातीं।

बहरहाल, यह सच है कि दलितों को लेकर अंबेडकर ने और औरत को लेकर तस्लीमा नसरीन नें आत्महंता निर्भीकता, कफन-बाँध बेबाकी से जो सवाल उठाए हैं—वैसा इस भूखंड में पहले कभी नहीं हुआ। हम इस 'बेहया नंगी' भाषा के कभी अभ्यस्त नहीं रहे। इसलिए उसके नाम अगर मौत का फ़तवा है तो बहुत अस्वाभाविक नहीं है। औरतें हमेशा से पागल होकर नंगी घूमती रही हैं—एक तस्लीमा और सही ...मगर इस सचाई को झुठलाना अब शायद संभव नहीं रह गया है कि तस्लीमा ने नारी-विमर्श को एक असुविधाजनक आयाम दे दिया है। काश, किसी हिंदी लेखिका ने भी फूलन देवी और भंवरी बाई के जीवन की बेबाक कहानी लिखी होती और उसे अपने समाज के मूलभूत स्त्री-प्रश्नों से जोड़ा होता। (सुन रही हो मृदुला ?)

मैं लगभग कन्विन्स होता जा रहा हूँ कि हिंदी-लेखन की आत्मग्रस्त जड़ता, अवरोध और कुलीन सड़ाँध के रीतिकाल को अल्पसंख्यक, दलित और स्त्री लेखन के 'समाज बाहर' कुजात संत ही तोड़ेंगे...और मेरा डर यही है कि कहीं मैं उन्हीं के पक्ष में न जा मिलूँ। वरना मैं ? बृजमोहन व्यास का निहायत आत्मीय शैली में लिखा गया अनंत सांस्कृतिक पुरातात्विक जानकारियाँ देता, बेहद पठनीय 'मेरा कच्चा चिट्ठा' पढ़कर गद्गद हो जाने वाला, अच्छा-खासा हिंदी लेखक ही बना रहता तो अपना जिंदगी-भर का यश और सम्मान तो न खोता। तब शायद मित्रों-आत्मीयों से यह भी न सुनना पड़ता कि "राजेन्द्र जी का दिमाग खराब हो गया है।"

'हंस', फरवरी 1996

खुद कहीं अनुवाद हैं हम...

सही है कि अपने लेखन-जीवी युग में मैंने विदेशी, विशेषकर रूसी रचनाओं के अनुवाद किए। मेरा प्रिय कथाकार रहा है चेखव। उसी से शुरू किया। उसके पत्रों, डायरियों या उससे जुड़े मित्रों, प्रकाशकों, महिलाओं, भाई-बहनों की प्रतिक्रियाओं के आधार पर एक काल्पनिक इंटरव्यू तैयार किया। उन दिनों खासा चर्चित भी रहा। फिर कुछ कहानियाँ और 'डुएल' उपन्यास (इसी का संशोधित रूप 'टक्कर' नाम से बाद में आया) उसके तीन नाटक और आठ-दस कहानियाँ। फिर लर्मन्तोव का 'हमारे युग का एक नायक', तुर्गनेव के प्रथम-प्रेम और 'वसंत प्लावन', कामू का अजनबी, स्टाइन बैक का एक मछुआ : एक मोती। तॉल्सतोय का 'फादर सार्गियेव' का अनुवाद तो हो गया लेकिन इतना समय नहीं मिल पाया कि संशोधित करके प्रकाशित कर सकूँ। हाँ, बहुत परिश्रम से फादयेव के एक उपन्यास 'मैटर ऑफ हार्ट' का अनुवाद भी किया—तीन सौ पृष्ठों से ऊपर ही रहा होगा। किया था, पीपुल्स पब्लिशिंग हाउस के लिए। संपादन की प्रक्रिया में पता नहीं, कहाँ खो गया। नेशनल बुक ट्रस्ट के शुरू में ही अकबर की जीवनी भी इस सूची में है। श्री मोहन सिंह सेंगर ने विदेशी कहानियों का एक विशेषांक निकाला था 'नया समाज' का। उसमें आठ-दस कहानियाँ, नरेन्द्र शिरोमणि, श्यामलता या अपने नाम से मैंने ही की थीं। उनका भी एक अलग संग्रह बन सकता है, लेकिन अब उन्हें खोजना, एक बार फिर संशोधित संकलन करना झंझट ही लगता रहा और टलता रहा। तो यह है मेरा 'अनुवादित' साहित्य...शायद कम नहीं है।

दरअसल शुरू से ही एक जिद रही कि लेखन चाहे अपना हो या अनुवाद, वह नहीं करूँगा जो मेरे अपने मन का न हो...अनुवाद के लिए चुनाव, जाहिर है प्रायः मेरा अपना ही रहा है। लेखनजीवी रहकर आप हमेशा अपना ही नहीं लिखते रह सकते, वह भी लिखना होता है जो तत्काल पैसा दे...चेखव की रचनाओं ने मुझे कलकत्ता जाने, वहाँ रहने में मदद दी...बाद की रचनाएँ भी मैंने खुद चुनीं, कुछ दूसरों

ने सुझाईं। शायद दूसरा दबाव यह भी रहा कि जो रचनाएँ मुझे इतनी प्रिय रही हैं, वे हिंदी पाठकों को भी सुलभ होनी चाहिए। अपने शिक्षक महान् लेखकों के प्रति श्रद्धांजलि का यह भी एक तरीका ही था और यहाँ रूसी लेखक मेरे आदर्श थे। बहुत भीतर अवचेतन में शायद एक कारण यह भी रहा होगा कि मैंने हिंदी में एम.ए. किया था--अनुवाद की प्रक्रिया में अंग्रेजी को ज्यादा अच्छी तरह समझने के प्रशिक्षण का यही सबसे आसान तरीका था। अनुवादों के संशोधन के दौरान वह निश्चित रूप से हुआ क्योंकि ये सारे अनुवाद, मूल भाषा जानने वालों के साथ बैठकर संशोधित किए--फादयेव का उपन्यास पी.पी.एच. के मुंशी (डॉ. रामविलास शर्मा के छोटे भाई रामशरण शर्मा) के साथ और तुर्गनेव के डॉ. महादेव साहा के साथ। चेखव के नाटकों को तीन अंग्रेजी अनुवाद सामने रखकर एक-एक पंक्ति के सहारे...आज कह सकता हूँ कि अंग्रेजी जानने से अधिक यह अपनी भाषा को अधिक गहराई और बिलकुल नए सिरे से आविष्कृत करने का प्रशिक्षण भी था। निश्चय ही अनुवाद अपनी भाषा की क्षमताओं, शब्दों और मुहावरों को खंगालने की ऐसी प्रक्रिया है जो लेखकीय औजारों को धार देती है। सही और सटीक शब्द का पर्याय तलाश करने की कोशिश में आप अपना सब कुछ उलटते-पलटते रहते हैं। मैं इसे लेखकीय रियाज़ का अनिवार्य हिस्सा मानता हूँ। सिर्फ अंग्रेजी जानने की मजबूरी के चलते, मुझे लगता है कि दोनों भाषाओं के मुहावरे, शब्दार्थ और अभिव्यक्तियाँ इतने पूर्वनिश्चित हो जाते हैं कि मूल लेखक की अपनी विशिष्टता लगभग पकड़ में नहीं आती। कान्स्टान्स गार्नेट चाहे तॉल्सतोय--चेखव के अनुवाद करें या दोस्तोयव्स्की, तुर्गनेव के--सबकी भाषा एक जैसी है। जाहिर है हिंदी में भी वही होगा। इस सपाटीकरण में विषय-वस्तु तो किसी हद तक बची रह जाती हो, लेकिन हर लेखक की अपनी भाषिक विशिष्टता उस रूप में नहीं आ पाती जिसने उसे अपने साहित्य में अलग पहचान दी होगी। किसी भी लेखक की अपनी विलक्षण उसकी अपनी भाषा-शैली भी तो है--पहले अंग्रेजी और फिर हिंदी में आते-आते उसमें कितना कुछ रह जाता होगा, यह कहना मुश्किल है।

अनुवाद मूलतः उस सही पर्याय की तलाश है जो शब्दकोश में कहीं नहीं मिलता। हर भाषा का अपना संस्कार, इतिहास, परंपरा, मिज़ाज या रवायत है और जरूरी नहीं है कि अपने देशकाल से अलग दूसरी भाषा में भी वह ठीक वैसा ही मिले। सारी जंग यही है कि मूल भाषा के प्रति अधिक से अधिक ईमानदार रहते हुए हम कैसे अपनी भाषा के लिए बेईमान न हों--अपनी भाषा और भाषा में रहने वालों की मानसिकता को धक्का या धोखा न लगे। सारे अच्छे अनुवाद या तो मूल भाषा को धोखा देते हैं या अपनी भाषा को। मानकर चला जाता है कि मूल पाठक कहीं न कहीं अधिक श्रेष्ठ या प्रामाणिक है। इसलिए अनजाने ही अपनी भाषा दूसरे दरजे पर उतर आती है। यानी आप उसके साथ 'मनमानी' करने की छूट ले लेते हैं। यह 'छूट' प्रायः अपनी भाषा को नकली, निर्जीव और अपठनीय बना देती है। अनेक बार

पढ़ने, समझने और घोंटने की प्रक्रिया में मूल भाषा का वाक्य-विन्यास कुछ इस तरह दिमाग और सोच पर हावी हो जाता है कि अपनी भाषा की हम चिंता ही नहीं करते और मानकर चलते हैं कि मूल पाठ ज्यों का त्यों अपनी भाषा में भी ठीक उसी सटीकता से अभिव्यक्ति हो रहा है--जबकि अपनी भाषा में न शब्द सही होते हैं, न वाक्य-विन्यास। हिंदी ही क्या, हर भाषा में ऐसे अनुवाद भरे पड़े हैं जहाँ या तो मूल मंतव्य और भाषा को समझा ही नहीं गया है या अपनी भाषा की ऐसी रेड़ मारी गई है कि न वहाँ मूल मंतव्य है, न भाषा। उसे पढ़ने से ज्यादा कम सरदर्द मूल को ही पढ़ना है।

कितनी बड़ी ट्रैजडी है कि जिस सदाशयता से आप किसी प्रिय रचना के अनुवाद की दुनिया में उतरते हैं, अपनी प्रक्रिया और परिणति में सबसे पहला नाश उसी का होता है। इसके लिए अक्सर लोग अंग्रेज़ी मुहावरे का सहारा लेते हैं कि अनुवाद उस स्त्री की तरह है जो अगर सुंदर है तो वफादार नहीं है और वफादार है तो सुंदर नहीं है। तत्त्वतः देखें तो हर रचना एक स्तर पर अनुवाद ही है। हमारे भीतर जो कुछ अनुभूतियों, बिंबों और संस्कारों में घटित हो रहा है, उसे शब्दों या भाषा में अनुवादित करने के संघर्ष को हर लेखक रोज महसूस करता है। यहाँ बहुत कुछ छूट जाने या जैसा है, ठीक वैसा ही अभिव्यक्त न कर पाने की बेवफाई सबसे ज्यादा कचोटती है। समृद्धतम भाषाओं के लेखक अभिव्यक्ति की असमर्थता, नाकाफीपन और नकली या ऊपरी होने की सचाई से त्रस्त रहे हैं और इसी प्रक्रिया में उन्होंने अपनी भाषा को अधिक समृद्ध बनाया है। मौलिक लेखन में इस नाटकीय उठा-पटक के केंद्र आप स्वयं हैं--भोगने और कहने वाले दुहरे व्यक्तियों के बावजूद हैं तो वह आपके ही अंश। सारी परेशानी तो वहाँ है जहाँ भोगने और कहने वाला आपसे हजारों मील या सैकड़ों साल पहले की दूरियों पर बैठा है और उसकी बात आपको अपनी भाषा में कहनी है। यहाँ अपनी भाषा सबसे बड़ी बाधा है, मगर आपका एकमात्र सहारा भी वही है।

भाषा हम स्वयं नहीं गढ़ते, वह हमें बनी-बनाई मिलती है, जिसे न जाने कितनों ने, कितने सालों में बनाया है। आप सिर्फ उसमें शामिल होकर अपना रंग देते हैं। वह आपके अपने भीतर होती है, मगर रचना में अपने-आप से तोड़कर उससे एक बाहरी तत्त्व की तरह जूझना पड़ता है। उस गुत्थम-गुत्था की कल्पना ही की जा सकती है जहाँ मूल भाषा और अपनी भाषा दोनों बाहरी हैं और आपको जैसे-तैसे उन्हें अपनी तरह साधना पड़ता है। हिंदी में यह द्वंद्व और भी गहरे स्तरों पर है क्योंकि अंग्रेजी तो बाहरी है ही, कम्बख्त हिंदी भी अपनी नहीं है। वहाँ भी ब्रज, अवधी, भोजपुरी जड़ में बैठी हैं 'मातृभाषा' बनकर। यानी 'अनुवादित' हिंदी में हम अंग्रेजी से अनुवाद करते हैं।

हमारी मजबूरी है कि दुनिया की हर भाषा की रचना को हम अंग्रेजी में ही

पढ़ने को अभिशप्त हैं। यह दुहरा-तिहरा अनुवाद अक्सर एक अविश्वास के बीच घटित होता है : पता नहीं, मूल क्या रहा होगा जिसका सपाट यह अंग्रेजी अनुवाद है, या उसे किस तरह हम अपनी भाषा में ला पा रहे हैं। मुझे हर क्षण एक कचोट बनी रही है कि अपने श्रद्धेय रचनाकार के साथ धोखा कर रहा हूँ। मगर आज जब देखता हूँ और दूसरे भी बताते हैं कि अनुवाद बुरे नहीं हैं, वे मूल के प्रति कितने वफादार हैं, यह बताना तो मुश्किल है। हाँ, अंग्रेजी के साथ भी बहुत बेईमानी नहीं की गई है।

एक भाषा में महसूस करना और दूसरी में लिखना एक दूसरी अविश्वसनीयता को जन्म देना है। पिछले दो सौ सालों से अंग्रेजी ने जिस तरह हमारी मानसिकता को गढ़ा है, वह लगभग हमारा संस्कार बन गई है। हर स्थिति में पहला शब्द अंग्रेजी का आता है। उसका सटीक पर्यायवाची अपनी भाषा में प्रायः नहीं ही मिलता। या तो सीधे उसे ही रखना पड़ता है या संदर्भ के अनुसार उसकी व्याख्या करनी होती है। यह कठिनाई सबसे अधिक वैचारिक या अमूर्त विषयों को लेकर होती है—वहाँ हमारे जीने की और सोचने की दो स्पष्ट अलग भाषाएँ हैं। यह तय करना मुश्किल हो जाता है कि हम किसका किस भाषा में अनुवाद कर रहे हैं। अक्सर ही हमारे ऊपर आरोप लगता है कि हम लोग अंग्रेजी में सोचते और हिंदी में लिखते हैं। उधर भारतीय अंग्रेजी लेखकों पर आरोप है कि वे अपनी भाषाओं में सोचते और अंग्रेजी में लिखते हैं। यानी हम दोनों जगह न सहज हैं, न स्वाभाविक। मूल अपने भीतर हो या बाहर, मुझे तो लगता है कि अनुवाद सिर्फ एक एप्रौक्सीमेशन है यानी अधिक से अधिक मूल का प्रतिनिधि या नैकट्य...दूसरे शब्दों में, हर अनुवाद, मूल का पुनःप्रस्तुतीकरण करने की प्रक्रिया में सिर्फ एक व्याख्या--इंटरप्रिटेशन ही है—रचना के ढाँचे में एक प्रतिरचना...भारतीय दर्शन-ग्रंथों की सीमाएँ ऐसी प्रतिरचनाओं का श्रेष्ठ उदाहरण है। मुझे लगता है, अनुवाद शब्दों का होता है, भावों का होता है या इन सबके पार मूल मंतव्य का होता है ? यह समस्या हमेशा ही हमें परेशान करेगी।

अनुवाद सिर्फ भाषान्तरण ही नहीं, एक सांस्कृतिक प्रक्रिया भी है। भाषा के माध्यम से दो संस्कृतियाँ एक-दूसरी में प्रवेश करती हैं—कभी मैत्री भाव से तो कभी प्रतिद्वंद्वी बनकर। मैं सम्मोहन, आकर्षण, प्यार और समर्पण के ज़ोम में अंग्रेज लड़की को अपनी पत्नी बनाता हूँ, वह भी अपने पूर्वग्रह छोड़कर मेरा और मेरे परिवार का हिस्सा बनने लगती है। मगर जिंदगी-भर वह हमारी जैसी ही बनी रहती है, 'हम' नहीं बनती। हमारे जैसा बनने के उसके सारे प्रयास मनोरंजक, मेरे अहं को संतोष देने वाले, सिखाने की सफलता का समर्थन करने वाले और कभी झुँझलाहट और चिढ़ पैदा करने वाले बने रहते हैं। तीस साल बाद भी सोनिया गांधी विदेशी यानी भारतीय-अनुवाद बने रहने की नियति जी रही हैं। संस्कृतियों की इस द्वंद्वात्मकता में न हम सहज हैं, न वह। दो अलग रसायनों से बनी इस मानसिकता की फाँक अनुवाद

में सबसे अधिक उजागर होती है, रहन-सहन बुनियादी शब्द-समूह और संवादों या सम्बोधनों में यह तनाव और दूरी एक नहीं होने देती। 'बापू' शब्द मेरी चेतना में जो तस्वीर बनाता है 'डैड' या 'पापा' होते ही वह धोती-कुर्ता छोड़कर कमीज-पैंट पहन लेता है। संयुक्त परिवारों के गैर-महानगरीय परिवेश में हमारी भाषा विकसित हुई है, वहाँ सीधे-सीधे आत्मीय और अंतरंग संबोधन नहीं है—बड़ों के सामने न मैं बेटे-बेटी को गोद में खिलाते हुए लाड़-लड़ा सकता हूँ, न पत्नी से सीधे-सीधे बात कर सकता हूँ, वह जिंदगीभर 'तेरी भाभी/चाची', मुन्ना की माँ या और कुछ नहीं तो बरेली या कानपुर वाली ही बनी रहती है। डॉ. रामविलास शर्मा ने जिंदगी-भर भाभी को 'मालकिन' ही कहा—शायद नौकरों-चाकरों की नकल में। ऐसी 'सांस्कृतिक' पृष्ठभूमि में अंतरंग संबोधनों वाले अंग्रेजी संवादों का अनुवाद सचमुच विकट समस्या है : डार्लिंग, बेबी, स्वीटी वहाँ सहज, आत्मीय संबोधन हैं, हिंदी में 'जाने मन' बाजारू हो जाता है और प्यारी या प्रियतमा निहायत नकली या किताबी। हम अभ्यस्त तो जिंदगी भर 'सुनो जी' कहने के रहे हैं। ऐसे में या तो इन संबोधनों को छोड़ना पड़ता है या ज्यों का त्यों लेना। उसी तरह प्लेट और थाली, पिगटेल और चोटी, एक ही नहीं है। प्रताप नारायण श्रीवास्तव नाम के उपन्यासकार 'शेकहैंड' के लिए 'हस्तमर्दन' शब्द का इस्तेमाल करते थे। 'किस' और चुंबन दो अलग व्यक्तियों या क्रियाओं के बिंब मन में जगाते हैं। भारतीय भाषाओं में, इतनी अधिक सांस्कृतिक एकता है कि मलयालम या कन्नड़ रचना का अंग्रेजी से हिंदी में अनुवाद करना मुझे हमेशा अपमानजनक लगता है।

मगर इन सारे अवरोधों और बाधाओं के बावजूद हिंदी में हमेशा से विदेशी रचनाओं के अंग्रेजी से अनुवाद होते रहे हैं। एक-एक रचना के अलग-अलग अनुवाद देखकर लगता है कि साहित्यिक सौंदर्य के प्रति स्वतःस्फूर्त आकर्षण ही इनकी प्रेरणा रहा है। शेक्सपियर की रचनाओं के अलावा, गीतांजलि, मेघदूत, उमरखैयाम की रूबाइयाँ, खलील जिब्रान की कहानियाँ, एक अनजान औरत का खत (स्टीफेन ज़्विग), माँ (गोर्की) के दर्जनों अनुवाद मैंने देखे हैं। सोवियत युग में रूसी रचनाओं के अनुवादों का अटूट सिलसिला था। उसके विपरीत अमेरिकी प्रचारतंत्र के आर्थिक रूप से अत्यंत लाभदायक अनुवाद राजनीतिक पैम्फलेटों (हैंड आउटों) या रूस के लिए असुविधाजनक रचनाओं से आगे नहीं बढ़ पाए। ये अनुवाद निहायत गलत, फूहड़ और भ्रष्ट हैं। उधर रूसी आग्रह प्रचार के साथ अपने यहाँ के क्लासिकल साहित्य को सुलभ मूल्य में उपलब्ध कराना अधिक रहा है। मगर उनके अनुवाद भी मशीनी ही अधिक हैं, मूल के प्रति वफादार रहने के अतिरिक्त आग्रह में हिंदी अनुवाद लगभग असंप्रेषणीय हो जाते हैं। 'अन्ना कैरेनिना' जैसी रचना का अनुवाद पढ़कर झुँझलाहट होती है कि इन कम्बख्तों को अनुवाद कर चुकने के बाद हिंदी ठीक करने वाला कोई नहीं मिला। यह ठस्सपना भीष्म साहनी जैसों के अनुवादों में भी है। वहाँ अपवाद नरेश बेदी और

जितेंद्र रघुवंशी जैसे कुछ लोग ही हैं। मूल भाषा के प्रति अतिरिक्त वफादार रहने का आग्रह हिंदी अनुवाद को कितना भ्रष्ट, अपठनीय और कूड़ा बना देता है--इसका उदाहरण शरतचंद्र द्वारा किए गए कामू के अनुवाद हैं। यह 'शब्दमार' (चिड़ीमार की तर्ज पर) करतब सरकारी प्रतिष्ठानों की भी विशेषता है। मेरी अपनी धारणा है कि अनुवाद को हमेशा उस व्यक्ति से संपादित कराना चाहिए, जो न मूल भाषा जानता हो, न रचना। इस मामले में अंग्रेजी में अपनी भाषा के लिए आग्रह अधिक है। अधिकारियों पर अगर विश्वास किया जाए तो काफ्का या सोलोनित्सिन के अंग्रेज़ी अनुवाद तीस-चालीस प्रतिशत भ्रष्ट, गलत और अधूरे हैं। अब हमारी हालत का अंदाजा कीजिए कि उन्हीं पर निर्भर होकर हम उनकी महानता को हिंदी में पाना चाहते हैं। मूल के प्रति वफादारी का आश्वासन कितना है, इस बात को अगर छोड़ दिया जाए तो भालचंद्र जौहरी द्वारा अलैक्ज़ांद्र कुप्रिन का 'गाड़ीवालों का कटरा', अमृत राय का 'आदिविद्रोही' (हावर्डफास्ट), बच्चन का 'हैमलेट' और उमर खैयाम की रूबाइयाँ जैसे कुछ अनुवादों को 'प्रतिरचना' का नाम दिया जा सकता है। इसी सूची में मैं निर्मल वर्मा के 'रोमियो जूलियट और अंधेरा' (यान ओत्चेनाशेक), मोहन राकेश के 'उस रात के बाद' (द ऐंड ऑफ ऐन अफेयर) और 'अपने-अपने अजनबी' (आल्वेयर कामू) या किसी हद तक प्रभा खेतान के 'स्त्री उपेक्षिता' (सेकिंड सेक्स) को भी रखना चाहता हूँ।

इधर जो चीज मुझे चकित करती है, वह है पिछले तीस-चालीस सालों में अनुवादों का लगभग गायब हो जाना। सही है कि शीत युद्ध के अमेरिका और रूस में अब यह मुद्दा किसी प्राथमिकता में नहीं रह गया है, फिर भी श्रेष्ठ रचनाओं के आकर्षण क्या बिलकुल ही खत्म हो गए हैं ? 'सेकिंड सेक्स' जैसी पुस्तक को बीसियों वर्ष पहले आ जाना चाहिए था, सार्त्र के एकाध नाटक और कहानियों को छोड़कर कोई अनुवाद मेरे देखने में नहीं आया, पास्तरनाक के 'डॉ. जिवागो' के अच्छे अनुवाद की आज भी प्रतीक्षा है। मार्खेज या कुंडेरा के किसी उपन्यास को हिंदी में देखने के लिए पाठक तरस रहे हैं। पिछले बीस सालों में ब्लैक-लिटरेचर या अश्वेत साहित्य का इतना शोर है, मगर थुंगी ध्वांगों के एक उपन्यास को छोड़कर मेरे देखने में सिर्फ कुछ कहानियाँ हैं जो या तो 'हंस' में आई हैं या आनंद स्वरूप वर्मा ने की हैं। इस उदासीनता की जड़ें कहाँ हैं ? विदेशी साहित्य में सचमुच हमारी रुचि समाप्त हो गई है या हम स्वयं अंग्रेजी में इतने निष्णात हो गए हैं कि वही पढ़कर संतोष कर लेते हैं ? सुनते हैं, व्यावसायिक लाभ की संभावनाओं के चलते सलमान रुश्दी और विक्रम सेठ के कुछ अनुवाद आ रहे हैं, मगर कहाँ गया वह स्वतःस्फूर्त अनुवादों का दौर, जब एक-एक रचना के दर्जनों अनुवाद सामने आते थे ? क्या इसके पीछे यह भागदौड़ है कि लेखक के पास समय और धैर्य नहीं है, कि वह अपना लिखे या अपनी प्रिय रचना का अनुवाद करे ? "यह रचना हिंदी पाठकों को भी सुलभ की जानी चाहिए" की

मिशनरी भावना शायद बहुत पहले ही समाप्त हो चुकी है, मगर अनुवाद खुद लेखक के लिए सबसे बड़ा प्रशिक्षण है, क्या इस सच का भी लोप हो गया है और क्या हिंदी लेखक की भाषागत असावधानी या अराजकता के पीछे यही कारण तो नहीं है कि उसने दूसरी भाषा से जूझते हुए अपनी भाषा के आविष्कार को यानी एक-एक शब्द को चिमटी से पकड़कर उसकी जाँच-परख का अनुशासन गैर-जरूरी मान लिया है ? हो सकता है, नई उत्तर-आधुनिक स्थितियों में वर्चस्ववादी साहित्य के अप्रासंगिक होते जाने के लक्षण अनुवादों के प्रति इस उपेक्षा में भी प्रकट हो रहे हों--जब लेखक, विचारधारा, इतिहास और भविष्य सभी समाप्त हो चुके हों, तो कालजयी या उत्कृष्ट रचना की माँ, कब तक खैर मनाएगी ? कालजयी या उत्कृष्ट रचना की परिभाषाएँ स्वयं आज संकट-ग्रस्त हैं। बकौल सुधीश पचौरी (वाया विदेशी विचारकों के) जब सभी कुछ सूचनाएँ हैं तो सूचनाओं की औकात या जिंदगी क्या ? शायद स्थितियों की ऐसी उठापटक में न अपने लेखन के प्रति आस्था बची रह सकती है, न दूसरों के...जो कुछ लिख लें और जल्दी से जल्दी उसे वसूल कर लें--यही ग़नीमत है। पहले दूसरों के सहारे हम जो यश और धन प्राप्त कर लेते थे, शायद वह शॉर्टकट भी अब ज़रूरी नहीं रह गया है।

और इस माहौल में राजी सेठ द्वारा रिल्के के पत्रों का बेहद रचनात्मक अनुवाद या रमेशचंद्र सिन्हा जैसों द्वारा होमर के महाकाव्य 'इलियट' का (दोनों अंग्रेजी से प्रामाणिक) अनुवाद को लेकर आना पता नहीं, हास्यास्पद लगता है या श्रद्धास्पद। हाँ, वह पंक्ति जरूर याद आती है कि 'अकबर नाम लेता है खुदा का इस ज़माने में...'

'आजकल', फ़रवरी 1996

खिलाड़ी

बार-बार एक दृश्य कौंधता है : जाहिर है : 'को वादिस', 'साइन ऑफ क्रॉस', 'सैम्सन ऐण्ड डिलाइला', 'बैनहर', 'स्पार्टाकस' जैसी किसी फिल्म में देखा होगा। सन् 50-55 के आसपास जब अमेरिका में टी.वी. घर-घर में घुसने लगा, तो फिल्म निर्माताओं ने बड़े बजट की भव्य दृश्यों वाली पौराणिक-धार्मिक फिल्मों से बाजार पाट दिया। इन विराट कथानकों को छोटे स्क्रीन पर समेटना असंभव था। इनकी भव्यता को देखने के लिए थियेटर हालों में ही जाना जरूरी हो गया। मेरे दिमाग में जो दृश्य आज भी रह-रह कर 'बनता' है, वह कुछ यों है : पहाड़ी ऊबड़-खाबड़ सड़क पर गुलामों का एक लंबा काफिला है—नंगे बदन, पीठ या सिरों पर बोझ लादे वे मजबूरी में घिसटते हुए चले जा रहे हैं। पसीने और थकान से चूर, लथपथ। सभी युवा हैं, बूढ़े-बच्चे नहीं हैं। उन्हें या तो पीछे छोड़ दिया गया है या मार डाला गया है। लंबी-मोटी रस्सी हरेक की कमर को बाँधती चली गई है। काफ़िले के सामने घोड़ों पर चमकती लकदक शाही वर्दियाँ पहने हथियारबंद सरदार लोग हैं जिनके हाथों में झंडे हैं। लंबे काफ़िले के अगल-बगल चल रहे हैं घोड़ों पर सैनिक, लपलपाते कोड़े और हथियार लिये... जब भी कोई गुलाम ढीला पड़ता है तो फटाक से कोड़ा फटकारते हैं और गुलाम की पीठ या शरीर पर खूनी साँप लहराने लगते हैं। पेशियाँ मछलियों की तरह तड़पती हैं। जो घायल होकर गिर जाते हैं, उन्हें घसीटकर काफ़िले से अलग फेंक दिया जाता है और किसी तलवार या भाले से मार डाला जाता है। लाइनें आगे बढ़ती रहती हैं। साफ है—किसी राजमहल, मंदिर या मनोरंजन-गृह के निर्माण के लिए इन्हें हाँककर ले जाया जा रहा है। खासा लोमहर्षक साँस-रोक दृश्य है और स्क्रीन पर देर तक चलता है। तभी अचानक सामने से दुश्मनों का हमला होता है, इधर से भी न जाने कहाँ से फौजें निकल आती हैं और घमासान मच जाता है। लगता है, काफ़िले के साथ की फौजें 'दुश्मनों' पर भारी पड़ रही हैं कि अचानक घिसटते गुलाम अपने बोझ फेंक-फेंक कर पहरेदारों को मारते हुए 'दुश्मनों' से जा मिलते हैं और उन्हीं हमलावरों

का हिस्सा बन जाते हैं...

इस दृश्य को देखते हुए अक्सर ही मैं अपने-आपसे एक सवाल पूछता हूँ : गुलामों का इस तरह 'दुश्मनों' से जा मिलना क्या 'राष्ट्रद्रोह' या 'देशद्रोह' है ? इन हमलावरों को वे 'मुक्तिदाता' मानें या अपने देश के दुश्मन ? इस सवाल के साथ मेरे लिए फिल्मों का यह दृश्य हजार साल के भारतीय इतिहास का रूपक बनने लगता है, जहाँ मुट्ठी-भर हमलावर देश को एक सिरे से दूसरे सिरे तक रौंदते चले जाते हैं, उनका सामना करने के लिए है समाज का सिर्फ एक वर्ग...बाकी तीन वर्ग निष्क्रिय हैं—एक मंदिरों-मठों में बैठा आरतियाँ, घंटे और मंत्र बजा-बजाकर भगवानों से मदद के लिए गिड़गिड़ा रहा है, दूसरा अपने कामकाज, खेती-बाड़ी को बचाने में लगा है—किसी की हार-जीत से उसे कोई मतलब नहीं है। चौथा और सबसे बड़ा वर्ग इन हमलावरों के माध्यम से अपनी 'राष्ट्रीय गुलामी' से मुक्त हो रहा है...

बहुजन समाज पार्टी की मायावती पिछले चार-पाँच सालों में 'गैर-ज़िम्मेदार' भड़काऊ वक्तव्यों के लिए खासी चर्चित रही हैं। जब एक बार सुना कि उनके अनुसार 'मोहम्मद गज़नी को हमने जिताया था' तो धक्का लगा। मगर फिर फिल्मों का यह दृश्य सामने खुलने लगा तो यह भी लगा कि वह शायद एक ऐतिहासिक सत्य बोल रही है। हिंदू-धर्म-सत्ता के अमानवीय अत्याचारों के बोझ से पिसते एक बहुत बड़े वर्ग को अगर हमलावरों में अपनी 'मुक्ति' दिखाई दे, तो 'राष्ट्रद्रोह' के बारे में रुककर सोचना ज़रूर पड़ेगा। इन लोगों के लिए 'राष्ट्रभक्ति' का अर्थ सिर्फ एक ही हो सकता है : गुलामों और जानवरों की नियति का स्वीकार... 'स्वधर्म निधनम श्रेय...' का मंत्र। आखिर कोई कारण तो रहा होगा कि सदियों से गाँव के गाँव इस्लाम या ईसाई धर्म स्वीकार करते रहे हैं ? मीनाक्षीपुरम् में तो विधर्मी तलवार या थैलियाँ लेकर नहीं गए। अपने जानी दुश्मन लालू को हटाने के लिए समता पार्टी के नीतीश कुमार अगर बी. जे.पी. को निमंत्रित करते हैं या पहले पृथ्वीराज को हटाने के लिए जयचंद ने मुहम्मद गजनी को बुलाया तो इस 'राष्ट्रद्रोह' का अर्थ क्या वही है जो मायावती के पुरखों ने हमलावरों के साथ मिलकर किया ?

प्रखर बजरंगी पत्रकार अरुण शौरी ने 'पांचजन्य' में एक लेखमाला में उद्घाटित किया है कि जब सारा देश स्वाधीनता संग्राम लड़ रहा था तो कैसे डॉ. अंबेडकर अंग्रेजों से सांठ-गांठ कर रहे थे। इससे नाराज़ होकर पूना की एक सभा में उनका मुँह काला कर दिया गया था। आश्चर्य है कि अरुण शौरी को राजा राममोहन राय से लेकर भारतेंदु-मैथिलीशरण गुप्त, दिनकर की वह लंबी परंपरा नहीं दिखाई दी, जहाँ अंग्रेजों की भूरि-भूरि प्रशस्तियाँ गाई गई हैं। पूछा यह भी जा सकता है कि सारे स्वतंत्रता-संग्राम के दौरान हिंदू महासभा और राष्ट्रीय स्वयंसेवक संघ का नेतृत्व क्या कर रहा था ? और क्या उस मध्यवर्गीय सवर्ण बुर्जुआ वर्ग द्वारा अंग्रेजी राज्य के गुणगान का अर्थ ठीक वही था जो ज्योतिबा फुले और अंबेडकर के समर्थन का रहा

होगा ? अंग्रेजों ने पहली बार अपने राज्य में तटस्थ न्याय और सामाजिक बराबरी का आश्वासन दिया था और दलित नेताओं को लगता था कि अगर अंग्रेज चले गए तो सवर्ण दंभी हिंदू उन्हें कभी भी अपनी गुलामी से मुक्त नहीं होने देंगे...यह राष्ट्रीय सचाई हो या न हो, ऐतिहासिक सचाई जरूर थी कि सवर्ण हिंदू, अंग्रेजी राज्य के समर्थन में गांधी या मुसलमानों के म्लेच्छत्व से धर्म की सुरक्षा देख रहे थे तो दलित-वर्ग इसी ब्राह्मणत्व की गुलामी से मुक्ति की आकांक्षा...एक स्वेच्छा से राष्ट्रद्रोह कर रहा था, तो दूसरे को 'राष्ट्रद्रोह' के लिए मजबूर कर दिया गया था। अपने भीतर के इस कैंसर को अनदेखा करते हुए अरुण शौरी कैसे इतने सपाट नतीजे निकाल सकते हैं, यह दयनीय है। दोनों ही राष्ट्रद्रोहों के पीछे का 'हिंदुत्व' क्या उन्हें बिलकुल नहीं दिखाई दिया ? यानी हिंदुत्व की रक्षा और हिंदुत्व से रक्षा। इसके पीछे कहीं अरुण शौरी का अपना अपराध-बोध तो नहीं है ?

मुझे याद है, जब वी.एस.नॉयपाल की पुस्तक 'एरिया ऑफ डॉर्कनेस' आई थी तो हम लोगों के बीच खासा हंगामा मचा था। उसमें नॉयपाल ने भारतीय या कहें हिंदू-समाज की जड़ता, सड़ाँध और फफूँद को अपना लक्ष्य बनाया था। पुस्तक की तुलना मिस कैथरीय मेयो की 'मदर इंडिया' से की गई थी। तीसरे दशक की इस पुस्तक ने भारत के बड़े-बड़े नेताओं को झकझोर दिया था। गांधी जी ने इसे 'गटर इन्स्पेक्टर' की रिपोर्ट का नाम दिया जिसे हिंदुस्तान में सिर्फ गंदगी, गलाजत और जहालत ही दिखाई दी। लाला लाजपत राय ने जवाब में पुस्तक लिखी 'फादर इंडिया'। तब 'मदर इंडिया' को यह कहकर तिरस्कृत किया गया कि साम्राज्यवादी गोरी, दंभी औरत को हिंदुस्तान में कोई भी अच्छाई या महानता दिखाई भी क्यों देती ?

मगर नॉयपाल साम्राज्यवादी गोरे नहीं हैं। सौ-सवा सौ साल पहले उनके पुरखे गिरिमिटिया-गुलाम बनाकर त्रिनिदाद भेजे गए थे और वहाँ उन्होंने अपनी धार्मिक अस्मिता या हिंदुत्व को कैसे बचाकर रखा, इसे मैं दो-तीन बार मॉरीशस जाकर खुद देख आया हूँ। गुलामी की अमानवीय यातनाओं में गुप्त 'बैठकें' बनाकर रामायण और गीता के पाठ ने उनके संकल्प और जिजीविषा को बचाए रखा था और वही बैठकें थीं जो सारे भारतीयों को आपस में जोड़े रखती थीं। वहाँ उन्होंने अपने काशी-वृंदावन, मानसरोवर और अयोध्या बनाए। आज भी हर मारीशसवासी मानसिक और आध्यात्मिक स्तर पर भारत से जुड़ा है और अपनी पितृभूमि या पैतृक गाँव के दर्शन करना चाहता है। इसी मोह से खिंचकर नॉयपाल भी भारत आते हैं और यहाँ के 'अँधेरे बीहड़' उन्हें खंड-खंड में तोड़ देते हैं। आध्यात्मिक और सांस्कृतिक स्मृतियों से बने सपने का टूटना उन्हें कड़वाहट और घृणा से भर देता है।

'एरिया ऑफ डार्कनेस' के बाद उन्होंने दूसरी पुस्तक लिखी 'इंडिया : ए वूंडेड सिविलिजेशन'–(लहूलुहान सभ्यता : भारत)। एमर्जेंसी के दौरान भारत-प्रवास के बाद लिखी इस पुस्तक की हर पंक्ति में विश्वासघात की यंत्रणा है, न जाने कौन-सा मोह

या नस्ली 'नॉस्टेल्जिया' है जो उन्हें बार-बार खींचकर लाता है और यहाँ वे पात हैं—जातिवादी जड़ता, सामाजिक चेतना की अनुपस्थिति, धार्मिक जहालत, व्यक्तिगत मोक्ष, फूहड़ देवी-देवता, रूढ़ियों की नृशंसताओं का दैवीकरण और वह निष्क्रिय मानसिकता जिसे अस्सी साल पहले गुलेरी जी ने 'कछुआ-धर्म' कहा था। नॉयपाल को लगता है कि हज़ार सालों में भारतीय (हिंदू) समाज युद्धों और आक्रमणों में पराजित इसीलिए होता रहा कि वह सांस्कृतिक रूप से पराजित और निर्जीव हो चुका था—उसमें इतनी ऊर्जा नहीं बची थी कि बाहर से आने वाली गतिशील प्रबल शक्तिसंपन्न संस्कृतियों का सामना कर पाता। वेदांत जैसे धर्मों ने उसे खोखला और अंतर्मुखी कर डाला था। उसके सामने सिर्फ पौराणिक अतीत था, वर्ण-व्यवस्था थी, कर्मकांडी उत्सव थे।

और लक्ष्य था व्यक्तिगत मोक्ष...अपने को बचाए रखने के आतंक में वह सिर्फ अवरुद्ध होकर सड़ाँध जीता रहा। विवेकानंद से लेकर गांधी तक सिर्फ उन्हीं मरे हुए बिंबों और प्रतीकों का आह्वान करते रहे। पुस्तक की हर पंक्ति में जो चीज नॉयपाल को परेशान या क्षुब्ध करती है, वह यह कि कोई भी हिंदू, व्यवहार में बिना जातिवादी हुए रह ही नहीं सकता। बात आत्मा-परमात्मा, जीव-ब्रह्म की करेगा और दूसरी ही साँस में उसे जाति वर्चस्व से जोड़ देगा। वह व्यक्ति या मनुष्य नहीं, सिर्फ जाति होता है : सीमित दृष्टि, सीमित सोच, सीमित स्वप्न...और महान् अतीत। भारत पुरातन है और भारत सनातन है। मगर आज वह चाहे किसी भी ज्ञान के अनुशासन या कौशल के प्रयोग की बात करे, वह सब का सब उधार लिया हुआ है। यहाँ तक कि अपनी सभ्यता और संस्कृति की जिन उपलब्धियों पर भारत को गर्व है, वे सब उन्नीसवीं शताब्दी के यूरोपियन विद्वानों के विचारों से बनी हैं। अपने बूते पर तो भारत न अपने-आप का पुनराविष्कार कर पाता, न अपना मूल्यांकन। उसका अतीत ही ऐसा बवाले-जान है जो आज भी रूढ़ियों, कर्मकांडों, धार्मिक कानूनों और जादू-टोनों के रूप में जिंदा है और इस सबने उसकी सहज वृत्तियों को इतना दुरूह बना दिया है कि अब कोई भी प्रतिक्रिया, जिज्ञासा या प्रश्न कर सकने की वृत्ति ही उसके भीतर घुटकर मर चुकी है...मर चुकी परंपराएँ, अपरिवर्तनीय आस्थाएँ, यानी रचनात्मक ध्वंस को अनदेखे ही गुजर जाना...पराजय और विनाश के बाद अतीत के भूतों का आक्रमण...

बहरहाल, बिना वेद मेहता या नॉयपाल को पढ़े भी दो दशकों से बहुतों की तरह मैं भी महसूस करता रहा हूँ कि पौराणिक अतीत और विदेशी उपभोक्तावादी आक्रामक साम्राज्यों के उपनिवेश के शिकार हम अपना संतुलन नहीं बना पा रहे हैं—एक ही साँस में या तो हजार साल पहले फेंक दिए जाते हैं या दस हजार मील यूरोप अमरीका में—यानी दोनों ही हम पर चढ़े चले आ रहे हैं। यहाँ मैं फिर नॉयपाल का सच्चा और ईमानदार लगाव ही कहूँगा कि अपनी अगली पुस्तक 'इंडिया : मिलियन

म्यूटिनीज' (लाखों विद्रोहों का देश : भारत) में उन्हें इस सारे अंधे युग के बीच, झोंपड़-पट्टियों, कस्बों, गाँवों में घटित होते लाखों प्रतिरोधों में आशा की किरण दिखाई देती है, उधर अपने अंग्रेजीदां लेखक पंकज मिश्र विवादास्पद बना दी गई पुस्तक 'बटर चिकन इन लुधियाना' में यही सिद्ध कर रहे हैं कि देश में जो भी कुछ ऊर्जा, तेजस्विता, मौलिकता या बौद्धिक बेचैनी बची है, वह महानगरों के कुलीन और अंग्रेजीदां अभिजात-वर्ग में ही है—शेष जगहों में सिर्फ मुर्दनी और सड़ाँध है। (देख लो सुधीश पचौरी, तुम्हारी उत्तर-आधुनिकता किन यूरो-केंद्रित वर्चस्ववादी सांस्कृतिक दुर्गों में कैद है...)

अब आइए, ज़रा इस दृश्य को इन्हीं महानगरों के एंटिनाओं से देखें...पिछले दस वर्षों में देश भयानक 'शहरी-क्रांतियों' से गुज़रा है, ये क्रांतियाँ ज़्यादातर मीडिया के स्तर पर ही घटित हुई हैं। मंडल के हंगामे, आडवाणी का राम-रथ, बाबरी मस्जिद का ध्वंस, गणेश दुग्ध-पान; संपूर्ण चंद्रग्रहण या अब क्रिकेट मैचों की शृंखला...घटना कोई भी हो, दूरदर्शन और अखबारों द्वारा सारा वातावरण ऐसा सनसनीख़ेज और उन्मादी बना दिया जाता है कि लगता है, देश-भर का दारोमदार सिर्फ इसी एक घटना पर निर्भर है—बार-बार हम उसी को देखते-पढ़ते और सड़कों-चौराहों, ड्राइंगरूमों में उसी पर बहसें करते हैं। भूमंडलीकरण की ये वो देसी मध्यवर्गीय क्रांतियाँ हैं जिनकी बागडोर मीडिया—(मुख्य रूप से सिर्फ दूरदर्शन) के हाथों में है—एक क्रांति खत्म होती है कि दूसरी की तैयारी शुरू हो जाती है। आजकल सारे शहरी-मध्यवर्ग को बुखार चढ़ा है विश्व-कप-क्रिकेट मैचों का—साँस रोककर या तो लोग दूरदर्शनों से चिपके हैं या चलते-फिरते हुए कान से ट्रांज़िस्टर चिपकाए हैं। बंगलौर में भारत-पाकिस्तान का मैच तो लगभग जिस उन्माद, पागलपन और सन्निपात के वातावरण में खेला गया, उसने सन् 71 के युद्ध की याद ताज़ा कर दी...लगता था, ब्लैक-आउट में लोग साँस रोककर अंत की प्रतीक्षा कर रहे हैं, और फिर जो जीत के कान-फोड़ पटाखे, धूम-धड़ाके, बाजे-बैंड शुरू हुए तो लगा, 15 अगस्त 1947 की आधी रात को स्वतंत्रता का जश्न मनाया जा रहा हो...उधर पाकिस्तान में मुर्दनी और हताशा छाई थी—दो-चार ने आत्महत्या की और कप्तान वसीम अकरम का ठीक वैसा ही 'स्वागत' हुआ जैसा बंगला देश सौंपकर लौटे हुए जर्नल नियाज़ी का हुआ था। पुरोहित-पत्रकार, पुराण-पुरुष प्रभाष जोशी तो लगभग कपड़े फाड़कर उसी तरह नाचने लगे, जैसे बाबरी-मस्जिद गिर जाने पर विश्व-हिंदू परिषद के साधु चिमटे बजाकर नाच रहे थे—मुसलमानों के अहं को हमने कुचलकर रख दिया...वे यह भूल गए कि इधर का कप्तान भी अज़हरुद्दीन ही था जिसके लिए कुछ वर्ष पहले 'जनसत्ता' की हेडलाइन में उन्होंने कहा था : "जब तक सूरज चाँद रहेगा, अज़हर तेरा नाम रहेगा"।

खैर, संतुलन और विवेक जैसे दुर्गुणों का आरोप प्रभाष जोशी पर कभी भी नहीं लगा, वे वैसे भी उन्माद और उत्तेजना के पत्रकार हैं। मगर उनके इस उल्लास

की जिंदगी (चाँदनी) सिर्फ चार दिन रही और कलकत्ता में श्रीलंका ने भारत को एक सौ चालीस रन से ध्वस्त कर दिया—स्वभावतः जोशी जी को चिर-अभ्यस्त आध्यात्मिक चिंतन में उतर जाना पड़ा—कुछ ने अज़हर पर जाँच की माँग उठाई। अगर सुरक्षा न होती तो कलकत्ता के भीड़-शूर बंगाली भारतीय टीम की हत्या कर डालते। पाकिस्तान को गाली देनेवाले अब अपने पराजितों के साथ भी वही व्यवहार कर रहे थे। अधिक संतुलन दिखाया 'पायोनियर' के चंदन मित्रा ने। कलकत्ता जैसे 'महान्-सांस्कृतिक नगर' की अनियंत्रित भीड़-प्रतिक्रिया से आहत-अहं बंगाली पत्रकार को कम से कम श्रीलंका की विजय में एशियायी आत्म-संवर्धन तो दिखाई दिया...बहरहाल, अभी तो लाहौर में विश्व कप का अंतिम फैसला होना बाकी है और मैं फिर एक उन्मादी 'क्रांति' की प्रतीक्षा कर रहा हूँ...

कभी-कभी मुझे सचमुच आश्चर्य होता है कि ये कौन लोग हैं जो रह-रहकर इन 'दुर्दांत क्रांतियों' का आयोजन कर रहे हैं और देखते-देखते सारी शहरी जनता को अपनी चपेट में ले लेते हैं ? या किसी एक स्टेडियम में होने वाले खेल को हर भारतीय मध्यवर्गीय की देशव्यापी हार-जीत का निर्णायक संकट बना देते हैं ? सरकार में बैठे सत्ता मैनेजरों और दलालों को तो यह सूट करता है कि सारी मुखर-जनता इन उन्मादी क्रांतियों में जीती-मरती रहे और उधर वे अपनी हेराफेरियाँ निर्विघ्न चलाते रहें—रो रहे होंगे छाती पीट-पीटकर लालकृष्ण आडवाणी कि उनकी राष्ट्रव्यापी रथ-यात्रा इस क्रिकेट-बुखार के चलते स्थानीय सूचना से आगे नहीं बढ़ पाई। उधर चंदन मित्रा नुमा अभिजात-पत्रकार है। वे क्रिकेट जैसे खेल को ऐसे साम्राज्यवादी वरदान के रूप में देखते हैं जो राष्ट्रीय एकता और अखंडता का प्रतीक है क्योंकि एक साथ सारे देश को आंदोलित करता है (इस तरह देखें तो क्रिकेट से भी अधिक स्वयं दूरदर्शन सबसे बड़ा देशव्यापी अंतःसूत्र है)। दिल्ली में बैठकर लगता है, मानो देश-विदेश का बच्चा-बच्चा क्रिकेट में ही साँस ले रहा है। आश्चर्य की बात है कि आज भी पूर्व समाजवादी या अब चीन-अमेरिका जैसे देशों में क्रिकेट अन्य खेलों की तरह सिर्फ एक महत्त्वहीन-सा खेल है—पूर्व या आधुनिक उपनिवेशों की तरह 'एकमात्र' खेल नहीं—दूसरे शब्दों में, सारे सामाजिक सरोकार भूलकर ड्राइंगरूमों और शहरी गली-मुहल्लों का शुगल नहीं है। क्या यह सिर्फ संयोग ही है कि उदारीकरण की शिकारगाहें ही आज क्रिकेट के मैदान भी हैं ? सच पूछें तो क्रिकेट के आंकड़ेबाज सिद्धांतकार चाहे जितने चमत्कारी विश्लेषण देते रहें, मगर किक्रेट, मुझे खेल-भावना का विरूपीकरण ही नहीं, विद्रूपीकरण भी लगता है, जहाँ ग्यारह की टीम से सिर्फ एक-एक व्यक्ति खेलता है, बाकी या तो निष्क्रिय देखते हैं या गेंदबाज को हराने-जिताने के लिए दौड़ लगाते हैं। शतरंज, टेबिल-टैनिस या यहाँ तक कि कुश्ती में, जिस व्यक्तिगत और हॉकी, फुटबाल में जिस टीम स्पिरिट की साझीदार दक्षता, कौशल, प्रशिक्षण और खेल-भावना का परीक्षण-प्रदर्शन होता है, क्या उसकी तुलना क्रिकेट

से की जा सकती है ? वहाँ सचमुच दो व्यक्तियों या टीमों की हार-जीत का अर्थ है, क्योंकि वहाँ दोनों पक्ष खेल में पूरी तरह एकाकार होते हैं।

मगर धीरे-धीरे ये सारे खेल हाशियों पर फेंक दिए गए हैं—केंद्र में आ गया है क्रिकेट...सौंदर्य प्रतियोगिताएँ हों या क्रिकेट, ये हमें झूठी उत्तेजनाओं के नशे में झोंक रहे हैं, ताकि विश्व-व्यापी हीरो-हीरोइनों यानी लगभग दैवीकृत नायकों को साम्राज्यवादी उत्पादनों का सेल्समैन बनाया जा सके...कोई भी यह सवाल क्यों नहीं पूछता कि करोड़ों के टिकट (सौ रुपयों-हजार से लेकर दस हजार) करोड़ों की सट्टेबाजियाँ और हर दूसरे मिनट, सिगरेट, शराब, सूटिंग, टी.वी., कार, मोटर-साइकिल, चिप्स, सॉस, साबुन, शैम्पू, घड़ियाँ, कॉफी, बीयर बेचने वाली खूबसूरत नंगी-अधनंगी लड़कियाँ ही नहीं, बल्कि हमारे वे श्रद्धेय खिलाड़ी भी किन के हाथों खेल रहे थे, जिनके हाथों में फोर स्क्वायर या मैक्डॉवल शराब छपे बल्ले थे, जिनके आगे-पीछे चारों ओर 'विल्स सिगरेट' छाई थी, और जो कभी हेवर्ड, जे.ऐंड बी. की शराबें पी रहे थे और पेप्सी या कोका कोला से अपनी आक्रामक ताज़गी वापस ला रहे थे ? पिछले चालीस सालों में धार्मिक कट्टरता के साथ-साथ हमने देश की एकता-अखंडता के लिए जो व्यापक क्रिकेट-सन्निपात विकसित किया है, उसके वास्तविक खिलाड़ी हम हैं या देश-विदेश के बाजार-नियंता ? क्या यह भी सच नहीं है कि केवल कुछ लोगों का यह खेल, करोड़ों लोगों को निष्क्रिय, प्रतिक्रियाविहीन उपभोक्ताओं में बदल रहा है—वे उनकी हार-जीत को अपने सम्मान का सवाल बनाकर जीने और मरने की शहादत में जी रहे हैं—उनमें से हर युवा कल सुनील गावस्कर, शाहरुख खान, सुष्मिता सेन या ऐसा ही कुछ बनने का सपना देखता अपराध की दुनिया में उतर जाएगा ...जो सपने हम उन्हें रात-दिन बेच रहे हैं, वे किसी सीधे, वैध रास्ते से सुलभ होने वाले नहीं हैं...हर क्षण दर्शक के रूप में खौलती उत्तेजना और ऊर्जा कहीं तो अपना रास्ता तलाश करेगी।

शायद अब समझ में आ रहा है कि मल्टीनेशनल किस तरह संचार माध्यमों से समाजवादी देशों में घुसे होंगे और वहाँ उन्होंने कैसे तबाही मचाई होगी। वे कौन से युवा थे, जो थोक भाव से थानमन स्क्वायर में चीन को अमरीका बनाने के लिए अपनी जानें दे रहे थे ? कितना आसान हो गया है आज पेप्सी या ऐसी ही मल्टीनेशनल कंपनियों के लिए कि वह रातों-रात किसी भी देश में चाहे जैसी क्रांति करा दे...(लैटिन अमरीकी देशों में उन्होंने कराया भी है) और अगर देश के दूर-दराज फैले करोड़ों लोगों के साथ हम जैसे कूढ़-मग्ज इन क्रिकेटनुमा खेलों, सौंदर्य प्रतियोगिताओं या ऐयाशियों के महँगे उपकरणों के लिए न रुचि विकसित कर पाते हैं, न इन्हें निर्बोध भाव से ग्रहण कर पाते हैं कि जो दिखाया जा रहा है, सचाई वहीं तक सीमित है, तो क्या सचमुच बहुत बड़ा अपराध करते हैं ? जिस अभिजात, कुलीन या एलीट वर्ग के बीच यह विराट बाज़ारी खेल चल रहा है, उस सब में वे ज़मीनी लड़ाइयाँ कहाँ हैं जो सिर्फ

अपने अस्तित्व के लिए लड़ी जा रही हैं ? उनकी बात न सत्ताधारी हवाला शिरोमणियों के पास है, न राष्ट्रीय संस्कृति के ढोलबाजों के पास—जिनकी हैसियत मुख्य-सर्कस के बाहर भीड़ आकर्षित करते जोकरों और भांडों से ज्यादा नहीं है। साहित्य-संस्कृति के यूरो-केंद्रित बुद्धिजीवी तो पहले ही उन समस्याओं से पल्ला झाड़कर, चिंतन, सौंदर्यशास्त्र की बारीकियों के हवाले हो चुके हैं—बेहयायी यह है कि बौद्धिक जूठन पर पलने वाले ही घोषणा कर रहे हैं कि मौलिकता, बौद्धिक तेजस्विता और सोच की ऊर्जा सिर्फ उनके पास है।

बात को वहीं से शुरू करना होगा। दूसरों के सांस्कृतिक, आर्थिक वैभव के लिए अपना खून-पसीना बहाने को मजबूर गुलामों के काफ़िले से। यानी शोषण और प्रतिरोध से...दो अलग ध्रुवों से, दुनिया को देखने की मानसिकता से...

अप्रासंगिक पाठ के टूटने का दर्द

एक अमरीकी संकलन में मैंने जेम्स थूबर की कहानी पढ़ी थी—'दुनिया का सबसे बड़ा आदमी।' कहानी कुछ यों है : गाँव में एक किसान ने आसमान में उड़ता हुआ हवाई जहाज देखा तो उसकी कल्पना को भी पंख लग गए। निश्चय किया कि वह भी वैसा ही एक जहाज बनाकर दुनिया की सैर करेगा। अनपढ़ किसान ने बरसों की जोड़-तोड़ करके, ठोंक-पीटकर एक जहाज बना लिया जो सचमुच उड़ सकता था। अब उसके दिमाग में आया, इसमें दुनिया का चक्कर लगाया जाए। एक दिन वह अपने इस उड़नखटोले पर सवार होकर अपने अभियान पर निकल ही नहीं पड़ा, कुछ हफ़्तों बाद सही-सलामत लौट भी आया। सारे अमरीका और दुनिया-भर में तहलका मच गया, भीड़ उमड़ पड़ी और देखते ही देखते वह देश का सबसे महान् आदमी हो गया। उसने हवाई जहाज ही नहीं बनाया था, पूरे भूगोल को नापकर लौट भी आया था। स्थानीय सम्मानों के बाद तय किया गया कि अमेरिकी राष्ट्रपति उसका सम्मान करेंगे। किसान स्वागत-सत्कार के इन झंझटों से तंग आ चुका था। उसे लगभग पकड़कर बढ़िया होटल में टिकाया गया। अब सिलसिला शुरू हुआ राष्ट्रपति द्वारा दिए जाने वाले सम्मान के रिहर्सल का। उसके सात पुरखों ने न कभी कुछ पढ़ा-लिखा था, न भाषण दिए थे। भचड़-भचड़ खाने और अश्लील फूहड़ गालियों के बंद लगा-लगाकर अपनी बात कहने वाले इस गँवार को सिखाना जंगली शेर को पालतू बनाना था। वह प्रशिक्षकों की पिटाई कर देता और चीजों को तोड़-फोड़ डालता। एकाध बार सम्मान के इस चंगुल से भाग निकलने की कोशिश भी की, मगर सवाल अब राष्ट्रीय प्रतिष्ठा का था और उसे वह सब करना था, जो 'प्रोटोकल' के हिसाब से जरूरी था। तय हुआ कि वह कुछ नहीं बोलेगा और न्यूनतम औपचारिकता निभाकर स्टेज से वापस आ जाएगा। राष्ट्रपति आए, समारोह शुरू हुआ। मगर हुआ वही, जिसका डर था। तकल्लुफी कपड़ों और हफ्तों की क़वायद से झुँझलाए हुए इस 'भुच्चड़' ने स्टेज पर कुछ देर तो शिष्टाचार निभाया। मगर फिर मालाओं, प्रशस्तियों, कैमरों और माइकों

की चकाचौंध से बौखलाकर कुछ ऐसा कहना-करना शुरू कर दिया कि आयोजकों के हाथों के तोते उड़ गए। सबसे आपत्तिजनक थी उसकी भाषा। प्रशिक्षकों और सुरक्षा कर्मचारियों ने पहले तो सँभालने की कोशिश की, मगर फिर किसी बहाने स्टेज से हटाकर पीछे ले गए, वहाँ उसकी ठुकाई की गई। वह भी हट्टा-कट्टा तगड़ा आदमी था और किसी तरह वश में नहीं आ रहा था। आखिर इन लोगों ने उठाकर उसे छः मंजिली खिड़की से बाहर फेंक दिया। उधर स्टेज पर राष्ट्र के सबसे साहसी, महान्, आविष्कारक आदमी की तारीफों में कसीदे पढ़े जा रहे थे—बचपन से लेकर 'उड़ान' तक के संस्मरण सुने जा रहे थे और राष्ट्रपति बता रहे थे कि इस धरती-पुत्र ने राष्ट्रीय गौरव को कहाँ से कहाँ पहुँचा दिया, कि वह अमेरिकी दुर्दमनीयता का प्रतीक है... जाहिर है, कहानी में ऐसा कुछ था, जो मैं आज भी उसे भूल नहीं पाता। किसी भी तरह अपनी भाषा को 'शिष्ट' न बना पाने वाला, सुरक्षाकर्मियों से गुत्थम-गुत्था होता, पसीने से गंधाता वह गँवार कद्दावर उजड्ड अमेरिकी किसान मुझे अक्सर ही अपनी कल्पना में दिखाई देता है और उस प्रसिद्ध घटना की याद दिलाता है, जब किसानों-गरीबों से सीधे मिलने की सदाशयता से खिंची इंदिरा जी किसी दूर-दराज़ इलाके में ऐसी ही सभा में पहुँची थीं। लोगों के उल्लास-उत्साह का क्या कहना। शोर और जय-जयकारों का यह आलम कि खुद इंदिरा जी माइक के सामने खड़ी थीं और बोल नहीं पा रही थीं। शोर थमे तो कुछ बोलें। आखिर आयोजकों में से एक स्थानीय आदमी ने गरजती-गूँजती आवाज में जो कुछ कहा, उसका आशय यही था कि प्रधानमंत्री हजारों मील दूर से आपसे कुछ कहने आई हैं। अपनी माँ ...नहीं, घंटे भर से वह बहन की...बोलने की कोशिश कर रही हैं और आप भी...वालों सुन ही नहीं रहे। कहने की जरूरत नहीं है कि अपनी इस बोली को सुनकर लोग शांत हो गए और प्यार से उन्होंने इंदिरा जी की बातें सुनीं। इस भाषा से खुद इंदिरा जी की क्या हालत हुई, नहीं पता...

शायद यह संघर्ष समानांतर जीते, मगर एक-दूसरे से समय-समय पर टकराते हुए दो वर्गों की जीवनचर्या का संघर्ष है—शिष्ट और लोक संस्कृति के बीच का संघर्ष। तीस वर्ष पहले मैंने बच्चों के लिए एक कहानी लिखी थी, 'गड़बड़ी फैलाने वाले'। उसमें टिंकू नाम की लड़की की मदद के लिए आकर हनुमान जी कैसा हंगामा खड़ा कर देते हैं, यह बताते हुए हनुमान जी के मुँह से ही यह निष्कर्ष दिया था कि 'हम लोग किताबों, किंवदंतियों, पुराणों और चित्रों में ही अच्छे लगते हैं, अगर उसी धज में जीवन में आ जाएँगे तो व्यवस्था गड़बड़ा जाएगी। या तो जिंदगी उथल-पुथल हो जाएगी या फिर तुम लोग ही हमें हास्यास्पद, बहुरूपिया बनाकर समाज-बाहर कर दोगे'...'गड़बड़ी फैलाने वाले' में अतीत के एक महानायक को वर्तमान में घसीटा गया है, 'संसार का सबसे बड़ा आदमी' में वर्तमान लोक को शिष्ट और कुलीन दुनिया में, मगर ट्रैजेडी यही है कि इन दहकते अंगारों को बर्दाश्त करना मुश्किल है और

अगले ही क्षण इन्हें वापस इनकी अपनी दुनिया में धकेल देना पड़ता है। इन्हें अपने बीच लाने के उत्साह में हम खुद इनका कितना नुकसान कर चुके होते हैं, शायद इसका अंदाजा हमें नहीं है। वे वहाँ लौटकर न सहज हो पाते हैं...न स्वीकार्य। हाँ, हम उनका मज़ाक उड़ाते हुए अगली उत्तेजना की तैयारी करने लगते हैं। कुलीन संस्कृति का सारा जीवन-रस या तो अतीत से आता है या लोक-जीवन से...मगर दोनों से ही एक दूरी बनाए रखना जरूरी है। अनिवार्य वे हो सकते हैं, स्वीकार्य बिलकुल नहीं।

आज हमारी राजनीति और समाज दोनों ही इन अस्वीकार्य संकटों के बीच टूटने-बिखरने के लिए अभिशप्त हैं। बी.जे.पी. ने अतीत के महानायकों, प्रसंगों और पुराण कथाओं को हमारी छाती पर लाद दिया है तो आज के लोकतंत्र के 'बिखराव' ने पहाड़ों, नदियों और खेतों में बसे हूशों, उजड्डों और अनपढ़ों के लिए दिल्ली के दरवाजे खोल दिए हैं...लाइनें लगाए चले आ रहे हैं जटाजूट बढ़ाए, त्रिपुंड-कुंडल पहने, त्रिशूल हाथों में लिये नए-पुराने आदि-मानव या चमरोंधे चटकाते, पग्गड़ सँभालते, खैनी फटकारते 'भुच्चड़'। एक बार-बार वेद-पुराण घसीटता हुआ शुद्ध देव-भाषा बोल रहा है, तो दूसरा साक्षात् राक्षसी जबान...बीच में फँसे हैं हम, न उगलते बनता है, न निगलते। अब ये देश के और हमारे भाग्य का निर्धारण करेंगे ? ये हमारे सिर पर बैठेंगे ? इन सालों को क्या मालूम कि देश कैसे चलता है, दुनिया कहाँ से कहाँ आ गई है। आखिर हम शिक्षित संपन्न मध्यवर्गीय कहाँ जा मरें ?

हाय, कितने अच्छे दिन थे, जब हम ज्ञान-विज्ञान के बने-बनाए रूपों को पढ़ते-गुनते थे और उन्हें घोंटकर विद्वान् या बुद्धिजीवी के सुरक्षित संतोष में जीते थे ...वहाँ देवी-देवता थे, ऋषि और राजा थे, यज्ञों और हवनों का मंत्र-पूत धुआँ पर्यावरण शुद्ध करता था, सम्राट अश्वमेध घोड़े छोड़ते और राक्षसों का संहार करते थे, संकट के समय स्वयं भगवान प्रकट होकर आशीर्वाद और वरदान देते थे...मोक्ष के लिए पुराणों की कहानियाँ और उपनिषदों के दर्शन थे। इतिहास में राजा-महाराजाओं, शहंशाहों और सिपहसालारों के युद्ध थे। वफादारी, विश्वासघात और संधियों की नाटकीयताएँ थीं। शिकार और आखेट थे। खूबसूरत नगर-वधुएँ, वेश्याएँ, रानी-महारानियाँ सोने-चाँदी से लदी फूल सूँघती आँख-मटक्का करती घूमती थीं, हत्याओं और चढ़ाइयों की सनसनियाँ थीं...साहित्य में तो और भी स्वर्ग था...छंद, अलंकारों की बहारें थीं, प्रास और अनुप्रासों की छटाएँ थीं, नायिका-भेदों और नायकों के शौर्य के महाकाव्य थे, विरह-मिलन का बारहमासा था, रस-निष्पत्ति और निर्विकल्प समाधियों का युग था, रमणी और रमणीय शब्दों में रसा-पगा देव-दुर्लभ लोकोत्तर काव्यानंद था, भारी नितंबों और पुष्ट स्तनों के बीच कमर की खोज होती थी और 'नारी बीच सारी है कि सारी बीच नारी है' की समस्याएँ सुलझाई जाती थीं। दरबार की इनायतों से समृद्ध संपन्न कवि और कविराज दोनों उद्दीपनों की खोज कर रहे थे। संभोग से समाधि तक की यह आनंद-यात्रा ही वस्तुतः सनातन की खोज थी। भारतीय संस्कृति की

महान् उपलब्धि थी...मगर नाश हो इस मार्क्सवाद और आधुनिक ज्ञान युग का...दुनिया भर के ऊलजलूल सवाल उठाकर इस बनी-बनाई चली आती व्यवस्था यानी यथास्थिति को दरहम-बरहम कर डाला। न रह गई हों या रोज टूट और बदल रही हों समाजवादी व्यवस्थाएँ, मगर सारी बीसवीं सदी पर छाए इस मार्क्सवाद के 'राक्षसी' अभिशाप के चलते धर्म, इतिहास, संस्कृति, साहित्य को क्या आज ठीक उसी तरह देख सकना संभव रह गया है? आप विरोध करें या समर्थन, मगर इस द्वंद्वात्मक भौतिकवाद ने सारे ज्ञान-विज्ञान की जैसी व्याख्याएँ दे दी हैं, सामाजिक बदलावों को जिस वर्ग-संघर्ष के रूप में परिभाषित कर डाला है, उसके बाद आप क्या उसी निर्द्वंद्व भाव से उन पुरानी यथास्थितियों में बने रह सकते हैं ? सारे ज्ञान-विज्ञान में हर कहीं आपको वर्ग-वर्चस्व के बंद, सीमित और सड़ती अभिजात दुनिया के सुरक्षित और संरक्षित गढ़ दिखाई नहीं देने लगे ? आप खुद अपने से पूछते और नफरत करते हैं कि महान् अतीत और राष्ट्रीय संस्कृति के नाम पर किस सामंती, बासी और बुसे को भकोसते रहे थे हम। क्या वे मूल्य-मान्यताएँ, आस्था, विश्वास सचमुच आज हमारे किसी काम के रह गए हैं...अंधविश्वास की तरह उन्हें छाती से चिपकाए रखना हमें एक हवाई आध्यात्मिक संतोष के सिवा क्या दे सकता है ? जरूरी रही होगी विदेशी साम्राज्यवाद के खिलाफ अपनी पहचान और अस्मिता को बचाए रखने की यह दयनीय ठसक, मगर आज ये पिछड़े समाज के मूल्य हमें कहाँ ले जाएँगे ? फिर यह 'राष्ट्रीय संस्कृति' भी कौन-सी हमारी अपनी खोज है ? टॉड से लेकर मैक्समूलर तक, उन्हीं विदेशियों ने तो इसे हमारे लिए खोज और गढ़कर हमारी मानसिकता का हिस्सा बनाया है। हमारे यहाँ तो न इतिहास लिखने की परंपरा रही, न समाज को समझने की। विराट कालचक्र में घूमते हुए एक युग या व्यक्ति का इतिहास लिखना पानी पर लकीर खींचने जैसी मूर्खता है। रहा समाज, सो वह बादलों के बनते-बिगड़ते रूपाकारों की तरह अनंत शून्य में माया : प्रपंच के सिवाय क्या है ?

बहरहाल, यही 'ओरिएंटलिज्म' (प्राच्य विद्या) हमारे ध्वस्त सम्मान और पराजित अहं को तृप्त करता था। इसलिए बेहद अपना और प्राचीन लगने लगा था। लगता था—हाँ, सचमुच यही तो हम हैं। (एडवर्ड सईद ने विस्तार से इस पर लिखा है) सच्चाई यह है कि राष्ट्रीयता, संस्कृति, अध्यात्म, इतिहास, मानवता सभी का आविष्कार उन्होंने किया और हमारा अपना बना दिया। दूसरी सचाई यह भी थी कि मशीनों और दूसरे उद्योगों को हमारी जमीन पर स्थापित किए जाने के बावजूद जिस तरह सारा नियंत्रण और लाभ उनके थे, उसी तरह संस्कृति-उद्योग का इस्तेमाल भी वे बेहद बारीक ढंग से अपने लिए ही कर रहे थे। उन्होंने यहाँ भी ऐसा अभिजात वर्ग तैयार कर लिया था, जो उन्हीं की भारतीय प्रतिच्छाया लगता था। इस इंपोर्टेड भारतीयता से चिपके, विदेशी गुलामी के खिलाफ लड़ने वालों को फ्रांस की राज्यक्रांति और ब्रिटेन का लोकतंत्र दोनों ही अपने आदर्श लगते थे। हम यह बिलकुल नहीं देख पाए कि अंग्रेजों

के स्वाभाविक शत्रु मुग़ल थे...उन्हीं से उनके युद्ध हुए थे और उन्हीं से उन्होंने भारत का उपनिवेश छीना था। गोरे विदेशियों ने बड़ी चालाकी से अपने इस दुश्मन को हमारा दुश्मन बना दिया, ताकि हम उनकी ही लड़ाई लड़ते रहें। यही नहीं, उन्होंने हजार साल के विदेशी आक्रमणकारियों के इतिहास को हमारी चेतना से काटकर अपने तैयार सारे पश्चिमी मूल्यों को हजार सालों के पहले वाले युग में स्थापित कर दिया। हम सचमुच विश्वास करने लगे कि पश्चिमी औद्योगिक सभ्यता के सारे महान् मूल्य, हमारे उस सामंती युग में भी ज्यों के त्यों थे। दो हजार साल पहले हमारे पास जो कुछ था, वह आज वालों के पास भी नहीं है। इतिहास की निरंतरता से कटे हम आज भी यही मानते हैं कि मुगलों के आने के बाद हमारा सब कुछ स्थगित हो गया। ऐतिहासिक अनिवार्यताओं से कटे हम पुराणों की अवास्तविकताओं में बने रहने की मानसिकता जी रहे थे। वर्तमान को नकारने वाला काल्पनिक पलायन लोक हमारी शरणस्थली था। इधर इस प्राचीन संस्कृति के झंडाबरदार थे राजा, रईस, नवाब, ताल्लुकेदार, सरकारी अफसर, वकील, प्रोफेसर और पंडित महंत...यानी नई सभ्यता में अपना वर्चस्व स्थापित करती नेशनल 'बुर्जुआजी'...और उन्हें ही मार्क्सवाद या रूसी क्रांति 'विदेशी' लग रही थी...झगड़ा वस्तुतः पुराने विदेशी और नए विदेशी का था।

मार्क्सवाद ने इतिहास, समाज, व्यवस्था, शोषण और संघर्ष की समझ हमारे इन मध्यवर्गीय प्रबुद्धों में चाहे जितनी भी दी हो, मगर अपनी मूल प्रतिज्ञा यानी व्यवस्था को बदलने का ज्ञान इतना किताबी दिया कि उससे न कोई परिवर्तन होना था, न हुआ। हमने मशीनी ढंग से मान लिया कि अर्थ-तंत्र यानी पूँजी ही मूल है और उसके बदलाव या हस्तांतरण से सारी विषमताएँ और शोषण समाप्त हो जाएँगे। नतीजें में सामाजिक शोषण और विषमताओं को इसलिए दूसरे-तीसरे नंबर पर डाल दिया गया कि आधारभूत ढाँचे के बदलने पर ऊपरी बदलाव अपने-आप आ जाएगा। 'डिक्लास' होने की प्रक्रिया में समाज से बाहर कॉमरेड, किसान मजूदरों की क्रांति में जरूर अपना जीवन बलिदान करते रहे...मगर न स्त्री-पुरुष संबंधों पर विचार हुआ, न भारतीय परिवारों की अपनी विशिष्ट बनावट पर...भूमि और किसानों के संघर्षों पर कम, शहरी मजदूर वर्ग और ट्रेड यूनियन जैसे संगठनों पर ज्यादा जोर दिया गया। सबसे ज्यादा भ्रांति फैली वर्ग और वर्ण को लेकर। पश्चिमी समझ में वर्ग सामाजिक रूप से गतिशील इकाई है, आप अपने प्रयास से उसे बदल या संगठित कर सकते हैं...मगर वर्ण स्थिर, अपरिवर्तनीय नियति है। धर्म-परिवर्तन से आप इसे छोड़ सकते हैं, मगर हिंदू रहते हुए वर्ण या जाति से छुटकारा नहीं है। इस जातिवादी यथास्थिति को वर्ग की गतिशील अवधारणा के बावजूद कैसे सिर्फ़ स्वीकार ही नहीं किया गया, बल्कि अनदेखा किया जाता रहा, यह आश्चर्य की बात है। हम कहते जरूर रहे कि सर्वहारा में ही वास्तविक क्रांति-चेतना है, मगर सचाई यह थी कि यह क्रांति-चेतना मध्य-वर्ग के युवा लोगों से आगे नहीं बढ़ी। उधर वर्ग-संघर्ष को पुरानी वर्ण-व्यवस्था निगले जा रही थी, तो

इधर द्वीपों के रूप में बिखरा 'क्रांतिकारी' मध्य-वर्ग, शेष समाज की भ्रष्ट मानसिकता से घृणा-प्यार का संबंध बनाए हुए था...क्योंकि घरों और परिवारों की व्यवस्था वही सामंतवादी थी। मध्य वर्ग की सुख-सुविधाओं से यथासंभव जुड़ी यह पीढ़ी, शोषितों-वंचितों में क्रांति-चेतना जगाते हुए यह उम्मीद लगाए रही कि जब ये लोग क्रांति करेंगे, तो मध्य-वर्ग अपने-आप इनके साथ बदल जाएगा। उन्होंने शायद यह देखने की जरूरत ही नहीं समझी कि देश और समाज के सारे संसाधन, प्रशासन या नियंत्रण एक विशेष वर्ग के हाथों में थे और वह निर्विवाद रूप से सवर्ण तबका था। वे हमेशा शीर्ष पर रहें और हर अवसर और सुविधा का एकाधिकारी भाव से उपयोग और दोहन करते रहें, यह लगभग प्राकृतिक व्यवस्था के रूप में स्वीकार कर लिया गया था। वर्ग-शत्रु या परिवर्तन-कामी शोषित वर्ग के स्वरूपों पर सैद्धांतिक या एकेडमिक अध्ययन भले ही किए गए हों, लेकिन व्यावहारिक रूप में ऐसी कोई रणनीति नहीं थी कि समस्या से सीधे मुठभेड़ की जा सके। भारतीय समाज की विशिष्टताओं को केंद्र में रखकर तो और भी नहीं। यही कारण है कि मंडल के एक ही झटके में सर्वहारा की क्रांति और 'धार्मिक दीन-बंधुत्व' की सारी पोल खुल गई और सारा मध्य वर्ग उसी शोषित-वंचित वर्ग के खिलाफ उठ खड़ा हुआ जिसकी आरती उतारते नहीं थकता था। अपने मूल मंतव्य में 'मंडल' इसके सिवा क्या था कि हजारों सालों से जिन्हें समाज ने न्याय नहीं दिया यानी अवसर, सुविधाओं और जीने की स्थितियों से वंचित रखा था, उन्हें उनका प्राप्य मिले ? चूँकि वे हमारी चिंता और चेतना में कहीं थे ही नहीं और शायद हम उन्हें एक मुनासिब हमदर्दी के सिवा कुछ देना भी नहीं चाहते थे, इसलिए कहना आसान हो गया कि हम जिन सुविधाओं, अवसरों में बने हैं, उन्हें प्राप्त करने की योग्यता उनमें अभी कहाँ है ? ये उजड्ड, गँवार और अनपढ़ देश का नाश कर देंगे। इसके लिए हमने लंबे-लंबे आँकड़ों और देशी-विदेशी स्थितियों के अध्ययनों का ऐसा दार्शनिक तूमार बाँधा कि लगा, जो अभी तक चलता आ रहा है, वही सबसे सही है। और तो और, जो कल तक कह रहे थे कि भारतीय समाज को पश्चिमी या ज़्यादा सही कहें तो मार्क्सवादी वर्ग की अवधारणा से समझा ही नहीं जा सकता, वे दक्षिणपंथी तक चीख-चीखकर कहने लगे कि वंचित-शोषितों की कोई जाति नहीं होती...वर्ग होता है और उसमें हर वर्ण के लोग हैं। जो जाति-समूह देश और समाज की सारी सुविधाएँ, संसाधन हथियाये हुए थे, जो सिर्फ अपनी जाति को ही अवसर, नियुक्तियाँ और दूसरे लाभ दे रहे थे या हजारों अखबारों के पाँच-पाँच पन्नों में अपनी ही जाति के वर-वधू तलाश कर रहे थे, वे ही अपने को जाति से ऊपर कहकर अपनी सामाजिक बराबरी की उदारता बखानने लगे थे...हालाँकि अपने पोर-पोर में अभी भी अपनी ही जातियों से बँधे थे। बहरहाल, मंडल के इस विस्फोट को रामरथी कमंडल से रोक भले ही दिया गया हो, स्थगित बिलकुल नहीं किया जा सका और स्थितियों का दबाव ऐसा बना कि हर राजनीतिक पार्टी के लिए मजबूरी

हो गई कि मंडली आरक्षण अपने एजेंडा में लें, यहाँ तक कि बी.जे.पी. जैसी सवर्ण सांप्रदायिक पार्टी को पहले कल्याण सिंह, फिर मायावती को गोद लेने का नाटक करना पड़ा। एक सीधी-सी बात इन धुरंधरों को दिखाई नहीं दे रही थी या जिसे देखते-बूझते अनदेखा करते रहे, वह यह कि जहाँ कमंडल होगा, वहाँ मंडल का होना अनिवार्य है यानी सांप्रदायिक होना ही जातिवादी होना भी है।

जब केंद्रीय वर्चस्वताएँ दुनिया के हर क्षेत्र में टूट रहीं हों, तो भारत में ही उन्हें कैसे बनाए रखा जा सकता था ? अभी तक दलितों और स्त्रियों का उद्धार हमारी सदाशयता और मानवीय उदारता का मोहताज रहा, मगर आज जब अपनी ऊर्जा और ऐतिहासिक अनिवार्यता बनकर यह उभार आक्रामक ढंग से सामने आ रहा है तो हमारे छक्के छूट रहे हैं। यह तो हमारी योजना में नहीं था। हमारे न चाहने पर भी इतिहास जिन अनिवार्यताओं को जन्म दे रहा है, उस सबके लिए हम मानसिक रूप से तैयार ही नहीं हैं।

बहरहाल, संक्षेप में स्थितियाँ आज कुछ ऐसी बन गई हैं कि जिस तरह मार्क्सवाद को समझे बिना पिछले सौ सालों के देशी-विदेशी ज्ञान-विज्ञान, इतिहास, समाज की बनावटों, बदलावों को समझ सकना असंभव था, उसी तरह आज पिछड़ों, दलितों, स्त्रियों और अभी तक समाज के हाशियों पर फेंक दिए गयों के बिना अपने वर्तमान को समझा ही नहीं जा सकता। अगर वे वहाँ नहीं हैं तो क्यों नहीं हैं। अगर हैं तो किस रूप में हैं—ये सवाल साहित्य और समाज दोनों को नया आयाम दे रहे हैं। शास्त्रीय मार्क्सवाद मध्यवर्गीय बुद्धिजीवियों के हाथों में था, इसलिए वे कुछ बातों का चुनाव कर सकते थे। उनकी व्याख्याओं को लेकर शास्त्रार्थ कर सकते थे, मगर यह महिला और दलितों का उभार उनकी इच्छा, वर्चस्व और सत्ता-षड्यंत्र के बावजूद बाढ़ की तरह सब कुछ को बहाए चला आ रहा है। केवल इच्छा करने से उसे टालना या अनदेखा करना संभव नहीं रह गया है। अब इतना ही काफी नहीं है कि इसके संदर्भ में सामाजिक शक्तियों को समझा जाए, बल्कि ज़रूरी यह है कि इसकी बढ़ती ऊर्जा की सचाई को स्वीकार करके अपने समीकरण तय किए जाएँ...उनका मज़ाक उड़ाने से लेकर उनके आचार-व्यवहार पर जितना कुछ कर सकते थे, हम कर चुके। वे हतोत्साह ही नहीं हो रहे। उन्हें उनकी शर्तों पर स्वीकार करने में हो सकता है, कुछ समय और लगे।

शायद अब अमेरिकी किसान की बदज़बानी और फूहड़पने को छठी मंजिल से बाहर फेंकने की स्थिति नहीं रह गई है, मजबूरी है कि उसकी गँवारू प्रतिभा और स्वयं उसको बर्दाश्त और स्वीकार किया जाए। हमने अभी तक उनके लिए जो पाठ यानी आचार-संहिता बना रखी है, उसे बदलने या तोड़ फेंकने के सिवाय चारा दिखाई नहीं देता। भंवरी बाई और फूलन देवी को लेकर राजस्थान या पूरे देश में जो हंगामा है, उसके पीछे बनाए गए पाठ का टूटना भी है। भंवरी और फूलन दोनों ने अपने

पर हुए यौन-अत्याचारों का प्रतिशोध लिया है, भंवरी को उसका 'कॉज' उठाने के लिए सामाजिक नारी-संगठन मिल गए...फूलन ने व्यक्तिगत रूप से बंदूक उठाकर प्रतिशोध लिया। कानून हाथ में लेना और 20 निर्दोषों को भून डालना निश्चय ही अक्षम्य है, मगर फूलन को लेकर तिलमिलाहट क्या इसी कानूनी और नैतिक बोध के कारण है या उसके द्वारा सब कुछ को लाखों औरतों की तरह चुपचाप बर्दाश्त न कर पाने की 'गुस्ताखी' के कारण ! निर्दोषों की हत्या क्या सचमुच हमारे भीतर ऐसा ही गुस्सा पैदा करती है ? ज़मीन खाली कराने के लिए हर महानगर में हजारों झुग्गी-झोंपड़ियों में आए दिन आग लगा दी जाती है और सैकड़ों की जान लेकर करोड़ों की लूट का बाजार खुल जाता है या जीवनदायिनी दवाओं में मिलावट करके बाकायदा योजनाबद्ध ढंग से लोगों की 'हत्या' की जाती है, तब भी क्या हमारा यह सात्विक क्रोध और नैतिक बोध इसी तरह फनफनाकर जागता है ? बी.जे.पी. के राजनीतिक कार्यकर्त्ता और जज लोग इस मामले में ज़्यादा बेबाक और बेशर्म हैं और खुलेआम जुलूस निकाल कर घोषणा करते हैं कि ऊँची हैसियतों और वर्ण के लोग भंवरी बाई पर बलात्कार नहीं कर सकते, लेकिन फूलन को लेकर हम उतने साफ नहीं हैं। वहाँ निर्दोषों की हत्या का नैतिक और कानूनी झंडा है। कहीं इसके पीछे अवचेतन में यही गुस्सा तो नहीं है कि औरत, वह भी दलित, जवाबी मुकाबला करे...वरना हज़ारों सिखों को आँखों के सामने ज़िंदा जला डालने वाले कांग्रेसी और बी.जे.पी. के नेताओं के प्रति हमारी उदासीनता का क्या जवाब है ? क्या उन्हें हम लगभग 'क्षमा' नहीं कर चुके हैं ? तात्कालिक प्रतिक्रियाओं को छोड़ दें तो मैंने इधर कभी नहीं सुना कि उन्हें फाँसी लगनी चाहिए या चुनाव में खड़े होने या चुने जाने से रोका जाना चाहिए...

संकट मूलतः यही उठ खड़ा हुआ है कि सचाई हमारे बनाए 'पाठ' के चौखटों में समा नहीं रही है और इसी से हमारा खून खौलता है।

'हंस', जून 96

प्रतिबद्धता और स्वायत्तता
(एक बातचीत)

लेखकीय स्वायत्तता को व्यापक परिप्रेक्ष्य में आप किस तरह परिभाषित करते हैं ? हिंदी साहित्य-जगत् या हिंदी समाज के संदर्भ में इसका कोई विशेष अर्थ है तो आपकी दृष्टि में क्या है ?

मेरी दृष्टि में जिसे आप स्वायत्तता कह रहे हैं, उसे ही व्यापक दृष्टि से मैं अभिव्यक्ति की स्वतंत्रता कहना चाहूँगा। लेखक इसी अर्थ में 'स्वायत्त' होता है कि वह अपनी बात 'स्वतंत्र' होकर कह सके, सिर्फ स्वायत्त होना लगभग संदर्भहीन होना या संबंध निरपेक्ष होना है। आज न कोई राष्ट्र संबंधनिरपेक्ष या स्वायत्त हो सकता है, न व्यक्ति। हाँ, लेखक इस अर्थ में स्वतंत्र हो सकता है कि वह बिना किसी दबाव या लिहाज के अपने संबंधों और संदर्भों का 'चुनाव' कर सके। देखना यह है कि उसके 'चुनाव' की प्रेरणा, लक्ष्य और सरोकार क्या है ?

हिंदी समाज अशिक्षा, गरीबी, अंधविश्वासों, धर्मांधताओं, सामाजिक अन्यायों और अत्याचारों का समाज रहा है। इस पर कुछ दिनों पहले मैंने 'इतना कायर हूँ कि उत्तर प्रदेश हूँ' नाम से भयंकर विवादास्पद लेख लिखा था। केवल संख्या-बहुलता और दिल्ली में सत्ता-केंद्र होने या इलाहाबादी प्रधानमंत्रियों के संयोगों के कारण वह सारे भारत पर राज्य करता रहा है। इसका सभी जगह प्रतिरोध हुआ है और महाराष्ट्र, बंगाल, तमिलनाडु के लोग खुलकर कहते रहे हैं कि बौद्धिक, आर्थिक और सांस्कृतिक रूप से दरिद्र लोग ही क्यों हम पर शासन करते रहे हैं ?—व्यापक संदर्भ में यह लगभग वही तर्क है जो हम पिछड़ों-दलितों के चतुर्दिक उभार के खिलाफ देते रहे हैं। दिल्ली ही सब कुछ क्यों तय करे, के विरोध के पीछे सत्ता-वर्चस्व को चुनौती-देना तो है ही, सांस्कृतिक-बौद्धिक धौंस के खिलाफ आवाज उठाना भी है। यों तो यहाँ सभी बावन हाथ के हैं, मगर ईमानदारी से देखें तो कितने अखिल भारतीय स्तर के सचमुच विद्वान हमारे यहाँ हैं ? मुझे तो काशी प्रसाद जायसवाल, राहुल सांकृत्यायन, नरेन्द्र

देव, प्रेमचंद, निराला, मुक्तिबोध, अज्ञेय, रामविलास शर्मा के सिवा कोइ नाम याद नहीं आता जिसे दूसरे प्रांतों के दिग्गजों के साथ रखा जा सके। अभी मैंने तीन घंटे की नॉम चौम्स्की पर एक फिल्म देखी है और तभी से सोच रहा हूँ कि भाषा-वैज्ञानिक होने से अपना बौद्धिक जीवन शुरू करने वाला यह मनीषी कैसे सारी दुनिया के बुद्धिजीवियों के लिए चुनौती बना हुआ है, क्योंकि वह सच्चे अर्थों में कर्मठ बौद्धिक या इंटेलेक्चुअल ऐक्टिविस्ट है। उसकी यह बौद्धिक तेजस्विता निश्चय ही उसकी मानवीय प्रतिबद्धता से आई है।

आज के जमाने में मौलिकता, स्वायत्त लेखन 'मिथ' है। लेखकीय स्वायत्तता या अभिव्यक्ति की स्वतंत्रता का अर्थ सिर्फ एक है कि लेखक मनुष्य की यातना, संघर्ष और स्वप्न से अपने को कहाँ तक एकाकार कर सकता है, किस हद तक वह मानवीय समानता, सामाजिक न्याय और भविष्य की आस्था के लिए हमारे विवेक और चेतना को जगाए रख सकता है। सत्ता की दौड़, लूटने-छीनने की होड़ ने हमारे सारे सपने, विज़न छीन लिए हैं, हम एक भविष्यहीन समाज में रह रहे हैं—इससे मुक्ति कौन दिलाएगा ?

आपके विचार से आज का हिंदी साहित्यकार कितना स्वायत्त है ?

जैसा कि मैंने कहा, स्वायत्तता का अर्थ अगर स्वच्छंदता, निरंकुशता और संदर्भनिरपेक्षता है तो सभी 'स्वायत्त' हैं। हाँ, अगर इससे आपका आशय अभिव्यक्ति की स्वतंत्रता है तो यह सवाल जरूर उठेगा कि अभिव्यक्ति की स्वतंत्रता किससे और किसके लिए ? उसे अंधविश्वासों, सांप्रदायिक संकीर्णताओं, अतीतजीवी मूढ़ताओं, महंतों-कठमुल्लों के अवैज्ञानिक सोच, आर्थिक धाँधलियों की चकाचौंध से मुक्त होकर ही 'स्वायत्तता' की बात सोचनी होगी—और यह तब तक नहीं होगा, जब तक उसके सामने साफ न हो कि वह किसके लिए और किसके साथ खड़ा है, राजनीतिक रूप से हिटलर के या गांधी के ? हमें यह नहीं भूलना चाहिए कि हिटलर को उसके साथियों ने ही मारा या आत्महत्या के बिंदु तक पहुँचाया था, गांधी को हिटलर-प्रेमियों ने...

वैचारिक प्रतिबद्धता अथवा प्रतिबद्ध लेखन, लेखकीय स्वायत्तता को किस तरह प्रभावित करता है ? हिंदी के साहित्यकारों की स्वायत्तता को इसने कितना प्रभावित किया है ?

अभी मैंने कहा, प्रतिबद्धता के बिना तो स्वायत्तता या स्वतंत्रता की परिकल्पना असंभव है। दुनिया का कोई भी ग्रह-नक्षत्र कभी भी संबंध-निरपेक्ष या स्वायत्त नहीं होता। हाँ, पहले हम मानवीय भविष्य के लिए प्रतिबद्ध थे। आज आग्रह है कि अतीत के लिए प्रतिबद्ध हों, पिछड़े सामंती मूल्यों का कीर्तन करें। अप्रतिबद्ध होना, बिना पतवार की नाव है। वह दृष्टिहीनता का दूसरा नाम है। चुनाव आपका होगा कि कहाँ जुड़ें। प्रतिबद्ध न होने का संकल्प अपने-आप में दूसरी तरह की प्रतिबद्धता नहीं है ?

वामपंथ के प्रति प्रतिबद्धता को लेकर भारी सिर-फुटौवल हिंदी साहित्य में हुई है, मगर आज के बचे-खुचे समाजवादी देशों में क्या हिंदी साहित्य के प्रति, उसमें चल रही धाराओं के प्रति उतनी सजगता रही है ? नहीं, तो क्यों नहीं ?

पहली बात तो यह है कि चालीस-पैंतालीस साल से मैं भी साहित्य में हूँ और ताज्जुब है कि मुझे इस सिर-फुटौवल की जानकारी नहीं है। चीजों और स्थितियों को देखने की अपनी-अपनी दृष्टि और समझ है और जिस साहित्य में वैचारिक-मुठभेड़ें या बौद्धिक-विमर्श नहीं होते वह तो निर्जीव और मृत होता है। एक बात मैं बेबाक होकर कह देना चाहता हूँ : तीसरी दुनिया के देशों में जब तक अन्याय और शोषण के खिलाफ लड़ाइयाँ हैं, भुखमरी-गरीबी, बेकारी और ऊपरी धरातलों पर आर्थिक या सत्ता की लूट-खसोट जारी है या सांप्रदायिकता और धर्म को जब तक हिंसा-नृशंसताओं और दूसरे को कुचलने का हथियार बनाया जाता रहेगा, तब तक वाम विचारधारा मर नहीं सकती--नाम उसका कुछ भी किया जाता रहे। चोरी के इरादे से आए चोर जैसे कुत्तों को रोटियाँ डालकर चुप कराते हैं, वैसे ही देशी-विदेशी साम्राज्यवाद के आगे घुटने टेकने से पहले मिलने वाली इस 'आर्थिक स्वायत्तता' की हलवा पूरी को बौद्धिक स्वायत्तता का नाम देना विवेकहीनता है। जो आर्थिक रूप से परोपजीवी हैं, वे किस मुँह से बौद्धिक और सांस्कृतिक स्वायत्तता की बात करेंगे ?

रही बात इस आपाधापी की कि किसने कौन-सा पुरस्कार झाड़ लिया, देश-विदेश चला गया, किसने किसकी किताब को कालजयी घोषित कर दिया, कौन कहाँ नौकरियाँ--पद ले बैठा, किसने किसकी रचना के साथ क्या व्यवहार किया--यह साहित्य की अपनी लड़ाई नहीं है--साहित्य हो चुकने के बाद 'साहित्यकारों' की आपसी उठापटक है। इन सबसे कभी लेखन की गुणवत्ता या आंतरिक शक्ति तय नहीं होती। अंततः तय तो सब-कुछ उसी से होगा, जो आपने लिखा है--जैसे किसी खेल या सौंदर्य प्रतियोगिता में बाहरी ताम-झाम चाहे जितने करते रहें, आखिर में तय तो सिर्फ उसी से होगा जो आपका अपना है--दक्षता, क्षमता, बुद्धि और शरीर...

हिंदी साहित्य में तीन-चार दशकों में अपने समय को स्वर देने वाले, अपने दौर को समझने वाले और आत्मसात करने में हमारी मदद करने वाले सबसे प्रमुख रचनाकार के रूप में आप किसका नाम लेना चाहेंगे ?

किसी का नहीं। साहित्य बौद्धिक जगत् में हम प्रायः एक पराजित मानसिकता जी रहे हैं। लगभग सभी ने अपनी लड़ाइयाँ छोड़कर समर्पण (रेज़िग्नेशन) की नियति स्वीकार कर ली है, चूँकि बुढ़ापे में हर भारतीय आध्यात्मिक होने के और जगत्-गुरु बनकर जीने के लिए अभिशप्त है, इसलिए कुछ रहस्य, आध्यात्म की वायवी दुनिया में जा घुसे, कुछ अतीत के खंडहरी अँधेरों में झूलते मकड़जालों के पीछे छतों से उलटे जा लटके--कुछ ने विदेशी चर्वित ज्ञान के चम्मचपान को अपना आश्रय-स्थल बनाया तो कुछ सौंदर्य-शास्त्र की हवाई दुनिया में वहीं पतंग बने लहराते रहे। मतलब यह

कि अपने देश काल में बद्ध किसी ने भी अपने ढंग से सोचने का जोख़िम नहीं उठाया, सबको बना बनाया चाहिए—चाहे टेक्नॉलॉजी हो या विचार—थोड़ा-बहुत फेर-बदल कर अपना बना लेने की सुविधा या चालाकी—इससे बहुत फर्क नहीं पड़ता कि विचार हमारे यहाँ का है या बाहर का—है तो तैयार माल, हम तो उसे सिर्फ दोहराएँगे। पुराना या अपना होने से ही कोई विचार महान् नहीं हो जाता। यह भारतीय छद्म है।

आज का हिंदी साहित्य देशी या राष्ट्रीय अस्मिता कितनी ईमानदारी से प्रस्तुत करता है ?

देसी या राष्ट्रीय अस्मिता से आपका क्या मतलब ? अगर यह बोध है तो यह प्रयासपूर्वक अर्जित नहीं किया जा सकता, यह तो अपने समय और स्थिति से जूझते हुए खुद ही विकसित होता है, और अगर दूर से दिखाई देने वाली चीज है तो मक्खन मलाई खाकर दूसरों की कमाई पर पलने वाले गेरुआ संत ऋषि महंत ही सबसे ज़्यादा देशी और राष्ट्रीय हैं। देशी अस्मिता वाले आपके प्रश्न पर मेरे सामने तो मुर्दा-भूखे पसलियाँ दिखाते ऐसे नंगे आदमी की तस्वीर दिखाई देती है जिसे राम और कृष्ण के चमचमाते मुकुट-कुंडल पहना दिए गए हों और जिसे संस्कृत-श्लोकों में लगातार यह समझाया जा रहा है कि शरीर की बात, भूखे-नंगे होने की बात सोचना-कहना भौतिकवाद है, तू तो अपने सिर पर लदी राष्ट्रीय अस्मिता की चिंता कर—जैसे घूस, बेईमानी, तस्करी और सट्टे पर पलने वाले, पश्चिमी ताम-झाम से घिरे मध्यवर्गीय कर रहे हैं—देख उन्हें धर्म या राष्ट्र की कितनी चिंता है।

हिंदी साहित्य में किसी को स्थापित करने या किसी को कूड़ेदान के हवाले करने की प्रवृत्ति की बहुत चर्चा रही है। अगर हाँ, तो इससे मुक्त होने का रास्ता क्या है ?

पुरस्कार, प्रशस्तियाँ, तिकड़में ही किसी को सिंहासन या कूड़ेदान में डालती हैं—यानी बात एक ही है। रास्ता सिर्फ एक ही है कि मैंने जो कुछ ऊपर कहा है उसे फौरन अपने पास के कूड़ेदान में फेंक दें—कहीं न कहीं जाकर खुद-ब-खुद स्थापित हो ही जाएगा। न सही पौधा, खाद ही सही...

'हिंदी इंडिया टुडे' के लिए साक्षात्कार

अपने मुख अपनी ही करनी...

सोचता हूँ, क्यों न इस बार अपन अपनी बात करें ? इस अंक के साथ 'हंस' ने अपने नियमित प्रकाशन के दस वर्ष पूरे कर ही लिए। कभी-कभी खुद अपनी पीठ ठोंकने की खुजली भी तो होती है कि जो काम बड़े-बड़े न्यासों, ट्रस्टों, प्रेस-समूहों, सार्वजनिक संस्थानों से नहीं हो पाया, वह आखिर अपन से संभव कैसे हुआ ? वह भी एक ऐसे अपन द्वारा, जिसने न कभी बाकायदा नौकरी की, न व्यवसाय, न पुरस्कार लिए, न फेलोशिप, न फिल्मों के लिए लिखा, न शेयर बाजारी की—बददिमागी की हालत यह कि लेखकीय स्वतंत्रता के ज़ोम में अपनों-परायों सबको नाराज ही किया। शायद साहित्य और साहित्यिक-पत्रकारिता के किसी पूर्व-स्वीकृत ढाँचे को स्वीकारा भी नहीं। ऐसा नहीं है कि इन दस वर्षों में दबाव, मजबूरियाँ, प्रलोभन और धमकियाँ न आई हों, मगर उस धार और डंक के साथ समझौता नहीं किया, जो आज 'हंस' को एक अलग व्यक्तित्व देता है। अगर कहीं कुछ ग़लत या घपले किए भी हैं तो सिर्फ इसलिए कि 'हंस' बचा और बना रहे। हिंदी में अपन को इस तरह के सिर्फ तीन ही व्यक्ति दिखाई देते हैं और वे हैं पांडेय बेचन शर्मा 'उग्र', बदरी विशाल पित्ती और किसी हद तक शानी। शायद ही कोई पत्र 'उग्र' के संपादकीय तेज को साल-छः महीने से ज़्यादा बर्दाश्त कर पाया हो—और इसी के चलते उन्होंने अनेक पत्र निकाले या बंद कराए, मगर वे मलंग और औघड़ व्यक्ति थे, जिसकी गालियों को भी लोग प्रसाद समझकर ग्रहण करते हैं। उधर मैं मध्यवर्गीय मर्यादाओं (रैस्टेक्टिबिलिटी) की स्तरीय कुंठा का मारा, खाने-पहनने का शौकीन, पाइप-फूँकू और (आज) कार-सेवी। मैं चाहू भी, तो 'उग्र' जैसा आत्महंता दुर्वासा नहीं हो सकता। आत्मघात मैंने न किए हों, ऐसा नहीं है—मगर वे प्रायः निजी स्तर के हैं। यहाँ शायद समय का अंतर भी है। 'उग्र' छायावादी युग के निराला, मंटो और भुवनेश्वर की तरह रोमांटिक रिबेल (रूमानी विद्रोही) थे। अगर वामपंथी दर्शन का आधार न मिला होता, तो शायद राहुल सांकृत्यायन भी वही होते। गैर-सांस्थानिक निर्बंध ऊर्जा, यानी यथास्थिति का विरोध,

निहलिस्ट (सर्वनकारवादी) भी बनाता है और किसी विज़न से जुड़कर सर्जनशील भी। विनम्रतापूर्वक ही कहना चाहूँगा कि मेरे भीतर शायद प्रेमचंद और यशपाल का 'सर्वाइवल इस्टिंक्ट' (अपने को बचाए रखने का तत्त्व) भी कुछ अंशों में रहा—बिना समझौतों के अपनी प्रतिबद्धता बचाए रखने का सयानापन।

दूसरे हैं लगभग 25 वर्ष हिंदी की सर्वश्रेष्ठ पत्रिका 'कल्पना' निकालने वाले बदरी विशाल पित्ती, मगर वे संपन्न व्यक्ति हैं और अपनी निजी 'हॉबी' की तरह सन् 70 तक बीस साल पत्रिका निकालते रहे। (अभी भी उसके पुनःप्रकाशन की बात सोचते हैं) उनकी 'कल्पना' साहित्य-कला को समर्पित, लगभग गैर-राजनीतिक पत्रिका थी—हालाँकि वे स्वयं लोहियावादी कहे जाते हैं। हैदराबाद जैसे अहिंदी प्रदेश में रहते हुए भी उन्होंने कुछ महत्त्वपूर्ण कवियों को अपने साथ जोड़ा। श्रीकांत वर्मा, भवानी प्रसाद मिश्र, रघुवीर सहाय, प्रयाग शुक्ल जैसे अनेक साहित्यकार 'कल्पना' के संपादक-मंडल में थे। वे इन कवियों के 'निर्माण' में भी सहायक हुए। पत्रिका में पूरी दिलचस्पी लेते हुए भी पित्ती जी ने शायद ही कहीं अपने को सामने रखा हो। चित्रकार हुसैन की प्रारंभिक कृतियों को मुखपृष्ठ पर छापने का श्रेय भी 'कल्पना' को ही है। 'सरस्वती', 'माधुरी', 'चाँद', 'हंस', 'सुधा', 'विशाल भारत', 'नया समाज', 'प्रतीक', 'ज्ञानोदय' के साथ 'कल्पना' का नाम लिये बिना हिंदी की साहित्यिक पत्रकारिता का इतिहास पूरा नहीं होता। आज वे भले ही ठंडे हो गए हों, लेकिन हुसैन, लोहिया के अलावा हिंदी के न जाने कितने शीर्षस्थ नाम उन्हीं की प्रेरणा और प्रोत्साहन से सामने आए। 'नई कहानी' का नामकरण भी 'कल्पना' में ही दुष्यंत कुमार ने किया और 'चक्रधर' नाम से मार्कंडेय ने अपने विवादास्पद स्तंभ लिखे। 'कल्पना' सीधे राजनीति से नहीं जुड़ी थी, मगर अनेक साहित्यिक विवादों और हलचलों का केंद्र थी। उस अर्थ में वह शाश्वत, निराकार और निर्जीव साहित्यिक पत्रिका नहीं थी, जैसे सरकारी पत्रिकाएँ होती हैं या आज 'साहित्य-अमृत', 'बात : सामयिकी' या 'वागर्थ' हैं जो अपने समय से इतने ऊपर हैं कि शायद सन् 30 में भी ऐसे ही होते जैसे आज हैं। इस वंश में 'पूर्वग्रह' शायद सबसे अधिक समय से (जुड़ा) रहा है। शानी द्वारा संपादित 'साक्षात्कार' बाद में 'समकालीन भारतीय साहित्य' अद्‌भुत तेजस्वी पत्रिकाएँ थीं, ठीक वैसे ही, जैसे विजय मोहन सिंह की 'इंद्रप्रस्थ भारती', प्रकाश आतुर की 'मधुमती' या पहले द्रोणवीर कोहली, अब पंकज बिष्ट का 'आजकल' हैं। वहाँ राजनीति चाहे न होती हो, मगर वह समकालीन रचनाशीलता के ओज को प्रतिबिंबित और निर्धारित करने वाली पत्रकारिता है। मेरे सामने साफ था कि 'हंस', 'विप्लव' या 'नया पथ' की तरह इकहरा पत्र नहीं होगा। अपने सारे वामपंथी झुकावों के बावजूद वह अधिक लोकतांत्रिक और अधिक खुला मंच रहेगा। संपादक वहाँ संयोजक है, सर्वज्ञ और सर्वोपरि नहीं। महत्त्व सिर्फ रचना और विचार का होना चाहिए, व्यक्तियों या किन्हीं लिहाजों और दबावों का नहीं। साथ ही हम उन सामाजिक,

साहित्यिक या राजनीतिक मुद्दों, समस्याओं और बहसों से भी नहीं बचेंगे, जो रचनाकार या विचारक को सीधे-सीधे प्रभावित करती हैं—या जिनके बीच रहकर वह रचना और विचार से जूझ रहा है। हमारे लिए साहित्यिक पत्रिका का अर्थ भाषा और तकनीक के एकांतिक प्रयोग या सौंदर्यशास्त्रीय, देशी-विदेशी चिंताओं और चिंतन तक अपने को सीमित रखना भर नहीं था। भाषा, साहित्य या संस्कृति की बारीक, अमूर्त और वायवीय अवधारणाओं से हमारे दिग्गज बुद्धिजीवी जिस तरह कुछ पत्रिकाओं में पन्ने-दर-पन्ने भर चले जा रहे हैं, वे, हो सकता है, पश्चिमी समाज के अपने संकटों से निकली हों, मगर हमारे लिए बौद्धिक आतंक, ऐय्याशी या सूचना-समूह से अधिक उनका महत्त्व नहीं लगता। वे लगातार आदमी, लेखक, इतिहास, विचार, साहित्य या भविष्य के अंतों की घोषणाएँ कर रहे हैं, हो सकता है नेति-नेति के छोर तक आ पहुँचे हों, मगर हम तो अभी भी बीच यात्राओं में ही हैं, बल्कि हमें तो तय करना है कि क्या हमारे रास्ते भी वही हों, जो उन्हें लगातार अंधी गलियों में पहुँचा रहे हैं ? आज भी हम उन्हें बदल सकते हैं, क्योंकि भर पेट संपन्नों की समस्या-पूर्तियाँ हमारा शुग़ल नहीं हो सकतीं।

महीने में दस-बारह पत्र इस आरोप के मिलते रहे हैं कि मैंने प्रेमचंद के 'हंस' का सत्यानाश कर डाला है, साहित्य नहीं, यहाँ टुच्ची राजनीति भरी रहती है और इसे देखकर प्रेमचंद की आत्मा स्वर्ग में मुझे धिक्कार रही होगी। इस बारे में मैं पहले भी लिख चुका हूँ और फिर आग्रहपूर्वक कहूँगा कि इनमें से शायद किसी ने भी न प्रेमचंद के 'हंस' को देखा है, न तब की अन्य पत्रिकाओं को। वे इस 'हंस' से ज्यादा 'राजनीतिक' पत्रिकाएँ थीं, क्योंकि साहित्य उनके लिए समग्र-जीवन का एक हिस्सा था—सिर्फ ड्राइंगरूमी महफिलों की योग-साधना नहीं। उनमें शायद ही कोई पत्रिका होगी, जिसमें दस-बारह पन्नों की संपादकीय टिप्पणियाँ न हों। देश-विदेश की न जाने कितनी महत्त्वपूर्ण घटनाओं पर संपादकों ने अपनी प्रतिक्रियाएँ दी हैं। बल्कि बात उलटी है। चूँकि उन दिनों अच्छे साप्ताहिक और दैनिक नहीं थे, इसलिए इन मासिक पत्रों के लिए जरूरी था कि वे सूचना और विश्लेषण की इन कमियों को पूरा करें। तब फिर आज उनकी ज़रूरत क्या है ? आज का संपादक यह भोला सवाल नहीं पूछ सकता कि मान लीजिए, संसार की बाकी सारी पत्रिकाएँ नष्ट हो जाएँ, तो अगली पीढ़ी को क्या सिर्फ उसकी पत्रिका पढ़कर यह जानकारी मिल सकती है कि उस समय देश-विदेश में कला-साहित्य, राजनीति या सामाजिक स्तर पर क्या घटित हो रहा था ? सही है कि ऐसे मुग़ालते पालना मूर्खता है, मगर अगली पीढ़ी को यह जानने का हक तो है ही कि एक विशेष देश-काल में रचना और विचार के क्षेत्र के कुछ लोगों की मानसिक समस्याएँ क्या थीं ? उनकी बौद्धिक कैमिस्ट्री कैसे काम करती थी ? क्यों थी ? पत्रिकाओं और संपादक की मृत्यु के इस युग में यही चिंता जीवित होने का प्रमाण है, इसलिए विद्रोह है। यहाँ मैं विश्वास के

साथ कह सकता हूँ कि 'हंस' ने अपनी सामग्री से दस सालों में, झंडा लेकर निकल पड़ने वाले विद्रोही चाहे न बनाए हों—एक ऐसी प्रश्न-चेतना को जरूर जगाए रखा है, जहाँ जो कुछ है या जैसा चला आ रहा है, उसे वैसा ही स्वीकार कर सकना असंभव है। भूलने की जरूरत नहीं है कि जीवन के हर क्षेत्र में आज के भारतीय समाज की मुख्य लड़ाई पुराणपंथी यथास्थितिवादियों और उस व्यवस्था के शिकार होते रहे लोगों के बीच है। कुछ हैं जो संस्कृति, इतिहास और धर्म के नाम पर प्राचीन सामंती मूल्यों और विशेष वर्गों की सुविधाओं को ही 'शाश्वत विधान' कहकर गौरवान्वित करते हैं; दूसरे या तो बराबरी का हिस्सा माँग रहे हैं या इस व्यवस्था को ही उलटने को कमर कसे हैं। जाहिर है कि 'हंस' को उन्हीं बदलाववादियों के साथ होना है। अपने वेद-उपनिषद्, आध्यात्मिक, इतिहास और सांस्कृतिक राष्ट्रधर्म, यथास्थितिवादियों, को ही मुबारक हों, क्योंकि अपने साहित्य या चिंतन में नाम वे भले ही अखिल-विश्व और समग्र-मानवता का लेते हों, यह वे भी जानते हैं कि इस 'अखिल' और 'समग्र' का वास्तविक अर्थ उन्हीं के अपने वर्ग-स्वार्थों तक सीमित है। अपना और अपनो का कल्याण ही उन्हें समस्त 'मानव जाति' का कल्याण लगता है।

इस 'हंस' को बनाने में लेखकों और रचनाकारों ने जिस मुक्त मन से साथ दिया है, वह चकित करता है। बीच-बीच में जब तक हम थोड़ा-बहुत पारिश्रमिक दे पाते थे, तब भी वे हमारे साथ थे और जब बिल्कुल नहीं दे पा रहे, तब भी वे साथ हैं। हालाँकि मुझे सबसे अधिक कचोट इसी बात की है। इस सबके बावजूद गर्व इस बात का भी है कि उन दस वर्षों की कुछ सबसे जीवंत बहसें और सर्वश्रेष्ठ कथा-रचनाएँ 'हंस' के ही माध्यम से आई हैं। कभी-कभी कुछ मित्रों की शिकायत हुई है कि उन्हें उचित सम्मान या स्थान नहीं दिया जा रहा है। हो सकता है, अनजाने यह गलती हुई हो, मगर मुझे लगता है कि पत्रिकाओं के निरंतर बंद होते जाने से लेखक जितना पाठकों से कटता गया है, उतना ही दंभी और आत्मकेंद्रित भी हुआ है। आदमी जितना अकेला होता जाता है, उतना ही तुनकमिजाज, चिड़चिड़ा और उपेक्षा-ग्रंथि का शिकार होता जाता है। इसके सबसे ज्वलंत उदाहरण कवि हैं....उर्दू का बड़े से बड़ा शायर अपनी नई से नई रचना मुशायरों और महफिलों में सुनाने के लिए उत्सुक रहता है, हालाँकि उर्दू मुशायरे हिंदी कवि-सम्मेलनों से कम फूहड़ नहीं हैं, लेकिन हिंदी-कवि श्रोताओं का सामना करने से डरता है। क्योंकि वह सिर्फ अपठनीय होकर रह गया है। उसकी कविता अपने समाज या श्रोता को नहीं, अंतर्राष्ट्रीय स्तर पर किसी भविष्य के नाम लिखी गई 'पातियाँ' हैं, इसलिए भारतीय पाठक उसका सबसे बड़ा प्रदूषण है। वह जो कुछ लिख रहा है, वह बने या बनते हुए कवियों के बीच आपसी, सीमित कूट-संवाद है। एक बार डॉ. लोठार लुत्से ने कहा था कि निर्मल वर्मा हमारे सबसे 'अपने' कथाकार है। न उन्हें समझने में दिक्कत होती है,

न अनुवाद करने में। लगता है, अपनी ही कोई चीज़ पढ़ रहे हैं। फाइव-स्टार होटलों की सबसे बड़ी सुविधा यही है कि थोड़े-बहुत स्थानीय या एथनिक छौंक के बावजूद किसी भी देश का आदमी वहाँ 'अपनापन' महसूस कर सकता है। सार्वभौमिकता की उन्हीं ऊँचाइयों के विचरण का नाम है हिंदी-कविता। वह विदेशी दूतावासों और भारत-भवन में जा बैठी है। अब उसका कोई कुछ नहीं बिगाड़ सकता। विज्ञान और टेक्नॉलाजी तथा हिंदी-कविता इस समय एक ही पाए पर हैं। इनका आविष्कार और विकास 'वहीं कहीं' होता है। अपनी जरूरतों के हिसाब से हम चाहें या जितना ले सकते हैं, उतना फायदा उठा लें। दोनों ही वैश्विक स्तर पर हमें 'उन्नत' बनाने में ही मदद करती हैं। ग़नीमत है, कवि लोग कहानियाँ नहीं पढ़ते, इसलिए सब एकमत से स्वीकार करते हैं कि 'हंस' की कविताएँ बेहद खराब होती हैं (अगर उनमें से किसी की कविता छपी हो तो उसे छोड़कर)। शायद इस 'खराब' का सबसे बड़ा कारण नयों या श्रीलाल शुक्ल के शब्दों में 'उदीयमान दयनीयताओं' को अतिरिक्त स्थान देना भी हो सकता है या उनकी संप्रेषणीयता भी इसका कारण हो। अब मैं इस आरोप का भी अभ्यस्त हो गया हूँ कि मैं अमुक लेखक (विशेषकर लेखिका) के लिए विशेष पक्षपाती हूँ। इतने दिनों बाद भी अगर ये मित्र इस संदेश को नहीं समझ पाए कि 'हंस' स्थापित कुलीनता और अभिजात नकचढ़ेपन के पक्ष में कभी नहीं रहा, तो इसका क्या इलाज ? यह कुलीनतावाद नौसिखुआ लेखकों या औरतों को लेकर हो या शहरी मध्यवर्गीय विषय-वस्तु तक सीमित हो जाने को लेकर...'हंस' ने व्यक्तित्व की बौद्धिक चिंताओं के बजाय अस्तित्व की जमीनी लड़ाइयों को हमेशा तरजीह दी है। हम अभी तक अपने बीच महिलाओं और दलितों की उपस्थिति के अभ्यस्त नहीं हो पाए हैं। आज इन्हें बर्दाश्त करने की उदारता का नाटक तो हम कर लेते हैं, पर स्वीकार नहीं कर पाते। हर अंक में 20-25 लेखकों की सूची में एक या दो महिलाओं या दलितों के नाम 'हंस' को 'उनकी पत्रिका' बनाने के लिए काफ़ी है। ठीक उसी तरह जैसे आज ब्यूरोक्रेसी या राजनीति में शीर्ष पर सैकड़ों दूसरे जातिवादी नामों के बीच दो यादवों या मुसलमानों का होना उन्हें बेचैन ही नहीं करता, उनकी नींद हराम कर देता है। यही नहीं, उनके अच्छे-बुरे (अच्छे नहीं, सिर्फ बुरे) कामों की जिम्मेवारी भी मेरी है। हर मुसलमान की पाकिस्तान से और हर यादव पदाधिकारी की मुझसे 'हॉट लाइन' बनी है। मैं उनके यहाँ या वे मेरे यहाँ दोनों वक्त हाजिरी देते हैं। यह स्वयंसिद्ध सत्य है और इस कुंठा से वे कभी मुक्त नहीं हो पाते।

पहले अवसर पर ही अपनी प्रशस्तियाँ, अपने पर लेख या अपनी पुस्तकों की समीक्षाएँ छपाने वाले लेखक-संपादकों को आँखों में अँगुली डालकर यह दिखा सकना सचमुच मुश्किल है कि मैंने शुरू से 'हंस' को अपने लिए 'निषिद्ध क्षेत्र' बना लिया था। 'हंस' ने मुझे चाहे जितनी प्रशंसा-निंदा दी हो, मगर यह सही है कि 'हंस' का उपयोग मैंने कभी अपने लिए व्यक्तिगत रूप से नहीं किया। हाँ, अपनी सोच, विचारों

या समझ को कभी सीधे और कभी रचनाओं के चुनाव के रूप में सामने लाने की कोशिश जरूर की है। यह भी न हो, तो पत्रिका निकालने की जरूरत क्या है ? कुछ लेखक-मित्रों की शिकायत हो सकती है कि संपादक या उसकी पसंद की अनावश्यक प्रशंसा के जिस मंत्र से वे दूसरों को पटा लेते हैं, 'हंस' में उनकी प्रायः दाल नहीं गलती। कहीं से भी या कैसी भी पत्रिका निकले, कुछ लेखक हमेशा अपनी 'विनय-पत्रिका' लेकर वहाँ हाज़िर होते हैं। वहाँ उन्हें पुराने संपादक द्वारा किए गए अन्याय का बदला लेने की संभावना नज़र आती है। शिकायत मेरी भी है कि 'आत्मालोचना' शब्द को उन्होंने 'शहर-बदर' कर रखा है--उन्हें न अपनी प्रतिष्ठा की चिंता है, न रचना की गुणवत्ता की। उनके हिसाब से दोष हमेशा दूसरों का होता है। वे ही उनकी 'प्रतिभा' को सामने नहीं आने देते। उनके अनुसार संपादक को सिर्फ डाक लेने और प्रूफ पढ़ने का अधिकार है। अधिकांश इस बात पर भी नाराज होते हैं कि प्राध्यापकों और पत्रकारों के अलावा लेखक दूसरे क्षेत्रों से क्यों आ रहे हैं ? बढ़ई, इंजीनियर, डॉक्टर, अफसर या किसी और क्षेत्र में रहकर आदमी लेखक कैसे हो सकता है—जरूर संपादक के घर फर्नीचर, दवाएँ या ऐसी ही सुविधाएँ उँड़ेलकर लेखक बना है--या दारू की बोतलें पहुँचा रहा है।

सचाई यह है कि 'हंस' को अगर पाँच सौ पृष्ठों का भी कर दिया जाय, तो पूरे हिंदी-लेखन को नहीं समेटा जा सकता। कम-से-कम एक दर्जन ऐसी पत्रिकाओं की हमें जरूरत है। और इसी कमी को सैकड़ों लघु-पत्रिकाएँ पूरा करने की कोशिश कर रही हैं। मगर उनके पास न तो साधन हैं, न पाठक। अधिकांश के पास दृष्टि भी नहीं है। व्यक्तिगत प्रयासों से कितने दिन उन्हें नियमित रखा जा सकता है ? वे लघु-पत्रिका और साहित्यिक पत्रिका में भी भेद नहीं कर पाते। नतीजे में इन क्लब-पत्रिकाओं ने लेखकों को अपने रचना-कर्म के प्रति गैरजिम्मेदार बनाया है—आलोचना न उन्हें पाठकों से मिलती है, न लेखक-मित्रों से। देखते-देखते वे घातक आत्मसंतोष के शिकार हो जाते हैं या अपने-अपने 'भारत-भवन' बनाकर बैठ जाते हैं। शायद यही कारण है कि जिस पत्रिका के पास अपना बड़ा पाठक-वर्ग है, उसे वे अच्छी निगाह से नहीं देखते। जब भी लघु-पत्रिकाओं की सूची बनती है, तो उसमें सरकारी, गैर-सरकारी, व्यक्तिगत, धार्मिक सभी पत्रिकाएँ होती हैं, सिर्फ 'हंस' नहीं होता। हालाँकि इन्हीं लेखकों और इसी सामग्री को ठीक इसी तरह छापने में किसी भी लघु-पत्रिका को शायद ही कोई आपत्ति होती। हो सकता है, इसका कारण 'हंस' का नियमित निकलना और एक बड़े पाठक वर्ग से जुड़ा होना भी हो। अगर मैं अपना सतीत्व सुरक्षित नहीं रख पाता, तो दूसरे को भी सुरक्षित रखने का क्या अधिकार है ? निश्चय ही यह ढोंग या घपला है।

इन सारे शक-शुबहों, शंका-आशंकाओं के बावजूद 'हंस' के पास कुछ ऐसे ऊर्जा-स्रोत तो हैं ही कि दस वर्षों तक इसे निकाला जा सका--हो सकता है, अगले

कुछ वर्षों की यात्राएँ भी तय की जा सकें, विश्वास-अविश्वास की चिंता किए बिना मैंने इन्हें छिपाने की कोशिश नहीं की। अक्सर पारदर्शिता सबसे अधिक अविश्वसनीय भी होती है। शायद वह आदमी सबसे ज्यादा चालाक होता है, जो जिंदगी भर पारदर्शी होने का अभिनय निभाए चला जाता है। गाँधी उनमें एक थे। मेरे सबसे बड़े ऊर्जा-स्रोत पाठक, लेखक और ऐसे हितैषी हैं, जो खुद लेखक नहीं हैं और उन्हीं के बूते पर 'हंस' स्वतंत्र और निर्भीक होने के तेवर का आज तक निर्वाह कर पाया है। सभी के नाम लेने का समय नहीं आया है। फिर भी दूसरी बार बताने में भी मुझे कोई संकोच नहीं है कि अगर गौतम नवलखा से मेरा संपर्क न होता, तो शायद न 'हंस' होता, न 'हंस' का यह रूप। उमराव सिंह जी आज संसार में नहीं हैं, मगर अपनी लगभग तीन दशकों की दोस्ती के अधिकार से टी.एम. लालानी को मैंने अनेक बार 'हंस' का 'संकट-मोचक' बनाया है। सारी सामाजिक और व्यावसायिक व्यस्तताओं के बावजूद उनके अध्ययन और उससे भी ज्यादा स्मरण-शक्ति पर मैं चकित हूँ। वैचारिक रूप से वे लगभग परंपरा-पक्षी या पूँजीवाद समर्थक हैं, मगर उन्होंने कभी मेरे सोचने पर दक्षिणपंथी दबाव डालने की कोशिश नहीं की। जैनियों में बाल-दीक्षा के खिलाफ अरविंद जैन ने मुकदमा ठोंक दिया था। ये वे दिन थे, जब उमराव जी के यहाँ 'हंस' की योजनाओं को लेकर महीने में दो-चार बैठकें होती थीं। रूढ़िवादी जैनियों के नेता थे लालानी, उनका ख्याल था कि मैंने ही अरविंद को भड़काया है, इसलिए हम दोनों को छेड़ते; 'हम भी मानते हैं कि बाल-दीक्षा, संथारा या सती जैसी प्रथाएँ ग़लत और अमानवीय हैं, मगर मामला धर्म और समाज का है और हमारे पास बहुत पैसा है, इसलिए हम अच्छे से अच्छा वकील करेंगे और जीतेंगे। आप और आपके अरविंद कुछ नहीं कर पाएँगे।' हिंदुत्व को लेकर शायद ही कभी हम आपस में सहमत होते हों, लेकिन वे अपने को प्रबुद्ध और विकसित पूँजीवाद का प्रतिनिधि मानते हैं, इसलिए बहस में बने रहना चाहते हैं। वरना हिंदूवादियों को मैंने देश-विदेश के दूसरे ज्ञान से अपरिचित, अनपढ़ और असहमति बर्दाश्त करने में असमर्थ यानी कट्टर ही पाया है। इस मतभेद के चलते अपने अनेक घनिष्ठ आत्मीयों से दूर हो जाने का मुझे अभी भी अफसोस है। सद्‌भावना से प्रेरित वे पहले 'हंस' के साथ जुड़े, मगर फिर मेरी लाइलाज अधार्मिकता की दुर्गंध बर्दाश्त करना मुश्किल हो गया। यहाँ शुरू के पाँच-छः साल खुले मन से मदद करने वाले शरद सकलेचा का जिक्र न करना गलत होगा। असहमत वे पहले अंक से थे, मगर बाबरी-मस्जिद के समय के मेरे संपादकीयों ने उनका धैर्य तोड़ दिया। जुड़े दुबारा भी मगर फिर भी नहीं चला। मेरे हिसाब से आज धर्म न आस्था का सवाल है, न संस्कृति का--वह शुद्ध राजनीति है इसलिए भावना का नहीं, बौद्धिकता का सवाल है। हिंदू हों या मुसलमान दोनों प्रकार के भक्त न कुफ्र सुनना चाहते हैं, न देखना। यहाँ परम कट्टर और परम उदार दोनों एक हैं और बहस से बचते हैं।

बहरहाल, और भी अनेक हैं जिन्होंने समय-समय पर 'हंस' को जीवित रखने में सहयोग दिया है। मेरा दूसरा अनुभव है कि अपने स्तर, तेवर और चाहें तो कह लें कि प्रतिबद्धता को बचाए रखने वाली स्वतंत्र पत्रिका चाहे 10 साल चले या 20 साल, वह कभी भी आत्मनिर्भर नहीं होती—नाट्य या अन्य कला संस्थाएँ भी नहीं होतीं—उनके लिए स्रोत बाहर से ही लाने होते हैं। जब ये स्रोत या व्यक्ति नहीं रहते तो बंद हो जाती हैं। शायद 'हंस' को अभी चलना है। हाँ, पारिश्रमिक न दे पाने के अपराध-बोध से मुक्त होने का रास्ता भी शायद शीघ्र ही निकले।

मेरी तेरी उसकी बात, 'हंस', जुलाई 96

हिंदी पत्रकारिता : पतन की स्वतंत्रता के पचास साल

मैं फूलन देवी का न समर्थक हूँ, न हिमायती। व्यक्तिगत रूप से मिला भी नहीं हूँ, मगर उसमें मेरी दिलचस्पी ज़रूर है–किरण बेदी, मायावती और उमा भारती की तरह। ये चारों आज की भारतीय राजनीति के संदर्भ में स्त्री और सत्ता के विशेष जटिल स्वरूप उपस्थित करती हैं–अगर परंपरागत संभ्रांत भाषा में कहूँ, तो 'कमज़ोर के सत्ता-प्रदर्शन का असंतुलन'। पुरुष मुहावरे में, कुछ अपवादों को छोड़कर हजारों साल बाद साधारण औरत ने सत्ता का स्वाद जाना है। और उसका दिमाग़ खराब हो गया है। इसलिए उसकी एक-एक हरकत पर हमारी निगाह है। अक्सर ही मैंने बड़े अफसरों, नेताओं, मंत्रियों में देखा है, जिस कानून और सत्ता ने उन्हें शक्ति, ऑथॉरिटी और अधिकार दिए हैं या जिनकी वजह से वे आज ऊँचाइयों पर हैं–उन्हें खुद तोड़ने में ही उन्हें शक्ति का 'थ्रिल' मिलता है। अधिकार के होने से ज़्यादा जरूरी है अधिकार का प्रदर्शन। छोटे-से-छोटा सिपाही या थानेदार बड़े-से-बड़े तीसमार खां को डंडे के बल पर क्यू में खड़ा करना अपना कर्तव्य समझता है। वह उसका अधिकार है, मगर खुद उस क्यू में खड़े होना उसकी शक्ति का अपमान है। उसे तोड़कर ही वह अपने को अधिकारी साबित कर पाएगा। सुदूर डाकबँगले का चौकीदार अगर अपने नियम के अनुसार किसी छोटे-बड़े अफसर का 'स्वागत' न करे, तो 'नहीं जानता, हम कौन हैं ? कल ही साले को सस्पेंड कराता हूँ' की भाषा में उसका अभिनंदन आम घटनाएँ हैं। हम रोज देखते-सुनते हैं 'कानून सबके लिए बराबर है, वह अपने तरीके से काम करेगा' के नारे लगाने वाले जब खुद को इस कानून के चंगुल में पाते हैं, तो सबसे पहले इसे तोड़ने में एड़ी-चोटी का जोर लगा देते हैं। कल तक के प्रधानमंत्री पी. वी. नरसिंह राव आज यही कर रहे हैं।

दिल्ली के बाद 'शताब्दी' सीधी कानपुर रुकती है, मगर कहते हैं, फूलन देवी

ने उसे टूंडला में रोका, खुद इंजन-ड्राइवर के साथ इटावा तक यात्रा की। गाड़ी वहाँ भी रुकी। निश्चय ही देश के कानून बनाने वाले सांसद का इस तरह नियम तोड़ने की नुमाइश करना आपत्तिजनक ही नहीं, अपराध भी है। इस तरह हर सांसद अगर अपनी सत्ता के मद में कानून तोड़ता रहेगा, तो न नियम रहेंगे, न कूनन, मगर क्या बात सिर्फ इतनी ही है ? महीने-भर से अखबारों में रोज़ निकलने वाले बयानों, समाचार-पत्रों की टिप्पणियाँ, अभिजात समाज में बहसें और हंगामे को देखकर लगता है कि मानो डकैत फूलन ने 'शताब्दी' रोकी नहीं, लूट ली है (प्रतीकार्थ में काश यह काम वह कर सके)। फूलन आज बैलेट के बल पर वही कर रही है, जो कल तक बुलेट के बल पर कर रही थी। वह जहाँ जाती है, कोई न कोई बखेड़ा जरूर खड़ा करती है, मगर मैं फिर पूछता हूँ कि बात सिर्फ क्या इतनी ही है ? रोज मंत्री, एम.पी., एम.एल.ए. 'राजधानियाँ', 'शताब्दियाँ' रोकते हैं, दो-दो घंटे ये गाड़ियाँ आउटरों पर खड़ी सुंसुआती रहती हैं या जहाजों की फ्लाइटें घंटों लेट होती हैं। कृष्ण कुमार गवाह हैं, इसी 'शताब्दी' को मंत्री कल्पनाथ राय ने दिल्ली स्टेशन पर तीन घंटे रोका था, तब तो कोई अखबार इन 'दुर्घटनाओं' को लेकर इतनी हाय-तौबा नहीं मचाता। कल ही मीडिया के लाडले प्रणय राय की कहीं एक कोने में खबर थी कि वे अपने दो कुत्तों को फर्स्ट क्लास (एयर कंडीशंड) में बंबई ले गए। इस तरह ले जाती फूलन या रामविलास पासवान—हर अखबार की हेडलाइनें होतीं।

मगर नहीं, प्रेस—विशेष रूप से हिंदी-प्रेस फूलन देवी को लेकर कुछ ज्यादा ही कृपालु है--वह न उसके ऊपर बनी फिल्म को माफ़ कर पा रहा है, न उसके जीतकर सांसद होने को। उसका इतिहास बार-बार उखाड़कर उसके मुँह पर मारा जाता है। कहते हैं, मुलायम सिंह ने उसे जिता दिया, वरना उसकी क्या औकात। हालाँकि मुलायम सिंह उस समय मुख्यमंत्री नहीं थे और शेषन का शिकंजा भी ऐसी संवदेनशील जगहों पर सबसे अधिक था। फिर मुलायम सिंह ने दो सौ और भी भाई-बंधु खड़े किए होंगे, कितनों को जिता पाए ? चुनावों के दौरान जो सारे देश की निगाहों का केंद्र बन गए थे, उस बनारस-मिर्जापुर से फूलन के जीतने में समाज के एक बहुत बड़े वर्ग की सहमति भी थी, इसे हिंदी-प्रेस और शहरी मध्यवर्ग गले नहीं उतार पा रहा। कहते हैं, फूलन ने बीस ऐसे लोगों को गोलियों का निशाना बनाया, जिनका सीधा संबंध न उसके साथ हुए बलात्कारों से था, न सरेआम नंगे घुमाने से। अगर किया है, तो निश्चय ही जघन्य और नृशंस अपराध है, मगर बिहार के आनंद मोहन की रणवीर सेना ने चार दिन पहले ही 25 औरत-मर्द, बच्चों को इसी तरह घेरकर भून डाला। क्या हिंदी-प्रेस इसे लेकर भी उतना ही बेचैन है ? हमारे प्रबुद्ध नागरिक उन्हें लेकर भी विधवा-रथ निकालेंगे ? नहीं, क्योंकि वे सब दलित और कमजोर थे। उनकी हत्याएँ, उनकी औरतों के साथ बलात्कार या नंगे घुमाना और बस्तियाँ जलाए जाना ऐसी नई बात नहीं है, हमेशा से होता रहा है। हो सकता है, रणवीर या परशुराम

सेना का वह बीसवाँ या पचासवाँ शौर्य हो...वे सब हत्याकांड कहाँ थे, वे तो सिर्फ कम्युनिस्टों (लेनिनवादियों) को सबक सिखाने के प्रतीक थे...हजारों मुसलमानों को मौत के घाट उतार देने वाले बाल ठाकरे हत्यारे नहीं, शिवाजी के अवतार हैं—वंदनीय और पूज्य...न प्रशासन उनका कुछ बिगाड़ सकता है, न सुप्रीम कोर्ट।

हाँ, फूलन देवी एक प्रतीक है, एक टेस्ट-केस या कैटेलेटिक एजेंट। वह हमारे पूरे मध्यवर्ग की सवर्ण मानसिकता को उजागर करती है। कमलनाथ विदेशों से लाए सामान पर कस्टम ड्यूटी न दें और रोकने वाली कस्टम अधिकारी का तबादला करा दें, यह धाँधली की एक घटना है, मगर यही काम कोई दलित या पिछड़ा करे, तो वहाँ धाँधली के साथ संचित घृणा का छौंक भी होता है। अक्सर ही सुनाई देता है 'अफसर एस.सी. है, दोनों हाथों और बेशर्मी से लूट रहा है। साले के बाप-दादाओं ने न पैसा देखा है, न ताकत। इसलिए थोड़े में काम चल जाएगा। दूसरा होता, तो इसी काम के दुगुना-तिगुना ले मरता।' बड़े सरकारी महकमों में चलने वाले ये आम वार्तालाप हैं...

मुझे लगता है, दैनिक हिंदी-पत्रकारिता के मूल संकट विश्वसनीयता, प्रामाणिकता और प्रोफेशनल इंटेग्रिटी हैं। वहाँ प्रायः पढ़ने को कुछ नहीं होता। किसी भी हिंदी पत्र को पढ़ने में पाँच-सात मिनट से अधिक नहीं लगता। कारण यह नहीं है कि ये पत्र छोटे यानी आठ-दस पन्नों से अधिक नहीं होते या कि हिंदी मेरी भाषा है, इसलिए अंग्रेजी के मुकाबले चौथाई समय लगता है। मुझे नहीं पता कि दूसरी भारतीय भाषाओं के साथ ऐसा होता है या नहीं, मगर अपने मन की बात बताऊँ, तो हिंदी पत्र मैं या तो हिंदी-प्रेम के कारण देखता हूँ या अपने मित्रों-परिचितों के लेखों या उनके बारे में सूचनाओं-समाचारों के लिए। खबरों और दूसरी सूचनाओं को लेकर हमेशा एक अविश्वास बना रहता है कि न तो तथ्य सही होंगे, न आँकड़े। विचार और विश्लेषण भी कहीं और से उड़ाए हुए होंगे। संबंधित व्यक्तियों (जो अनिवार्यतः राजनेता होते हैं) के वक्तव्यों में भी पक्ष-विपक्ष के अनुसार तोड़-मरोड़ की गई होगी। असली और सही बात तो अंग्रेजी के अखबारों से ही पता चलेगी। जैसे भारतीय दूरदर्शन 'असली बात' नहीं कहता, उसके लिए जी.टी.वी या बी.बी.सी. देखना पड़ता है। अनेक चैनेल आ जाने से भारतीय दूरदर्शन अविश्वसनीयता के भयानक दौर से गुजर रहा है। मेरा मन अक्सर उन पाठकों के लिए दया से भरा रहता है, जो अपनी जानकारियों के लिए सिर्फ हिंदी पत्रों पर ही निर्भर हैं। और तो और, कबाड़ी भी हिंदी पत्रों के वह भाव नहीं लगाता, जो अंग्रेजी पत्रों के लगाता है। क्या सिर्फ एक भाषा छपने से उसी कागज की कीमत कम हो जाती है ? इस दयनीयता का कारण सिर्फ इतना ही नहीं है कि अंग्रेजी पत्रकारिता का इतिहास 500 साल पुराना है। और वास्तविक हिंदी पत्रकारिता अभी ठीक से 50 साल की भी नहीं हुई है। इसलिए उनके साथ प्रोफेशनल इंटिग्रिटी (पेशे की मर्यादा) की परंपरा वह नहीं है। कारण

और गहरे हैं—विश्वसनीयता और प्रामाणिकता न साइज से तय होती, न पन्नों से, न परंपरा से। वह समाज के मनोविज्ञान का प्रतिनिधित्व करती है।

मोटे रूप में आज हिंदी पत्रकारिता दो भागों या जातियों में बँटी है। राजधानी या बड़े शहरों में अंग्रेजी पत्रों के साथ निकलने वाले 'राष्ट्रीय' हिंदी पत्रों और क्षेत्रीय पत्रों के रूप में। ये 'राष्ट्रीय दैनिक' अनिवार्यतः अपने अंग्रेजी पत्रों से आधे पन्नों के होते हैं—इनकी सूचना और समाचारों के मूल अंग्रेजी में होते हैं। इसलिए सही-गलत अनुवादों से भरे होते हैं। बीच में कभी कोई लेख या टिप्पणी भले अपनी होती हो। संवादों के लिए इनके नेटवर्क भी प्रायः वही हैं। इनके क्षेत्रीय संवाददाता अक्सर स्थानीय अफसरों-नेताओं से साँठ-गाँठ बनाए रखते हैं और राष्ट्रीय दैनिक में खबर छपा देने के लालच या भयादोहन (ब्लैक-मेलिंग) के बूते प्रभावशाली बने रहते हैं। ये अपने या दूसरों के लिए 'काम करा' देने वाले लोग हैं। अपराध या ऐसे किसी सामाजिक मुद्दे पर न इनकी अपनी कोई खोज होती है, न नतीजे। यहाँ ये अफसरों और पुलिस द्वारा सप्लाई की गई सामग्री पर ही निर्भर करते हैं। अगर कोई असुविधाजनक समाचार ये भेजते भी हैं, तो डेस्क पर बैठे नीति-निर्माता इनकी छिलाई-कटाई करके बराबर कर डालते हैं। 'माया', 'मनोहर कहानियाँ' से लेकर इन दैनिकों तक को आसानी से पुलिस-पत्रिकाओं का नाम दिया जा सकता है। हालाँकि इनके पास साधन और सुविधाएँ सभी हैं, मगर कौन झंझट और खतरों में पड़े। विदेशी पत्रकारिता और फिल्मों से प्रेरित अगर कोई उत्साही युवा कुछ करना भी चाहता है, तो उसे ऊपर-नीचे कहीं से भी सहयोग नहीं मिलता, वह अकेला पड़ जाता है। प्रायः ये सारे 'पत्रकार' अपने सहकर्मी अंग्रेजी वालों के ऐश, महत्त्वपूर्ण व्यक्तियों के बीच उनकी प्रतिष्ठा और आत्मविश्वास देखकर कुंठा और हीन-भावना के मारे हुए हैं। किस राजनेता के बीच उनका कितना सम्मान है, इसे वे स्वयं ही बताते रहते हैं। अक्सर कहते पाए जाते हैं कि जो काम, सूचनाएँ या विश्लेषण उन्होंने अमुक मुद्दे पर दिया, वैसा, तो अंग्रेजी वाले भी नहीं कर पाए। उनकी स्थिति जंगल में शेर और सियारों वाली है। शिकार को खाने के बाद शेर जो कुछ छोड़ देता है, उसी पर उनकी दावत होती है। कोई कह सकता है कि आर. के. मिश्र, एच.के. दुआ, शेखर गुप्ता, जनार्दन ठाकुर या कुलदीप कुमार ने अपने जीवन की शुरुआत हिंदी पत्रकारिता से की थी ? आज तो हिंदी पत्रकार की सारी चिंता 'किसको क्या मिलता है' रह गई है। 'हमें भी एम.जे.अकबर, अरुण शौरी या खुशवंत सिंह जितने पैसे मिलें, तो हम भी वैसे ही कमाल दिखा सकते हैं' की हसद उन्हें सवाल को सही ढंग से नहीं रखने देती कि उन्हें अगर आज यह सब मिल रहा है, तो उसके पीछे उनकी लगन, सूझबूझ, पेशे के प्रति वफादारी और परिश्रम है। पोंगापंथी हिंदी प्राध्यापक अपने सहयोगी दूसरे विषयों के, विशेषकर अंग्रेजी के प्रोफेसरों को लेकर जैसी कुढ़न, हीनता या बेचारापन महसूस करता रहता है, वह हम सब जानते हैं।

हालाँकि सुविधा, वेतन, साधन दोनों के बराबर हैं। सही है कि अंग्रेजी पत्रकारिता के पास पैसा, शक्ति, ग्लैमर, प्रभाव सभी कुछ हिंदी से अधिक है, मगर एक स्तर पर सवाल भाषा का नहीं, गुणवत्ता का भी है। कारण चाहे सामाजिक पृष्ठभूमि हो या प्रतिभा की कमी...हिंदी में आने वाले इस व्यक्ति के कद, समझ, दृष्टि (विज़न) और विषय की पकड़ निश्चय ही बहुत छोटे हैं। दिक्कत यह है कि अपनी इस मूढ़ता को वह भारतीय संस्कृति या सांप्रदायिकता से छिपाता है। स्थितियों से सीधे मुठभेड़ करने की न उसके पास योग्यता है, न क्षमता...बस, एकमात्र मंत्र 'हमारे यहाँ तो कहा गया है कि...' अब सुनिए आप दो सौ से लेकर दो-पाँच हजार सालों की लंतरानियाँ....

यह सही है कि इसके लिए मालिकों की अंग्रेजीपरस्ती, स्वार्थ, समझ या चुनाव भी ज़िम्मेदार हैं। उन्हें सत्ता और प्रभाव के लिए अंग्रेजी और व्यापक समर्थन के लिए हिंदी पत्रों की जरूरत है। स्वतंत्रता के तत्काल बाद के दिनों में तो उन्हें योग्यता की भी ज़रूरत नहीं होती थी... गाँधी जी के साथ या स्वतंत्रता-संग्राम में झोला लेकर चलने वाले किसी भी 'समर्पित कार्यकर्ता' को बड़े नेता की सिफारिश पर उठाकर संपादक बना दिया जाता था...या हिंदी-प्रेम में मालिक के यहाँ पूजा-पाठ कराने वाले पंडित जी वहाँ बैठा दिए जाते थे। अंग्रेजी पत्रों के दिग्गजों के बीच चोटी-जनेऊ से लैस पीक और श्लोक एक साथ टपकाते इनकी स्थिति या विडंबना की सहज ही कल्पना की जा सकती है। घर में कथा नहीं कराई, अखबार के पन्नों पर कराते रहे। अभी कुछ दिनों पहले हिंदी के सबसे बड़े दैनिक की छाती पर भी ऐसे ही पंडित जी ला बैठाए गए थे।

अब वे सांप्रदायिक, सवर्ण संस्कृति के पुरोधा 'हमारे शास्त्रों में कहा गया है' का सहारा न लेते, तो बेचारे क्या करते ? खैर, उन्होंने पत्रकारिता का जो भी बंटाधार किया हो...हाँ, पच्चीस-पचास स्वजातियों के हलुआ-पूरी का जुगाड़ जरूर भिड़ा दिया। छुआछूत, अंधविश्वास, जड़ता और शास्त्रीय महानताओं के आसनों पर विराजमान ये वही शंकराचार्य हैं, जो अपनी हैसियत पर जरा भी आँच आते ही 'जातिवाद' के चीत्कार करने लगते हैं। समाज के हर क्षेत्र में जिस आधार पर इनका साम्राज्य कायम है, ठीक उसी आधार पर अगर दूसरे अधिकार माँगें, तो वह जातिवाद की टुच्ची राजनीति होती है। सत्ता का चारण बने रहना हिंदी पत्रकार की अयोग्यता का सबसे बड़ा सुरक्षा-कवच है... वह सत्ता सरकार की हो या धर्म और संस्कृति की। इस सबके बावजूद अज्ञेय, राजेंद्र माथुर, रघुवीर सहाय, धर्मवीर भारती, सुरेंद्र प्रताप सिंह, विष्णु खरे, राजकिशोर, मृणाल पांडे और किसी हद तक प्रभाष जोशी ने अपनी भूमिकाएँ गरिमापूर्वक नहीं निभाईं, यह कहना गलत होगा। हाँ, इनका सम्मान सब करते हैं, अनुकरण कोई नहीं करता।

सब मिलाकर इस पत्रकार ने अपने पेशे में चाहे कुछ किया हो या न किया

हो, सरकारी, गैर-सरकारी संपर्कों से अपनी भेंट-पूजा भरपूर कराई है—विदेश यात्राओं से लेकर अनेक जगहों पर फ्लैट, मकान, पुरस्कार, बैंक-बैलेंस तक। यही भूमिका अंग्रेजी पत्रकार की भी है, मगर वह ऊँचा है और यही अंतर एक बड़े दबंग स्मगलर और टिकियाचोर का अंतर है। वास्तव में जिस तरह हिंदी पत्रकारिता, अंग्रेजी पत्रकारिता का फूहड़ अनुवाद है, वैसे ही हिंदी पत्रकार भी समांतर अंग्रेजी पत्रकार का। अपने 'मूलपाठ' से आक्रांत इसने अपनी भाषा और मौलिक प्रतिभा का निरंतर हनन किया है। इसके सबसे बड़े शत्रु स्वतंत्र चिंतन और रचनात्मक लेखन हैं। उन्हें ये कभी इतना महत्त्व नहीं देते कि स्वयं इनके अपने कद छोटे हो जाएँ। छोटे-से-छोटे पत्रकार ने मौलिक लिखनेवालों को पीछे खदेड़ दिया है। लेखक कहीं हाशिए पर पड़ा है और रचनाकार के नाम पर छाए हैं तिकड़मी पत्रकार। जो जिस विषय का अधिकारी है, उसे ये शायद ही अपने पन्नों पर सम्मानपूर्वक लाते हों। अंग्रेजी में दर्जनों ऐसे कॉलमिस्ट हैं, जिन्होंने पाठकों के बीच सम्मानपूर्वक जगह बना ली है, उनका स्वतंत्र व्यक्तित्व है और अर्थशास्त्र से लेकर डिफेंस तक उनके विश्लेषण को गंभीरता से लिया जाता है—वे ओपीनियन-मेकर हैं—हिंदी में मुझे शायद ही ऐसा कोई नाम याद आता हो। कॉलमिस्ट सिर्फ 'पकड़े' ही नहीं जाते, उन्हें घेरा, बनाया या सँवारा भी जाता है। अपने-अपने क्षेत्रों के विशेषज्ञों की छवि को पाठकों के सामने प्रस्तुत भी किया जाता है—और हिंदी-पत्रकार इसी से डरता है। एक तो उसमें इतनी समझ-बूझ नहीं है कि किस विषय पर किससे लिखाया जाए, या उसकी बातचीत को पूरी गरिमा से कैसे प्रोजेक्ट किया जाए, दूसरे, ये खुद उसके अपने लिए सबसे बड़े खतरे हैं—पता नहीं कौन अपने चिंतन और लेखन से मालिकों की निगाह में इतना महत्त्वपूर्ण हो उठे कि खुद उनका ही पत्ता कट जाए।

हिंदी पत्रकार हमेशा हीनता और असुरक्षा-भय का मारा हुआ प्राणी है, जो अंग्रेजी सामग्री के सहारे अपने को वहाँ बनाए हुए है। किसी भी विषय पर न उसके अपने स्वतंत्र विचार होते हैं, न पहल। पिछले बीसियों वर्षों से तीन अपवादों को छोड़कर मुझे याद नहीं आता कि इस पत्रकार की किसी स्टोरी को लेकर कोई हंगामा हुआ हो या उसने अखिल भारतीय स्तर की कोई न्यूज ब्रेक की हो। वे तीन अपवाद हैं—जापान के कुओडील पर पी.सी. सेठी के कमीशन खाने पर 'जागरण' (कानपुर) द्वारा उद्घाटन; दहेज में सुधा गोयल की हत्या के अपराधी और सुप्रीम कोर्ट से सजा पाए लक्ष्मण कुमार का खुलेआम घूमने, व्यवसाय करने या दूसरी शादी करके पिता बनने की कहानी का अरविंद जैन-धीरेंद्र अस्थाना द्वारा 'चौथी दुनिया' में भंडाफोड़ या नरेंद्र केसरवानी द्वारा भोपाल गैस-त्रासदी हो सकने की आशंका पर 'इंडिया टुडे' में आलेख। ये तीनों समाचार बाद में अंग्रेजी प्रेस में छाए रहे, मगर ये अपवाद हैं। हिंदी पत्रकारिता 95 प्रतिशत आज भी अंग्रेजी पत्रकारों के खोजी कारनामों पर ही अपनी डफली बजाती रही है।

इस मामले में पत्रकारिता का दूसरा पक्ष, यानी क्षेत्रीय या भाषायी पत्रकारिता कभी-कभी ज्यादा जागरूक और जिम्मेदार होने का प्रमाण देती है। चूंकि वह सीधी पाठकों से जुड़ी है। इसलिए उसकी भाषा ज्यादा जमीनी और सहज है। अगर मालिकों के स्वार्थ आड़े न आएँ, तो उसकी भूमिका कभी-कभी सामाजिक कार्यकर्ता (सोशल ऐक्टिविस्ट) की होती है—जब दिल्ली के राष्ट्रीय पत्रकार रूपकुँवर के सती होने के शास्त्रीय और आध्यात्मिक अर्थ निकालकर भारतीय संस्कृति के ढोल-मंजीरे बजा रहे थे, तो राजस्थान के क्षेत्रीय पत्रकारों ने ही इस नृशंस, अमानवीय और क्रूर खेल के खिलाफ जिहाद उठाया था या भंवरी बाई पर हुए बलात्कार के खिलाफ झंडा बुलंद किया था। बिहार के दूर-दराज इलाकों में सवर्णों की सेनाओं द्वारा दलितों के नरसंहार हों या भागलपुर के दंगे या फिर बहुत पहले जगन्नाथ मिश्र द्वारा कैदियों की आँखें फोड़े जाने की घटना हो या प्रेस-बिल के खिलाफ लामबंद होना, घोटालों की शृंखला हो या कोल-माफिया के कारनामे। शराब-निर्माता केड़िया के कथित गुंडों के हाथों शंकर गुहा नियोगी का मारा जाना हो या भिलाई पुलिस फ़ायरिंग, मेधा पाटकर का आंदोलन या उत्तराखंड की माँग—हिंदी पत्रकारिता मिशन की तरह इन मुद्दों पर सारे देश का ध्यान खींचती रही है, मगर हर ऐसी घटना के बाद या तो इन पत्रकारों की लगामें खींच ली गईं या इन्हें निकाल बाहर किया गया। उमेश डोभाल जैसे दर्जनों पत्रकारों की तो बाकायदा हत्या कर दी गई, मगर सवाल यही है कि हिंदी पत्रकारिता ने कभी अपनी उस सामाजिक शक्ति का प्रदर्शन क्यों नहीं किया, जहाँ अकेला 'इनाडु' तेलगुदेशम जैसी पार्टी खड़ी करके आंध्रप्रदेश की राजनीति का नक्शा बदल देता है या 'इंडियन एक्सप्रेस' मिनिस्टरों और देश की सरकारें पलट देता है या मराठी का निखिल वागले, बाल ठाकरे की खौफनाक फ़ासिस्ट सेना से खुलकर टक्कर लेता है। इसके लिए हमें अपने इन क्षेत्रीय पत्रों की बनावट को देखना पड़ेगा।

'हिंदी ट्रिब्यून', 'राष्ट्रीय सहारा' और इंदौर की 'नई दुनिया' को छोड़कर हिंदी के सारे क्षेत्रीय समाचार-पत्र उन लोगों द्वारा शुरू किए गए, जो खुद दूसरे पत्रों में कंपोजिटर, हॉकर या पैकर थे। अपनी लगन और अनुभव से इन्होंने शीघ्र ही पाठकों में जगह बना ली। उन्हें शायद अनुमान भी नहीं था कि तीन-चार दशकों में ही इनके आठ-आठ संस्करण निकलने लगेंगे और सर्कुलेशन लाखों को पार करेगा। इस समय तो उन प्रारंभकर्ताओं की दूसरी पीढ़ी उनके साम्राज्य को सँभाले हुए है, मगर वह पत्रों के टेक्नीकल और प्रबंधन-पक्ष में जितनी आधुनिक और प्रोफेशनल है, वहाँ छपने वाली सामग्री के बारे में उतनी ही दकियानूसी और जड़। व्यवसाय चूंकि पारिवारिक हैं, इसलिए शुरू से ही मालिक ही संपादक भी होता रहा है। इन्हीं के स्तर और परिवार के लोग जब कोई दूसरा व्यवसाय या इंडस्ट्री लगाते हैं, तो अपने क्षेत्र के अच्छे से अच्छे टेक्नीकल विशेषज्ञों या प्रोफेशनल लोगों को नियुक्त ही नहीं करते,

सारा प्रोडक्शन वगैरह उन पर छोड़ देते हैं, लेकिन पत्रकारिता ही ऐसा क्षेत्र है, जहाँ खुद मालिक से ज्यादा प्रोफेशनल या विशेषज्ञ कोई नहीं होता। उसने बचपन से देखा है और वह उसके खून में है। घर में लगी लूम पर बाप को खुद कपड़े बुनते या बुनवाकर खुद घर-घर बेचने वाले बाप के बेटे ने चाहे ये सब शुरू से देखा या सीखा हो, मगर उस व्यवसाय और छोटी-बड़ी टेक्सटाइल मिल के व्यवसाय के लिए दो अलग मानसिकताएँ जरूरी हैं।

इन मालिक संपादकों का रहन-सहन, अदाएँ और नखरे भले ही आधुनिक हो गए हों, लेकिन विचार से लेकर समाचार तक के लिए, उनका सलूक वही तिलकधारी बनिए जैसा है। उनके यहाँ न काम की स्थितियाँ आधुनिक हैं, न वेतन इत्यादि ...प्रोफेशनल स्वतंत्रता का तो सवाल ही पैदा नहीं होता। नतीजे में पढ़े-अनपढ़ किस्म के कॉलेज से निकले 'पत्रकारिता में तीर मारने' के सपने देखते नए-नए रंगरूट भर्ती कर लिए जाते हैं, जो या तो जिंदगी भर वहीं कुढ़ते-कुंठित होते रहते हैं या फिर पहला अवसर पाते ही बड़े चरागाहों की ओर भाग निकलते हैं। चूँकि अधिकांश मालिक लोग उस वर्ग के हैं, जो सुबह-शाम पूजा-आरती-मंदिर-चंदन करके दिन-भर घी में चर्बी मिलाने की छूट को धर्म मानते हैं, या जिनके घरों में अखंड रामायण और सत्यनारायण की कथाएँ चलती रहती हैं। इसलिए उनकी राजनीतिक समझ को भारतीय जनता पार्टी का सांस्कृतिक राष्ट्रवाद सबसे अधिक रास आता है, न कुछ पढ़ने और समझने की जरूरत है और न अध्ययन-शोध की—अतीत की अद्वितीय महानताओं और 'जय श्री राम' से ही सारे काम चल जाते हैं। इन लोगों के दिशा-निर्देशन या संपादन में जो पत्र निकलते हैं, वहाँ कहाँ का स्तर और कहाँ की अभिव्यक्ति-स्वतंत्रता ? किसी असुविधाजनक समाचार पर जहाँ किसी मंत्री, मुख्यमंत्री, अफसर या धर्माचार्य ने हड़काया कि अगले ही दिन उसका माफीनुमा दूसरा पक्ष छाप दिया और हाथ जोड़ते दरबार में जा पहुँचे—'गलती हो गई हजूर आगे ऐसा नहीं होगा। असल में एक कम्यूनिस्ट आ घुसा था, सो साले को ठीक कर दिया।' अखबार की सत्ता का इनके लिए अर्थ है सिर्फ सौदेबाजी या ब्लैकमेलिंग की शक्ति। अपने अंदरूनी अंतर्विरोध में किसी विरोधी राजनीतिक पार्टी की शह पर ऐसे संपादक कभी-कभी 'रहस्योद्‌घाटन' भी कर डालते हैं, बदले में दूसरे रहस्यों के सूत्र समझा या बेच कर सारा सवाल ठंडा कर दिया जाता है। अब इस मानसिकता या बौद्धिक स्तर वाले लोग अगर गणेश जी को दूध पिलाने, किसी आचार्य, भगवानश्री, साध्वी या महामाया के महान् चमत्कारी प्रवचनों पर पन्ने-दर-पन्ने भरने की पत्रकारिता नहीं करेंगे, तो परलोक में जवाब कौन देगा ? मंडल, आडवाणी की रथ-यात्रा, बाबरी मस्जिद या चुनावों में इनके भीतर का सवर्ण हिंदू जिस तरह तांडव करने लगता है, वह देखते बनता है। अपने पाठकों को न ये सही सूचनाएँ देते हैं और न प्रशिक्षित करते हैं—सिर्फ उनकी धार्मिक भावनाओं का शोषण और दोहन करते हैं। अपनी प्रतिभाओं को अवसर देने या

।वशषज्ञों से सामग्री लेने का इनके यहाँ कतई कोई रिवाज नहीं है—स्थानीय रिपोर्ट के लिए थाने और बाहरी सामग्री के लिए अंग्रेजी अखबारों की मदद, कॉलमिस्टों के रूप में अंग्रेजी कॉलमों के बेशर्म अनुवाद...रविवारीय परिशिष्टों में कहानी-कविता या अचार-पापड़-बड़ियाँ...सौंदर्य-प्रसाधन। बंबइया फिल्में तो सदाबहार सामग्री है ही। इनके हिसाब से हिंदी-पत्र मूर्खों, अनपढ़ों और जड़-बुद्धि सांप्रदायिकों के लिए निकाले जाते हैं। इसलिए जरूरी है कि संपादकीय स्टाफ़ में भी उसी स्तर के लोग हों। न हों, तो उन्हें ठोंक-पीटकर वैसा बना दिया जाए। इन पत्रों में किसी का अपना व्यक्तित्व उभरने ही नहीं दिया जाता। वे 'सरिता', 'मुक्ता' जैसे कारखाने हैं, जिनका ब्रांड नाम विश्वनाथ है। मूलतः हिंदी पत्रकारिता में मालिकों से लेकर संवाददाताओं तक सांप्रदायिक, सामंती पुरुष-जहनियत के लोग भरे हैं। यह है इनकी अभिव्यक्ति की स्वतंत्रता का वास्तविक अर्थ।

और इस परिदृश्य को मैं कहता हूँ 'पत्रकारिता में पतन की स्वतंत्रता के 50 साल।' क्या मिलता है मुझे वहाँ नया या अलग ? पतन ही देखना होगा, तो अंग्रेजी पत्रकारिता में देखूँगा जहाँ एक बौद्धिक मुखौटा तो है, 'जय श्री राम' छाप बस्ता बरदारी करते हुए भी वे जानते हैं कि साथी पत्रकारों या पाठकों के बीच बराबर के दिग्गज हैं और उनकी सारी पैंतरेबाज़ियों को समझते ही नहीं, पलटकर वार करने की क्षमता भी रखते हैं। वहाँ अधिकतर विचार इसलिए नहीं दबाया जाता कि हमारे आका नाराज हो जाएँगे या हमारी समझ और आस्था पर अगर आज सारे हिंदी प्रदेश में एक भी 'मलयालम मनोरमा', 'आनंद बाजार पत्रिका' या 'इनाडु' जैसा विश्वसनीय पत्र नहीं है, तो दोष उन मालिकों, भाड़े के संपादकों और पाठकों का है, जो जड़ता-मूढ़ता के साक्षात् प्रतिमान और हर बौद्धिक खुलेपन के विरोधी हैं। हमें यह भी नहीं भूलना चाहिए कि इन्हीं हिंदी पाठकों ने 'धर्मयुग', 'रविवार', 'दिनमान' आदि पत्रिकाएँ भी खुले दिल से पढ़ी हैं।

क्या हम स्वतंत्रता के पचास साल बाद और इक्कीसवीं सदी में इसी बचकानी प्रिमिटिव (आदिम) पत्रकारिता के साथ प्रवेश करेंगे ?

मेरी तेरी उसकी बात, 'हंस', अगस्त 96

ग़रीब साहित्य और सम्पन्न साहित्यकार

आज तक मुझे संतोष और गर्व था कि मैं भी चदरिया को जतन से ओढ़े रहूँगा और ज्यों की त्यों रख जाऊँगा, मगर लगता है कि यहाँ भी नील का दाग लग ही गया—यानी मैं भी बिहार विधान-परिषद् के उस भव्य कक्ष में खड़ा आचार्य शिवपूजन सहाय सम्मान और एक लाख रुपए का ड्राफ्ट ग्रहण कर रहा था। तमाशा भी हुआ और पुर्ज़े भी उड़े। नामवर जी कहते हैं कि आदमी के भीतर बुद्धि हो, तो हर स्थिति के लिए तर्क तलाश कर लेता है। वे करते भी रहे हैं, मगर क्या मैं सचमुच उस क्षण उतना ही निर्द्वंद्व और निर्भ्रांत था ? क्या था उस समय मन में ? ग्लानि, अपराध-बोध, अपनी ही बनाई मूर्ति को ध्वस्त कर डालने का हिंस्र सन्निपात ? मैं, जो अब तक हर इस तरह के पुरस्कार का घनघोर विरोधी रहा हूँ और तरह-तरह की जोड़-तोड़ करके पैसे के पीछे लपकने या झपटने वालों के लिए तिरस्कार ही महसूस करता रहा हूँ—क्यों उसी काजल की कोठरी में जा पहुँचा ? कैसा लगेगा अब पैसे और सम्मान के लिए हाय-हाय करने और ज़ार-ज़ार रोने वाले कवियों, लेखकों, विचारकों, चिंतकों या आध्यात्म पुरुषों की बिकी हुई कतार में शामिल किए जाने पर ? बार-बार अपने-आप से पूछता हूँ कि क्या सचमुच मेरे मन में भी मरकट की नाईं नाचने वाली पैसे की उतनी ही 'हाय' (ब्रजभाषा में 'हैया') है ? बिना किसी शहीदी भाव के जवाब 'नहीं' में ही मिलता है। सार्त्र की तरह—यह पैसा आलू के बोरे जैसा चाहे न लगता हो, तो भी ईमानदारी से कहना चाहता हूँ कि आज तीन दिनों बाद भी एक लाख के उस ड्राफ्ट को छूने का न मन करता है, न हिम्मत होती है—पानी या आईने को देखकर डरने वाले सग़-ग़ज़ीदा की तरह। भविष्य का भय आज भी मुझे नहीं डराता। फिर अब न तो बेटी की शादी करनी है। न भाई-भतीजों को फिट करना है। पैसा तो उस समय भी कमजोरी नहीं था, जब सचमुच संघर्ष के दिन थे और परिवार का सारा बोझ मन्नू उठाए थी। तब फिर मुसीबत क्या थी ?

मुसीबत, जाहिर है, 'हंस' ही थी—जिसकी जिम्मेदारी और उसे लेकर मोह चाहे

मेरा निजी हो, लेकिन है तो हम सबका...बहुत छोटा और टुच्चा ही सही, मगर दस वर्षों में वह मेरे लिए ऐसा 'कॉज' बन बैठा है, जिसके लिए मैंने यह सब किया है, जो शायद अपने लिए कभी न करता—मंत्रियों, अफसरों, पैसेवालों के यहाँ चक्कर लगाए या लगवाए हैं, काशी विश्वविद्यालय बनाने वाले मदनमोहन मालवीय की तरह भीख और अनुदान माँगे हैं, मित्रों-परिचितों को पटाने की कोशिशें की हैं—गर्ज़ यह कि बैग, बोरों और स्टील—किसी को निषिद्ध नहीं माना। यह जानते हुए कि वे कभी भी गोली या फाँसी की भेंट चढ़ जाएँगे—देश के लिए लड़नेवालों ने सरकारी खजानों, रेलों या पैसे वालों को नहीं लूटा ? मैं उन्हें अपने धरातल पर लाकर छोटा नहीं करना चाहता, मगर फिर भी तथाकथित 'सम्मान' के साथ अगर मैंने कुछ रुपया 'लूट' ही लिया, तो क्या सचमुच अपराध ही किया है ? यह तो अपना ही राष्ट्रीय पैसा है, किसी केड़िया, साहू, जैन, बिड़ला, मोदी की काली या मैली कमाई में हिस्सेदारी से तो नहीं मिला ? मंत्री, अफसर, अपराधी अगर देश का करोड़ों, अरबों लूट सकते हैं तो खुले-खजाने एक लाख 'लूटना' उतना बड़ा 'विश्वासघात' तो नहीं ही है। लगभग एक सदी करोड़ों को मौत के घाट उतारने वाले डायनामाइट निर्माता 'नोबेल' के साहित्य, साइंस या शांति पुरस्कारों के मुकाबले शायद ज्यादा 'स्वच्छ' पैसा है। अपने भाषण में मैंने ग्राहम ग्रीन के उपन्यास के एक पात्र का ज़िक्र किया था; उसे जासूसी के आरोप में पकड़कर टॉर्चर किया जा रहा है, मगर वह कन्फैस नहीं कर रहा। जब बड़े अफसर को बताया जाता है, तो वह विश्वासपूर्वक कहता है, "उसे और टॉर्चर करो। वह टूटेगा। उसके पीछे पत्नी और बच्चे हैं। वह जरूर टूटेगा।" बच्चों को घास की रोटी खाते देखकर महाराणा प्रताप टूटे या बेटे को दूध के नाम पर खड़िया मिला पानी पीते देखकर द्रोणाचार्य टूटे—तब क्या 'हंस' मेरे लिए भी टूटने वाली वही 'कमजोर नस' है ? मगर मेरा द्वंद्व यह भी है कि मैं 'हंस' की सिर्फ, जीवन-रक्षा के लिए नहीं, स्वतंत्रता के लिए भी टूटना चाहता हूँ। इस सबका कुछ खुलासा मैं जुलाई 96 के अंक में दे चुका हूँ। गलत न समझा जाऊँ तो कहना चाहूँगा कि 'हंस' से मेरा मोह उसके बने रहने की अपेक्षा उसकी स्वतंत्रता से ज्यादा है। दस-ग्यारह वर्षों में 'हंस' ने स्वतंत्र और निर्भीक बने रहने का जो 'व्यक्तित्व' अर्जित किया है, उसके सामने मेरा व्यक्तिगत 'अहं' क्या सचमुच महत्त्वपूर्ण है ?

मगर नहीं, जन-संस्कृति मंच के कुछ मित्रों का आरोप है कि इस सम्मान को अस्वीकार न करके मैंने एक बहुत बड़े ऐतिहासिक क्षण के साथ विश्वासघात किया है। पटना पहुँचने पर मैंने पाया कि हफ्तेभर के सारे अखबार इसी विवाद से भरे हैं—तेरह अगस्त और चौदह अगस्त को रामजी राय के अनेक फोन मुझे और मित्रों को मिलते रहे कि बथानी टोला के नरसंहार के विरोध में मुझे यह सम्मान अस्वीकार कर देना चाहिए। दिल्ली के डॉ. अवधेश 50 लेखकों के हस्ताक्षरों वाली अपील लेकर मुझसे मिले भी और बाद में यह बयान अखबारों में भी जारी हुआ। नामवर जी

का कहना था कि उनसे और अन्य लेखकों से जिस बयान पर हस्ताक्षर कराए गए थे, वह बथानी टोला के नरसंहार के विरोध में था, पुरस्कार के नहीं। प्रेमचंद जयंती पर गोरखपुर में सब लेखक जमा हुए थे। उसी बयान के अगले पन्ने इस अपील के साथ जोड़ दिए गए थे। इस तरह मूल विवाद में यह दूसरा विवाद भी जुड़ गया कि बयान पर किसने हस्ताक्षर किए, या किसके हस्ताक्षरों का उपयोग कर लिया गया। मेरा कहना था कि सम्मान स्वीकार करते समय मैंने रामजी राय सहित सभी मित्रों से परामर्श करके ही निर्णय लिया था। फिर, बथानी टोला की घटना 11 जुलाई को हुई—आपको यह तय करने में ठीक एक महीना लगा कि मुझे ऐसी सरकार का सम्मान अस्वीकार कर देना चाहिए जिसने इस दिशा में कोई कदम नहीं उठाया, न अपराधियों को पकड़ा। अब मुझसे आप घंटे भर में निर्णय चाहते हैं। यह संभव नहीं है। यही निर्णय अगर दस-बीस दिन पहले आपस में बैठकर लोकतांत्रिक ढंग से लिया जाता, तो हो सकता है, बात दूसरी होती। अचानक एक व्यक्ति की इस ब्रेन-वेव को क्यों आप हम सबका निर्णय बनाना चाहते हैं ?

यहाँ मेरे सामने दो सवाल थे। बिहार में नरसंहारों का सिलसिला नया नहीं है। बथानी टोला पर मैं स्वयं बिहार सरकार और बाहुबलियों के साथ की साँठ-गाँठ के खिलाफ बयान देने के अलावा 'हंस' में लिख भी चुका हूँ। अगर मैं गोरखपुर में होता, तो मैं भी हस्ताक्षर करता, मगर उसी सरकार के साथ कल तक 'माले' (जनसंस्कृति मंच जिससे प्रेरित है) चुनावी और दूसरे तालमेल बैठा रही थी—लालू की तानाशाही के खिलाफ कल आप फिर समता, बी.जे.पी. या दूसरी किसी भी ऐसी पार्टी के साथ हाथ मिला लेंगे, जिसे आप आज तक फूटी आँखों देखना पसंद नहीं करते। माना कि स्थितियाँ बदलती हैं और राजनीतिक पार्टियों को अपनी रणनीतियों पर हर बार पुनर्विचार करना होता है, मगर साहित्य और संस्कृति को आप चुनावी राजनीति के रोज़-रोज़ बदलते चरित्र का ऐसा पिछलग्गू क्यों बनाए रखना चाहते हैं, जहाँ हर क्षण दोस्त और दुश्मन बदलते हों ? एक ही उद्देश्य के लिए प्रतिबद्ध और समान सोचवाले लेखकों के सामने ऐसी अनिश्चितता क्यों बनी रहनी चाहिए कि एक झटके में कल तक के साथी को दुश्मन का नाम दे दें ? या उसका किया-धरा एक ही झोंक में निरर्थक बताना पड़े ? मान लीजिए कि कुछ लेखक कलाकार कोई गोष्ठी या मंचन कर रहे हैं और अचानक 'निर्णय' होता है कि उनमें कुछ लोग 'हमारे साथ' नहीं हैं क्या ऐसी स्थिति में सब-कुछ को बीच में ही छोड़कर हमें दोस्त-दुश्मन का फैसला करने में जुट जाना चाहिए ? नहीं, हमें ऐसी हास्यास्पद कठपुतली न बनाएँ या एक ही दर्शन की विभिन्न तात्कालिक व्याख्याओं के नाम पर 'गृहयुद्ध' की स्थिति न पैदा करें। बिहार में बड़े दुश्मनों से लड़ने के साथ एक ही राजनीतिक सिद्धांत के नाम पर आपस में पर्जिंग नहीं हो रही ? एक-दूसरे को 'वर्गशत्रु' कहकर आपसी संदेह और हिंसा का वातावरण नहीं है ? विभिन्न दबावों में राजनीति हमेशा हमें

बाँटती है, साहित्य भी क्या उतना ही संकीर्ण होता है ? वह तो समान विचारवालों के बीच एकसूत्रता स्थापित करता है। कबीर, निराला, प्रेमचंद, मुक्तिबोध, राहुल, यशपाल, रेणु, धूमिल, पाश, यहाँ तक कि गोरख पाण्डेय प्रलेस, जलेस, जनम में से सिर्फ किसी एक की निजी संपत्ति है ? हमेशा राजनीतिक सिद्धांतकारों का मुँह देखने के कारण ही हमारे ये लेखक संगठन न तो किसी रचनात्मक लेखक को लंबे समय तक अपने साथ रख पाए, न सीधे जनता के साथ जुड़े रह सके। उनकी पहली वफादारी अपनी-अपनी पार्टियों के साथ रही और वे स्वयं निष्प्रभावी होते गए। याद कीजिए सन् 48 से लेकर 55 तक का समय जब सभी संस्कृतिकर्मी ही एक नहीं थे—विभिन्न भारतीय भाषाओं के रचनाकार और बुद्धिजीवी भी एक मंच पर होते थे। हम आज वैसा एका क्यों महसूस नहीं कर पाते ? हर दिन रंग बदलती राजनीतिक पार्टियों से संचालित होने की बजाय समान-विचारधारा के लेखक, बुद्धिजीवी अपने एक संयुक्त मोर्चे की पहल क्यों नहीं करते ?

किसी और समय के मुकाबले आज हमें लेखकों के ऐसे संयुक्त संगठन की जरूरत सबसे अधिक है, जहाँ बढ़ती सांप्रदायिकता, आपराधिक भ्रष्टाचार, लोकतंत्र के खतरों के खिलाफ़ लेखकों की ओर से प्रभावी हस्तक्षेप किया जा सके, जिसके सहारे अप्रासंगिक होता लेखक और निरर्थक होता लेखन अपने होने या सार्थकता का आश्वासन पा सके।

मेरा दूसरा सवाल यह भी है कि जहाँ जन-संघर्ष इतने भयानक और निर्णायक रूप ले रहे हों, वहाँ कोई भी कला-कर्म जायज़ है या नहीं ? वहाँ सभी को एकजुट होकर एक ही मोर्चे पर संघर्ष में कूदने की बजाय बैठकर उपन्यास-कहानी-लेख लिखने या नाट्य-मंचन की ऐयाशी में डूबे रहना कहाँ तक उचित है ? प्रेमचंद ने तो ऐसा नहीं किया। जब लाखों यहूदी गैस चैंबरों में मारे जा रहे थे, तब भी कामू, सार्त्र, बोउवा या लोर्का और ब्रेख्त का लेखन-कर्म कभी बंद नहीं हुआ। हमारा प्रशिक्षण और बल लेखन है, उसे छोड़ देंगे तो लेखक तो रहेंगे ही नहीं। राजनीतिक कार्यकर्ता भी निकृष्ट ही होंगे—नामवर सिंह और रेणु दोनों ने चुनावी राजनीति में मुँह की ही खाई...शायद लौंग-मार्च के दौरान भी माओ ने कभी नहीं कहा कि सब लेखकों और कला-कर्मियों को अपना काम स्थगित करके संघर्ष में शामिल हो जाना चाहिए।

मैं पुरस्कारों को सही सिद्ध करने के लिए यह सब बिलकुल नहीं कह रहा ...मुझे वे आज भी उतने ही व्यर्थ, लेखन-विरोधी और अपमानजनक लगते हैं। वे लेखक और लेखकीय माहौल की सारी प्राथमिकताएँ बदल रहे हैं। लिखने से पहले पुरस्कारों की जोड़-तोड़ शुरू हो जाती है और उसी हिसाब से लेखन के नखदंत तराशे जाते हैं। पैसे वाले 'दानपुण्य' के खाते में और सरकारें अपने प्रति वफादारी या अनापत्ति के मद में पुरस्कार देती हैं। मुझे याद है दिल्ली की हिंदी अकादमी ने हंसराज रहबर और रघुवीर सहाय के पुरस्कार इसलिए रोके थे कि वे 'सरकार-विरोधी' लेखन करते

थे। बड़े पुरस्कार निरपवाद रूप से साठ से ऊपर के लोगों को सहायता-राशि के रूप में करुणावश दिए जाते हैं। यह सारे लेखकों को बख़्शीशजीवी (कृष्णा सोबती के शब्दों में मीरासी) बनाने का षड्यंत्र है—अब वे व्यवस्था या सत्ता-विरोधी ऐसा लेखन नहीं करते जो किसी को भी आपत्तिजनक हो। कुछ जगह तो बेटे-बेटी बाप के लिए ऐसी अपीलें निकालते हैं, मानों काठ की गाड़ी में अपाहिज़ को दर-दर घुमा रहे हों। इस मामले में कुछ पत्रकारों ने निश्चय ही ज्यादा स्वतंत्रता का परिचय दिया है।

सब मिलाकर मैं आज भी यही मानता हूँ कि ये सारे पुरस्कार एकदम बंद कर दिए जाने चाहिए, क्योंकि यह साहित्य को दरिद्र और लेखकों को संपन्न बनाते हैं। दस-बीस हजार के छोटे पुरस्कार भले ही गुणवत्ता के आधार पर दिए जाते हों, एक लाख से अधिक के सारे पुरस्कार दस-पाँच बूढ़े लेखकों की आपसी बंदरबाँट में दिए जाते हैं। परिणामतः लेखकों का एक एलीट वर्ग तैयार हो जाता है—जो अनिवार्यतः लेखन की सांस्कृतिक सार्वभौमिकता और मानवमात्र की समानता के श्लोक बोलता है। व्यक्तिगत रूप से लेखकों की मदद करने की बजाय वातावरण ऐसा बनाया जाना चाहिए कि लेखक सम्मानपूर्वक जी सके और निर्भीक होकर लिख सके। साहित्य-संस्कृति से जुड़ी पत्र-पत्रिकाएँ बंद करना और लिखनेवालों को सम्मानित करना—क्या न लिखने के लिए प्रोत्साहित पुरस्कृत करना नहीं है ? क्या बची-खुची सरकारी पत्रिकाओं में लेखक वह सब लिख सकता है जो एक समाज-चेता होने के नाते महसूस करता है ? क्यों यह हमारी चिंता नहीं होनी चाहिए कि एक पुस्तकहीन समाज मीडिया (पत्रकारिता और दृश्य माध्यमों) की सनसनीखेज़ कुत्साओं में झोंक दिया गया है ? क्यों खबरों से लेकर मनोरंजन के कार्यक्रमों तक हर समय ए.के.-47 ही गरजती रहती है ? आपस में एक-दूसरे को नेस्तनाबूद करने वाली प्रतिहिंसा, ढुशुंग-ढुशुंग, बलात्कार या स्मगलिंग के सिवा क्या कोई भी थीम दूरदर्शनों के पास नहीं है ? सरकार और सेठों को साहित्य और संस्कृति की उतनी ही चिंता है तो क्यों नहीं पुरस्कारों की जगह ऐसी पुस्तकों, पत्र-पत्रिकाओं को विज्ञापनों या दूसरे तरीकों से प्रोत्साहित करते, जहाँ सचमुच विचार और रचना से लेखक जूझ रहे हैं—या पुरस्कार राशि की किताबें खरीदकर पाठकों में वितरित करा देते, ताकि लेखक को रॉयल्टी और पाठक दोनों मिलें ? क्यों सरकार काग़ज़-पोस्टेज को सस्ती दरों पर उपलब्ध कराकर लेखक को व्यापक पाठक समुदाय तक पहुँचाने में सहयोगी नहीं बनती ? चूंकि आज यह सब नहीं है। इसलिए मैं लेखकों से ही अपील करूँगा कि पुरस्कार-राशि को व्यक्तिगत खातों में ठूँसने या बेटे-बेटियों को ऐयाशियाँ मुहैया कराने (क्योंकि उम्र के कारण खुद तो किसी लायक रह नहीं जाते) की बजाय कुछ अपनी मानस संतान यानी लेखन के बारे में भी सोचें या स्वस्थ लेखकीय वातावरण और पाठक से जुड़ने के तरीक़ों में इसका उपयोग करने पर विचार करें...पत्र-

पत्रिकाएँ, पुस्तकालय-वाचनालय, लेखकीय आवासगृह, संकट कोष जैसे उपक्रम स्थापित करें...

इस सबके बावजूद अगर लेखकों को लगता है कि ये पुरस्कार न उन्हें कुंठित करते हैं, न उनकी सर्जनात्मकता को सीधे या प्रकारांतर से प्रभावित करते हैं तो बताएँ कि उनकी पुस्तकें कहाँ जा रही हैं ? उन्हें कौन पढ़ रहा है और क्या वे अपने सोच में आध्यात्मिक और अमूर्त और वायवीय नहीं होते चले गए हैं ? क्या उनका संतोष सिर्फ यही नहीं रह गया है कि किस विदेशी संकलन में वे कितने महत्त्वपूर्ण भारतीय कवि बताए गए हैं। रोलांबार्थ ने चाहे जिस अर्थ में कहा हो, लेकिन लेखक की असली मृत्यु यही है और आठवाँ आश्चर्य भी यही है कि वह अपनी इस मृत्यु पर पुलकित, उल्लसित या उत्सवित भी है।

मेरी तेरी उसकी बात, 'हंस', सितंबर 96

अभिनिवेशी और उपनिवेशी महानताएँ

एमर्जेंसी के पहले (1974) के आस-पास जिन दो फिल्म-निर्देशकों की फिल्में मेरी समझ में नहीं आती थीं, वे थे मणि कौल और कुमार शाहनी। डेढ़ घंटे की फिल्मों को सहन करना मुश्किल लगता था—वे फिल्में थीं मोहन राकेश की कहानी 'उसकी रोटी' और निर्मल वर्मा की 'माया दर्पण'। कहते हैं, बेहद ही कलात्मक और उत्कृष्ट फिल्में थीं और बद्धिजीवियों के बीच आतंक पैदा करती थीं। हो सकता है, इसका कारण यह हो कि मुझे विश्व-सिनेमा के दिग्गज जीनियसों को देखने का न मौका मिला था, न रुचि विकसित हो पाई थी। पक्के संगीत की तरह सिर्फ यही हीनभाव रहता था कि कोई बहुत ऊँची चीज है। 'न्यू वेव' आंदोलन के गोदारनुमा कुछ आचार्य थे, जिन्हें समझे बिना उन फिल्मों को समझना अपनी ही मूढ़ता थी, मगर इन दोनों फिल्मों को झेलते समय मन में झुंझलाहट होती रहती कि 'कुछ तो हो। कहीं कुछ होता क्यों नहीं ?' (याद है फिल्म 'शतरंज के खिलाड़ी' का वह दृश्य, जहाँ नवाबों को शतरंज की बारीकियों में डूबे और अंग्रेजी फौजों को चले आते देखकर बच्चा कहता है, 'कोई कुछ करता क्यों नहीं है ?') शायद इस 'नासमझी' का कारण यह हो कि हिंदुस्तान-पाकिस्तान के बीच युद्ध होकर चुका था, बंगलादेश बन गया था, नक्सलवाद के नाम पर बंगाल में एक निहायत ही ओजस्वी पीढ़ी का संहार हो रहा था, इंदिरा गांधी बुलडोज़र की तरह जीतकर आई थीं और एमर्जेंसी लगने वाली थी। उत्तेजना, सनसनी और नस-तोड़ घटनात्मकता के बीच ये बेहद ही उदास, धीमी, अवसाद-विषादभरी फिल्में कहीं भीतर भी 'जुड़' नहीं रही थीं—इनकी गतिहीनता लगभग नाक़ाबिले बर्दाश्त और, एनेक्रॉनिज़्म (इतिहास-विरुद्ध) थी। मोहन राकेश की कहानी 'उसकी रोटी' एक ट्रक ड्राइवर की कहानी है और उसमें हत्या, सेक्स, बलात्कार, आत्महत्या, शराब, जुआ सभी कुछ है और उस सबको नियति की तरह स्वीकार करती पत्नी है, जो जैनेंद्र की 'पत्नी' की याद दिलाती है। रोटी लेकर पति की प्रतीक्षा में पेड़ के नीचे खड़ी रहती है, क्योंकि खुद उसकी रोटी इसी समर्पण-सेवा और

सहनशीलता से चलती है। यह औरत की मजबूरी, गुलामी, प्रतिरोधहीनता और बोरडम की कहानी थी। मणि कौल ने इसी गतिहीनता को पकड़ा था। फिल्म का एक-एक फ्रेम अमृता शेरगिल के चित्रों की याद दिलाता था और घंटों स्क्रीन पर रहता था। सारे लोग एक ही उतार-चढ़ाव हीन रोते-से लहजे में बेजान भाव से संवाद बोलते, मानो अटक-अटककर किताब से पढ़ रहे हों। टुकड़ों में फिल्म शायद सचमुच बेहद कलात्मक थी।

मैंने तब भी यह सवाल उठाया था कि जिंदगी की 'बोरियत' क्या अनिवार्यतः कला की बोरियत भी होती है ? पीड़ा के गीतों को क्या स्वयं भी 'पीड़ित' ही होना और करना चाहिए ? यह पीड़ा का संप्रेषण है या पीड़ा में स्वयं लिप्त होकर स्वाद लेना ? ठहरे हुए अनुभव को उसके सामाजिक या व्यक्तिगत स्रोतों से काटकर जब हम एक स्वायत्त कृति के रूप में पेश करते हैं, तो पीड़ा का संक्रमण कर रहे होते हैं या उसकी बनावट-बुनावट और स्वरूप को आत्मसात करने के तनाव में जी रहे होते हैं ? जीवित शरीर पर बने 'घाव' को एक स्वायत्त या स्वयं संपूर्ण इकाई की तरह देखना, उसकी बनावट, रंग-रेशों पर दार्शनिक भाव से 'मुग्ध' होना या शरीर के अन्य अवयवों से काटकर उसे 'कलाकृति' की तरह निहारना, हो सकता है, सौंदर्यशास्त्र की कोई बहुत ही गहरी बारीकी हो या 'दृश्य' और उसके अनुभव की भयावहता को आपस में जोड़ने की जिम्मेदारी (अनिवार्यता भी कह सकते हैं) दर्शकों पर डाल देने के पीछे कला की कोई सूक्ष्म तरकीब (डिवाइस) हो, मगर मुझे वह कला की संवेदनहीनता ही लगती है। इन सबके बावजूद मुझे मणि कौल की 'दुविधा' और 'सतह से उठता आदमी' फिल्में 'हॉण्ट' करती हैं—जब-तब उनके दृश्य चेतन-अवचेतन में गूँजते हैं। शायद इसका कारण यह भी है कि दोनों की पृष्ठभूमि में कहीं जीवित और जीवंत स्रोत हैं—दुविधा में राजस्थान की विजयदान देथा द्वारा पुनःप्रस्तुत लोककथा और 'सतह से उठता आदमी' में स्वयं मुक्तिबोध का जीवन और साहित्य...दोनों शायद उतनी 'गतिहीन' भी नहीं हैं—न जड़ों से तोड़ दिए गए पपड़ाए 'घावों' का क्लिनिकल अध्ययन।

पता नहीं क्यों, विनोद कुमार शुक्ल के नए उपन्यास 'खिलेगा तो देखेंगे' को धैर्यपूर्वक पढ़ते हुए मुझे पच्चीस वर्ष पहले के मणि कौल और कुमार शाहनी ही याद आते रहे। शुक्र है कि उस कलात्मता को साहित्य में आने में पच्चीस-तीस वर्ष लगे—वह भी उसी समय, जब देश घटनाओं, दुर्घटनाओं, स्त्रियों, दलितों, स्कैमों-घोटालों, घूसों-पुरस्कारों से बजबजा और गजगजा रहा हो...बाकी सबको अनपढ़, मूर्ख, पिछड़ा हुआ कहने और विश्व-चिंतन के ठीक बीचों-बीच बैठे, नए-नए उत्तर-आधुनिकिए सुधीश पचौरी की तरह मैं भले ही इस उपन्यास को यूरेका-यूरेका भाव से न ले पाऊँ, मगर यह कहने में मुझे भी कोई संकोच नहीं है कि 'खितोदे' अब तक के लिखे सारे हिंदी उपन्यासों से 'अलग और लगभग विलक्षण' है—उसकी एक-एक पंक्ति,

लंबी कविता की चौकन्नी संवेदनशीलता से लिखी गई है और हर 'दृश्य' को एक दक्ष पेंटर या मणि-शाहनी की फ्रेम-दर-फ्रेम कलात्मक बारीकी से बुना गया है। विक्रम सेठ ने अपना उपन्यास 'गोल्डन-गेट' अंग्रेजी की पुरानी छंदोबद्ध कविता में लिखा है। दुनियाभर के अंग्रेजी विद्वानों का कहना है कि सहज भाषा पर सेठ का अधिकार लगभग स्तब्धकारी है—नए-पुराने दिग्गज खिलाड़ियों के बीच इस तरह तीसरी दुनिया के एक लेखक का यह कमाल उसे विश्व-चैंपियन बना देता है। हो सकता है, यह मेरी ही कमजोरी हो कि•मुझे 'गेट' कथ्य से अधिक भाषा का कमाल ही अधिक लगता है—सारे भारतीय अंग्रेजी लेखन की तरह वहाँ छंद और कथ्य के बीच दूरी है, क्रूर कथ्य, भाषा और कविता को झेल नहीं पाता। अगर गद्य में 'काव्योपन्यास' जैसी कोई चीज होती हो, तो मुझे कहने में कोई संकोच नहीं है कि 'खितोदे' वैसी ही कृति है, जहाँ भाषा और कथ्य की 'गेट' वाली दूरी और तनाव नहीं है। दीन-दुनिया से कटे एक गरीब मास्टर की गतिहीन जिंदगी, उसकी आशाओं, आकांक्षाओं, दुहरावों, बोरडमों, झूठों, डरों और आशंकाओं का अद्‌भुत आख्यान है 'खितोदे' और उसे ठीक मणि कौल वाली ठंडी असहनीय एकरसता से लिखा गया है। इस 'नियति' से मुक्त होने का हर प्रयास वहाँ दयनीय और करुण होने लगता है। मैं यहाँ अपने जैसी नीच और कुत्सित, लगभग वाम-सोच वालों की तरह यह घिसा-पिटा सवाल नहीं उठाऊँगा कि जब सारा देश, या कहें, सारी सामाजिक बनावट, राजनीतिक यथास्थितियाँ आधारभूत रूप से बदल रही हैं, सारी व्यवस्था एक मूलगामी परिवर्तन से गुजर रही हैं और हम इक्कीसवीं सदी में अभूतपूर्व होकर प्रवेश कर रहे हैं, तो 'खितोदे' हमें कला या सोच की कौन-सी नई दृष्टि देता है ? (शुद्ध कला-आस्वादिए पूछ सकते हैं कि रचना से 'दृष्टि' की अतिरिक्त माँग करना पुराना उपयोगितावादी आग्रह है) मैं सुधीश पचौरी जैसों से यह जिज्ञासा भी नहीं करूँगा कि जब सारी दुनिया के सारे दिग्गज बुद्धिजीवी दलित और स्त्री-विमर्श को केंद्र में रखकर हर पुरानी विचारधारा को खारिज कर रहे हों, छोटी-छोटी इकाइयों के उभार का पक्ष लेते हुए 'साम्राज्यवादी यूरोकेंद्रित आधुनिकता' के सारे कारक-तत्त्वों के परखचे उड़ा रहे हों, तो निम्न मध्यवर्गीय विडंबना का 'खितोदे' उस उत्तर-आधुनिकता में कहाँ फिट बैठता है ? उनका जवाब मुझे मालूम है : वे कहेंगे, 'खितोदे' उपन्यास टेकनीक, भाषा, घटनात्मकता, व्यक्तित्व, पठनीयता जैसी बद्धमूल पिछड़ी अवधारणाओं को ही नहीं तोड़ता, बल्कि दुख, अभाव, दरिद्रता, एलियनेशन, बेपहचानियत, जड़ता, अवरुद्धता को 'देखने' की अब तक से अलग, समाजकर्मियों की चीत्कारी अतिरंजनाओं को खारिज करने की 'दृष्टि' देता है। वह परिपाटीबद्ध उपन्यास-चेतना से विद्रोह है इसलिए खाँटी उत्तर-आधुनिक है। पंकज बिष्ट के अनुसार, यथार्थ का ऐसा प्रस्तुतीकरण कि उसे सीरियल, फिल्मों वाले या दूरदर्शन (सब मिलाकर संचार-माध्यम) सात जनम में वल्गराइज़ करने की बात नहीं सोच सकते—यानी साहित्य की शुद्धता का ऐसा चक्रव्यूह, जहाँ कोई घुसने

की हिम्मत नहीं कर सकता—इसलिए साहित्य की अभेद्यता का पक्षधर और कुत्साकरण के खिलाफ विद्रोह का प्रतीक है। हिंदी के वर्तमान परिदृश्य को ध्यान में रखकर कहूँ, तो इतना ही काफी है कि सिर्फ अपनी स्वायत्त और जनतांत्रिक (?) काव्य-चेतना के चलते नितांत अपठनीय 'खितोदे', अशोक वाजपेयी की 'भक्तमाल' द्वारा पुरस्कृत होने के लिए अभिशप्त है। अभी तक तो मुझे यही लगता है, आगे हो सकता है 'पूर्वग्रह', 'समास', 'साक्षात्कार' आदि पत्रिकाओं में, कवियों ने ही सर्वश्रेष्ठ गद्य लिखा है की शास्त्रीयता लेकर आने वाले अशोक जी, मदन सोनी, उदयन वाजपेयी, ध्रुव शुक्ल के लेखों से इस देशी तिलस्म की मल्टी-नेशनल चाबी मिले...वे कहेंगे, इधर गद्य-कविता ही नवीनतम विधा है; असद जैदी, विष्णु खरे, देवी प्रसाद मिश्र इत्यादि जो गद्य-कविता लिख रहे है; 'खितोदे' उसी का कथा-विस्तार है (छायावादियों की मधुर-मधुर वायवीयताओं से ऊबकर विद्रोहस्वरूप गद्य-गीतों में और आज की बौद्धिक कविता के बरअक्स इन गद्य-कविताओं में कोई संवेदनात्मक समानता है ?) और तो और, स्नॉब, कुलीन हिंदी-कविता की दुरूहता, हवाईपन और अनुभवों के रहस्यवाद से घबराकर उर्दू की चालू ग़ज़लों का झंडा उठाते ज्ञानप्रकाश विवेक जब 'खितोदे' पर 'पल-प्रतिपल' में पुलपुलायमान हो उठते हैं, तो दोनों हाथ उठा देने को मन करता है—हाँ, आई.टी.आई. कवियों और ललित कार्तिकेय की चुप्पी टूटने का इंतजार है।

बहरहाल, मुझे यह मानने में कोई आपत्ति नहीं है कि 'खितोदे' अब तक की सारी औपन्यासिक धारणाओं और अवधारणाओं से अलग, दुख, दरिद्रता की उदास कर देने (डिप्रेसिंग) वाली लंबी कविता है, जो कविता होने को भी तोड़ती है : न कहीं बड़बोलापन, न अतिरंजना, न विशेषण, न प्रतीक, न रूपक, न उत्प्रेक्षा—मगर गुरु जी के हर प्रयास, हर छटपटाहट को दयनीय कारुणिकता में बदलती हुई—हर दृश्य को अनेक स्तरीय परिणतियों तक पहुँचाती हुई, एक ऐसी असहायता, जहाँ 'सहायता' शब्द बाहरी हस्तक्षेप की तरह जबरन प्रयास लगे...द्वीप जैसे गाँव में रहते हुए कुछ बेचेहरा लोग और उनकी वही जीने-मरने की नियति। झूठ गढ़ने और फिर उन्हीं में कुछ समय निकाल देने के मरणोन्मुख क्षण, हर स्थिति इतनी सहज और निर्विशेष कि सहन की नसें तड़कने लगें। एक अनकही मृत्यु जीता हुआ उपन्यास का हर पात्र एक-दूसरे से जुड़ा 'चिपका' अनपहचाने दलदलों में डूबता हुआ...हर कर्म और हर प्रयास की हास्यास्पद निरर्थकता को जानता, मगर फिर भी उसमें लिप्तता का नाटक करता हुआ...अभिनयों को यथार्थ की ट्रेजेडी में बदलते हुए देखता और झूठ को जीवन का पर्याय बनाता। 'खितोदे' में न बहुत पात्र हैं, न घटनाएँ—तय करना मुश्किल है कि वे घटनाएँ हैं भी या सिर्फ उनका भ्रम है। रीयल और अनरीयल, स्वप्न और वास्तविकता इतने घुल-मिल गए हैं कि काल (अतीत-वर्तमान-भविष्य) के विभाजन घुल गए हैं—'खितोदे' एक क्रूर यथार्थ में स्थित ऐसा उपन्यास है, जो लगभग कालातीत होने का भ्रम देता है। उपन्यास में लगभग 10-12 पात्र हैं, मगर

रामजियावन दुकानदार के सिवाय न किसी का कोई नाम है, न अपनी पहचान–वे सिर्फ अपने पेशों या संबंधों से ही सामने आते हैं। जैसे पत्नी, मुन्ना, मुन्नी, कोटवार, ग्राम-सेवक, दरोगा, सिपाही–छोटी-छोटी अनायास होने वाली घटनाएँ हैं, जो अक्सर घटना न होने का भ्रम देती हैं। काई भरे सड़ते तालाब के पानी में उठने वाले वर्तुलों की तरह। सब मिलाकर उपन्यास एक अजीब निःशब्द, दहशत, असुरक्षा और असहायता का भाव छोड़ता है। पाठक को कैंसर के लाइलाज मरीज के मरने का दर्शक बनाता हुआ। मनुष्य को इस तरह बेपहचान, बेनाम बनाते हुए विकल्पहीन स्थितियों में बदलते जाना–या होना ही 'खितोदे' को एक भयावह उपन्यास बनाता है–जहाँ प्रतिरोध, प्रयास या कर्म मात्र अपरिचित, अनजाने और अजनबी शब्द लगें...

'खिलेगा तो देखेंगे' अगर मनुष्य के मनुष्य न रह पाने की ऐसी करुण ट्रेजेडी है, जो बेहद गहरी मानवीय संवेदना और उससे भी अधिक ठंडी भाषा में लिखी गई है, तो अमानवीयता की सनसनीखेज दास्तान है मनोहर श्याम जोशी का 'हमजाद' जहाँ हर मर्यादा, हर नैतिकता या हर मानवीय संबंध ध्वस्त कर दिया गया है–यह भी बकौल सुधीश पचौरी, एक उत्तर-आधुनिक स्थिति है, जहाँ सिर्फ जिंदगी की आपाधापी है–यहाँ न कोई बेटी है, न बहन, न पोती, न नातिन, औरत मादा है और मर्द पशु। सब अपने-अपने अस्तित्व के लिए एक-दूसरे को इस्तेमाल कर रहे हैं या मारकर उनकी लाशों पर पाँव रखकर आगे बढ़ रहे हैं। कहानी जयदेव और विलायती राम के बीच एक-दूसरे को इस्तेमाल करने के पैंतरों से बुनी गई है–एक पीढ़ी पहले और दो पीढ़ी बाद तक चलती है। टोपनदास, अश्लील साहित्य का ऐसा शाश्वत युवा है, जो एक पीढ़ी पहले और दो पीढ़ियाँ बाद की युवतियों को भोगने लायक बना रहता है। दिखाई देने वाली हर औरत को रंडी में तब्दील करके माल की तरह बेच देता है और होमो-लेस्बियन, कनीलिंगस, फैलाशियो जैसी कोई भी हरकत (अंग्रेजी शब्दों के लिए माफ कीजिए–हिंदी में सचमुच, ये शब्द बीभत्स और अश्लील हो जाते हैं) वर्जित नहीं हैं। दोनों पात्रों के बीच सेक्स और पैसे को लेकर ही सारे दंद-फंद हैं और अंततः बात यहाँ आकर टूटती है कि दोनों हमजाद या एक-दूसरे के ऑल्टर इगो (विकल्प-व्यक्तित्व) हैं। डॉक्टर जैकल और हाइड वाली थीम मनोहर श्याम जोशी का पुराना ऑब्सेशन (रोग ?) है, जो 'कुरु कुरु स्वाहा' से लेकर 'हरिया हरकुलिस' से होता हुआ 'हमजाद' तक आता है। 'हमजाद' आदमी के पशु और पिशाच हो जाने की, मनुष्य के भीतर के हर पवित्र और संरक्षणीय मिथ को कुचलने-तिरस्कृत करने की 'उबकाइया' (नॉशियेटिंग) कहानी है। और इसे जोशी ने अपने पुराने सिनिसिज्म के साथ रस ले-लेकर लिखा है। कहने की जरूरत नहीं है कि इसे भी सुधीश पचौरी परम उत्तर-आधुनिक होने का सर्टिफिकेट दे चुके हैं, क्योंकि यहाँ हर नैतिकता, मर्यादा, संबंध या मानवीयता के झूठ को कूड़ेदान में डाल

दिया गया है और मनुष्य अपने आदिम पशु-रूप में सामने है।

आश्चर्य मुझे इस बात पर है कि उत्तर-आधुनिक होने के इस सर्टिफिकेट से बेचारे कृष्ण बलदेव वैद को क्यों अचानक वंचित कर दिया गया ? अपने 'नर-नारी' उपन्यास में उन्होंने कम 'उत्तरीयता' नहीं दिखाई, बल्कि मैं कहूँगा कि 'नर-नारी' इन दोनों उपन्यासों से अधिक प्रयोगशील उपन्यास है। 'नर-नारी' में माँ से चिपका हुआ मध्य-वर्गीय पुरुष है, जो अपनी इस कुंठा (मदर-फिक्सेशन) से मुक्त नहीं हो पाता और आदर्श 'मेल शॉवेनिस्टिक पिग' (पुरुषवादी सूअर) बना रहता है। बदलती हुई औरत और न बदलने वाले 'कुंठित पुरुष' के संबंधों के आपसी सेक्स द्वंद्व का प्रामाणिक दस्तावेज है 'नर-नारी' जो औरत की हर 'हरकत' 'हरमज़दगी' या हरजाईपने से भागकर माँ की गोद (?) में शरण लेता है--औरत से उसका संबंध सिर्फ संदेह करने और उसे पीड़ित करने की तिकड़मों पर आधारित है...उसके हिसाब से बाहर नौकरी करने वाली, आत्मनिर्भर या व्यक्तित्ववान औरतें वुमन-लिब के चक्कर में रंडियाँ बन रही हैं, आज वे खुलकर आ रही हैं, वरना औरत का यह कुत्तीपना (बिचिंग) बाँझ-माँजी (नायक की मौसी) से चलता आ रहा है। पुरुष की नपुंसकता के खिलाफ़ पहला गुपचुप सेक्स-विद्रोह बाँझ-माँजी ने शुरू किया था, उन्होंने दोनों हाथों से 'सुख' बटोरा, जिसे उनके आशीर्वाद से सीमा (पत्नी) और रसीला (बहन) खुल्लम-खुल्ला कर रही हैं--ये सब देखकर आतंकित 'सूअर' और अधिक माँ की खोह में सुरक्षा खोज रहा है। नई स्थितियों में मुक्त होती औरत और औरत की सारी परंपरावादी 'भारतीय छवि' को छाती से चिपकाए 'सूअर' की इस कहानी को कृष्ण बलदेव वैद ने आत्मस्वीकृतियों के रूप में लिखा है। निश्चय ही पुरुष के आत्मालाप मुझे सबसे अधिक विश्वसनीय, मनोरंजक और सार्थक लगे--भले ही क्षमा शर्मा को इन्हें पढ़कर उबकाई आती हो--मूलतः उपन्यास स्त्रियों के विरुद्ध नहीं, परंपरागत पुरुष मानसिकता की बखिया उधेड़ता है--यानी उसकी पैथॉलॉजिकल स्टडी है। और मजे ले-लेकर लिखा गया है। यहाँ यह रेखांकित करना भी जरूरी है कि ये तीनों उपन्यास, विशेषकर 'खितोदे', अब तक के उपन्यास की अवधारणाओं, संस्कारों और अभ्यासों को ही नहीं तोड़ते, भाषा को भी नया रूप देते हैं। 'खितोदे' बेहद सरल, संवेदनशील और किसी भी अतिरंजना या अतिशयोक्ति से मुक्त भाषा में लिखा गया है और अनकहे को कह सकने में लगभग अविश्वसनीय सामर्थ्य का निर्व्याज (अनप्रिटेंशस) प्रयास है। ध्यान रहे, यह जैनेंद्र की सरल, लेकिन दर्शन बोझिल भाषा नहीं, एक कवि की अन्वेषी सरलता की भाषा है। 'खितोदे' इस मान्यता को भी तोड़ता है कि उपन्यास को पठनीय, रोचक या पकड़ने वाला भी होना चाहिए। सारी कलात्मकता के बावजूद जिस तरह देर तक मणि कौल की फिल्मों में बैठना संभव नहीं है, उसी तरह सवा दो सौ पृष्ठों के इस उपन्यास को पढ़ना एक यातना है--आखिर सिर्फ सीठा या मीठा, आदमी कितनी देर तक खाता रह सकता है ? मनोवैज्ञानिक कहते हैं कि मानव मस्तिष्क

किसी भी 'रस' को आधे घंटे से अधिक बर्दाश्त नहीं कर पाता और रजिस्टर करना बंद कर देता है। 'खितोदे' ऐसी ही एकरसता की महागाथा है—जहाँ किसी भी धरातल पर कुछ भी घटित नहीं होता। हो सकता है, संगीत-पारंगत एक ही पक्के राग को रात भर सोखते रह सकते हों, 'खितोदे' के बाद मुझे अब 'नौकर की कमीज' खासा पठनीय लगता है। उधर 'हमजाद' खाँटी उर्दू में बंबइया फिल्मों की ताबड़तोड़ गति में लिखा गया है। वहाँ इतना कुछ घटित होता रहता है कि घटना अपने अर्थ और विश्वसनीयता खो देती है—'सब कुछ हो सकता है' का निलंबित विश्वास, हो चुके को धोता-पोंछता चलता है—सिर्फ यह भाव बना रहता है कि जोशी उर्दू में उतनी ही महारत रखते हैं, जितनी कुमाऊँनी और लखनवी या दिल्लीवी हिंदी में। 'नर-नारी' आत्मालापों की विराम-चिह्नहीन भाषा को खुद सुनता और सुनाता निर्बंध विवरण-भरा उपन्यास है, जहाँ आप भाषा को कहीं भी तोड़ या रोककर 'सूअर' की नीच मानसिकता के मज़े ले सकते हैं। वह शब्दों से खेलता है और भाषा से खिलवाड़ करता है।

तीनों ही 'विशिष्ट' (उत्तर-आधुनिक) इसलिए हैं कि मनुष्य या व्यक्तित्व के ध्वंस की कहानी कहते हैं—चाहे 'खितोदे' के फ्रीज किए गए स्लो-मोशनी चित्र हों या 'हमजाद' की धकापेल घटनात्मकता या फिर 'नर-नारी' की चेतना-प्रवाही विवरणप्रियता, मनुष्य इनमें कहीं नहीं है। सिर्फ नाम है या कहीं वह भी नहीं है। ये हाशियों पर फेंके गए वे गुमनाम लोग भी नहीं हैं, जिन्हें शिष्ट साहित्य में कभी प्रवेश नहीं मिला—ये केंद्र में स्थित ऐसे लोग हैं, जो सिर्फ मर गए हैं—या 'हैं भी या नहीं' की पहेली जी रहे हैं—कम-से-कम इन लेखकों का विश्वास तो यही है। इन्हें पढ़ते हुए हमेशा यह नॉस्टेल्जिया बना रहता है कि काश, कहीं तो कोई स्थिति या व्यक्ति ऐसा होता, जहाँ हम अपनी तस्वीर भी देख या आइडेंटिफाई कर पाते। ये 'हम' नहीं, हमारे होने/हो जाने की आशंकाओं या शंकाओं से बने लोग हैं—हल्के सवाल जरूर उठता है कि क्या सचमुच हम 'खितोदे' की तरह सिर्फ निष्क्रिय स्थितियाँ हैं, 'हमजाद' की तरह घटनाएँ हैं या 'नर-नारी' की तरह मानसिकताएँ हैं ? या कहीं हम सचमुच ऐसे ही तो नहीं हो गए हैं ?

मैं जानता हूँ कि आज के साहित्य में पहचाने जाने वाले मनुष्य, व्यक्ति या व्यक्तित्व की बात करना दकियानूसी होना है। किस मनुष्य, व्यक्ति/व्यक्तित्व की बात कर रहे हैं आप ? कहीं आपके भीतर नायक या हीरो नाम के प्राणी की पुरानी कुलबुलाहट तो नहीं होने लगी है, जिसे शब्दों के छद्म में वापस लाना चाहते हैं ? जी नहीं, वह नायक, जो रावणों के सिर काटता था; मारीचों, बालियों और शंबूक जैसे असुरों के वध करता था, अहल्या को चरण-स्पर्श से जगाता और सीता को आग में जलाकर घर से बाहर फेंक देता था या अठारह अक्षौहिणी सेनाओं को देखते-देखते ध्वस्त कर डालता था, वे सारे नायक तो आधुनिकतम तकनीकी उपलब्धियों की बख्शीश के बावजूद डी.सी.एम. टोयोटा के रामरथ पर सवार नरेंद्र कोहली के

उपन्यासी पिरामिडों में पहुँचा दिए गए हैं, तोल्सतोय, ह्यूगो, दोस्तोयवस्की के परम मानवतावादी नायक, बरास्ता साइबेरिया अरविंदाश्रम में आत्मा की मुक्ति तलाश कर रहे हैं—या गाँधी जी के अहिंसा-त्याग के आरोग्यधाम से निकले हीरो दृष्टिहीन सूरदास की तरह, भीड़ धक्का-मुक्की भरे चौराहों पर मूर्ति बने कौवों-कबूतरों को शरण दे रहे हैं—और बम-पिस्तौलों से अंग्रेजी राज्य को ध्वस्त करने वाले दादा कॉमरेड, माओ की लाल किताब से व्यवस्था बदलकर शोषितों, वंचितों, उत्पीड़ितों को मुक्ति दिलाने वाले अब उसी व्यवस्था के स्थायीकरण के पुर्जे बन गए हैं। नए भारत के नेहरूवादी स्वप्नदर्शी जितेन मिश्र, पता नहीं किस परती-परिकथा में बिला गए। उपन्यास में 'मनुष्य की तलाश' के बहाने मैं कहीं उन्हीं नायकों के ध्वंसावशेष तो नहीं खोज रहा ? मुझे इस बात को मानने में कोई गुरेज नहीं है कि नायक का जन्म तभी होता है, जब एक व्यवस्था में उपलब्ध सर्वश्रेष्ठ मूल्यों को आत्मसात करके विशिष्ट मनुष्य उनके लिए लड़ता और पुनःस्थापित करता है या स्थापित व्यवस्था के खिलाफ एक 'आदर्श' के लिए शहीद हो जाता है—यह आदर्श अतीत में भी हो सकता है और भविष्य में भी। अतीत के आदर्श को वर्तमान में स्थापित करने की ज़िद इस 'नायक' को डॉन क्विक्जोट की हास्यास्पदता में ला पटकती है, और भविष्य के आदर्श की असंभवता उसे हैमलेट और मिश्किन की गति प्रदान करती है—वह अजनबी, संत, सनकी, पागल कुछ भी हो सकता है। मगर नायक कोई भी हो—उनके साथ एक शब्द जुड़ा है 'संघर्ष'—और संघर्ष आता है किन्हीं मूल्यों के बनने, बनाने, टूटने और छोड़ने के दौरान। मूल्य चूँकि अतीत और भविष्य के हिस्से होते हैं, इसलिए स्मृति और स्वप्न के कारक-तत्त्व हैं। जहाँ न स्मृति हो, न भविष्य, वहाँ मनुष्य स्वयं स्थगित होकर या घुलकर स्थितियाँ और विवरण बनकर रह जाता है। वहाँ मनुष्य नहीं, मनुष्य के होने की सूचनाएँ होती हैं—चाहे वह 'खितोदे' की अवसादभरी कविता हो, 'हमजाद' की घटनात्मकता हो या 'नर-नारी' का 'मानस मैथुन'...(छठे दशक की प्रसिद्ध पुस्तिका 'लिटरेचर ऑफ द ग्रेवयार्ड'—'कब्रिस्तानी-साहित्य' की याद आ रही है क्या ?)

मगर नहीं, क्या मनुष्य सचमुच अपने होने को इस आसानी से छोड़ पाता है ? न सही स्मृति और स्वप्न, आदर्श या विचारधारा—मगर विवेक, संकल्प या सुरक्षा की तड़प तो आदमी में शायद कभी समाप्त नहीं होती। मंजूर एहतेशाम के उपन्यास 'दास्ताने लापता' में इसी खोए हुए आदमी की तलाश है—और नाग बोडम के बेहद महत्त्वपूर्ण, लेकिन अनदेखे उपन्यास (मैनीफैस्टो) 'दस्तावेज़' में इसी आदमी के कॉमा में फिसलते जाने की यातना है। ये सारे उपन्यास उन लोगों की कहानियाँ हैं, जो अपनी-अपनी सामाजिक स्थितियों-अवस्थितियों के बावजूद कभी केंद्र में थे, मगर अब उत्तर-आधुनिक स्थितियों ने उन्हें अप्रासंगिकता की गुमनामियों में डाल दिया है। वे अपने भीतर घुटते-कुढ़ते मरणासन्न लोग हैं, जो अगले-पिछले मंदिरों-मस्जिदों के ध्वंस को भी याद नहीं करना चाहते। ये सारी मध्यवर्गीय पुरुष-केंद्रित कहानियाँ

हैं। लगभग स्त्रियों के प्रति उदासीन, हिंस्र या क्षुब्ध। चाहे मुर्गी की तरह आसन्न संकटों से बच्चों को बचाते गुरु जी हों, वुमैन लिब को मुँह भर-भर गालियाँ देता सूअर हो या रंडी बनाने का कारखाना चलाता टोपनदास हो, औरतों की हृदयहीनता का मारा मंजूर का नायक हो या नाग बोडस का कुटा-पिटा कॉमा में डूबता, पत्नी-बच्चों की दुनियादारी से टूटा हुआ कॉमरेड हो...

क्या हमारा मध्यवर्ग सचमुच इसी डेड एंड (अंधी गली) पर आ गया है ? अब इस वर्ग के पास क्या कोई भी ऊर्जा, संकल्प, यहाँ तक कि जीने की इच्छा भी नहीं बची ? इस आत्महत्या के लिए विकल्प क्या उनके पास सिर्फ घूस, घोटाले, दलाली या आपराधिक हत्या-बलात्कार ही बचे हैं ? वही सब इन्हें इन गड्ढों से निकालेंगे ? सही है कि उन्होंने लूटे हुए देसी धन से अपने बच्चों को विदेशों में भेजकर अपना भविष्य सुरक्षित कर लिया है, मगर इन 'मरे हुए' माँ-बापों के अनाथालय में पलते वीरेंद्र जैन के उपन्यास 'पंचनामा' के पंचम कहाँ जाएँगे ? शायद उनके पास भी दो ही रास्ते हैं : या तो भारतीय संस्कृति के जयश्री रामनामी फासीवाद के छापामार हनुमान बन जाएँ या टी.वी. सिनेमाई ढुशुंग-ढुशुंग में रातों-रात ऊपर पहुँच जाने वाले खूनी खेलों में शामिल हो जाएँ। हो सकता है, इन दोनों पारियों में अदल-बदलकर 'कुछ तो करने' का संतोष खोजें...मुझे नहीं मालूम कि फिल्मों के 'आरकाइव्ज' में मणि कौल और कुमार शाहनी की उन फिल्मों को कहाँ रखा जाता है या अंतर्राष्ट्रीय फिल्मी सौंदर्यशास्त्र में उनकी हैसियत क्या है, मगर यह सही है कि उन्होंने हिंदी-दर्शकों को इस तरह फिल्मों से विरक्त कर दिया कि या तो वे एकदम फिल्म न देखने का ही निर्णय ले बैठे या फिर ढुशुंग-ढुशुंग छाप फिल्मों की दर्शक-संख्या बढ़ाते रहें। आप कह सकते हैं कि मैं आदर्श पाठक या दीक्षित दर्शक (इनीशियेटेड) नहीं हूँ—मगर कहीं कुछ जान तो हो, जो आबिद सुरती के 'मुसलमान' (गुजराती), आनंद यादव के 'नटरंग' (मराठी) खेत-खलिहानों से उठे हुए पंजाबी उपन्यासों के जिंदा और दबंग आदमी-औरत, विशेषकर गुरदयाल सिंह का नवीनतम 'परसा' और अरुण साधु के 'त्रिशंकु' (मराठी) के उपन्यासों में जिंदगी की सीधी समस्याएँ देखकर मिलती है और अब मैं खुद मारियो पूजो के नए उपन्यास 'लास्ट-डॉन' को पाने की कोशिश कर रहा हूँ। यह जानकर सचमुच मुझे बहुत संतोष होता है कि सत्यजित रे का आदर्श फिल्म निर्माता हिचकॉक था और 'शोले' उन्होंने अठारह बार देखी थी। हो सकता है, उनके क्षेत्र में भी सुधीश पचौरीनुमा बौद्धिक-बुली हों, जो सत्यजित रे की कुत्सित रुचि और पतित पसंद के लिए धिक्कारते रहते हों, या इस बात की चिंता न करते हों कि क्यों हिंदी का पाठक वर्ग तीसरे दर्जे के अपठनीय बंगला अनुवादों पर टूट रहा है।

मगर यहाँ एक नई स्थिति की तरफ ध्यान जरूर खींचने की जरूरत है। पिछले तीस वर्षों के सारे यूरोपीय और अमेरिकन बुद्धिजीवी, बौद्धिक स्तर पर आधुनिकता

की पश्चिम-केंद्रित सौंदर्यशास्त्रीय अवधारणाओं की शल्य-क्रिया कर रहे हैं, उन्हें लगभग खारिज करते हुए दलित और स्त्री-विमर्श पर केंद्रित हो गए हैं। कविता प्रायः वहाँ नहीं है—कम-से-कम उस विमर्श के केंद्र में तो नहीं ही है—यों हो सकता है कि वहाँ भी ऐसे भारत-भवन हों, जहाँ कविता की टैक्सीडर्मी (भुसभराई ?) के सौंदर्यशास्त्र पर विश्वस्तरीय गंभीर बहसें हो रही हों, मगर निश्चय ही आज के चिंतन और विमर्श में या तो कथा-साहित्य है या फिल्में हैं। वह साहित्य की समाज-निरपेक्ष संप्रभुता और कविता की स्वायत्तता को एक सिरे से अस्वीकार करता है—इसे पिछड़े हुए आधुनिकतावादी कुलीनों की आत्मरक्षा का शास्त्र बताता है। यही नहीं, वह साहित्य का ऐसा नया समाज-शास्त्र विकसित कर रहा है, जहाँ अश्वेत, लैटिन अमेरिकी, अल्पसंख्यक और स्त्रियाँ केंद्र में हैं। यह संयोग नहीं है कि कॉमन वेल्थी दुनिया में एशियायी चिंतन और अफ्रीकी-भारतीय कथाकार ही छाए हैं। न हो दो सौ साल की अभ्यास-लब्ध सौंदर्यशास्त्र की बौद्धिक बारीकियाँ या कलात्मक अनुभवों की स्वायत्त लोकोत्तर दुनिया—मगर वहाँ उत्तर उपनिवेशवाद से मुठभेड़ और संघर्ष की तड़प जरूर है। नए-पुराने साम्राज्यवाद के घाव चाटने वालों के लिए भले ही इतिहास, मनुष्य, विचारधाराएँ मर गई हों, मगर जहाँ नए इतिहास, नई विचारधारा और नए मनुष्य की परिकल्पनाओं की बेचैनी है—वहाँ बुद्धिजीवियों का ध्यान परंपरागत बासी सरोकारों की पड़ताल पर तो जा ही रहा है।

भारतीय समाज की एक स्थिति पर हमें जरूर विचार करना चाहिए। आज की आर्थिक उदारीकृत मल्टीनेशनलों की आक्रामक घुसपैठ और वैश्वीकरण की इस धकमपेल के सबसे बड़े संवाहक हैं टी.वी. चैनल। वे करोड़ों लोगों को जिस तरह बाँधते, आंदोलित करते और विशेष दिशाओं की ओर हाँकते हैं, उस तरह कोई भी दूसरा माध्यम कर ही नहीं सकता—अशिक्षा के चलते मुद्रित माध्यम तो बिल्कुल ही नहीं। टी.वी. सब कुछ को सूचनाओं में बदलता और बेचता है। आजकल वहाँ चूँकि ऊँची हैसियतों वाला माल ही बेचा जा रहा है, इसलिए या तो थोक के भाव से ऊँचे लोगों की आपसी दुनिया की अपराध-कथाएँ हैं या फिर पौराणिक रामकथाएँ। दोनों जगह अवास्तविक, अवैज्ञानिक और अविश्वसनीय स्थितियाँ और खोखले लोग हैं—मूल थीम है मनुष्य का अस्वीकार और चमत्कार...गोलियों-बमों से साफ बच निकलते या पचास-पचास लोगों को एक साथ धराशायी कर डालने वाले महानायक या दैवी शक्तियों से भक्तों के संकट दूर कर डालने वाले देव-पुरुष...हर जगह मौके पर प्रकट होते भगवान-भगवतियाँ।

इन सामाजिक और पौराणिक भगवानों पर हिंदी का कोई भी बुद्धिजीवी कभी विचार क्यों नहीं करता ? समाजशास्त्री कर रहे हैं, पूछ रहे हैं कि वह कौन-सी उत्तर-आधुनिक स्थिति है, जहाँ रामानंद सागर और सुभाष घई छाप लोगों ने सारे हिन्दी-पाठक लूट लिए हैं ? पुरस्कारों या सरकारी खरीद की धाँधलियों के 'समाचार'

न हों, तो शायद किसी हिंदी पाठक को कभी यह 'सचूना' भी न मिले कि कोई कवि-उपन्यासकार विनोद कुमार शुक्ल भी हैं या कवि-आलोचक अशोक वाजपेयी भी हैं, जो अंतर्राष्ट्रीय स्तर के रचना-कर्म में बाकी सब कुछ होम किए दे रहे हैं ...बहरहाल अपने एकांत, निश्छल, समर्पण-भाव के लिए दोनों प्रवृत्तियाँ (व्यक्तियों से मेरा आशय नहीं है) ही श्रद्धेय, संरक्षणीय और मानक हैं–इसीलिए मेरी चिंता और प्रार्थना भी है कि वे इतने क्लासिक न हो जाएँ कि उन्हें संग्रहालयों की शरण में ही शांति मिले, क्योंकि स्मारकीय श्रेष्ठ और महान् को बचाए रखना भी तो आखिर हमारी ही जिम्मेदारी है...आमीन...

पुनश्च : यहाँ ऑस्कर वाइल्ड का वह प्रसिद्ध वाक्य दुहराने से अपने को रोक नहीं पा रहा हूँ, जो कहा तो उसने औरतों के लिए है, मगर मैं वहाँ 'पाठक' मान रहा हूँ : ए वुमन मे एडमायर वर्च्यूज़ इन ए मैन, बट सकम्स टु हिज वाइसेज (औरत, आदमी के गुणों की पूजा कर सकती है, घुटने सिर्फ उसके 'दुर्गुणों' के सामने ही टेकती है।) साला, मेलशॉविनिस्टक पिग !

मेरी तेरी उसकी बात, 'हंस', अक्टूबर 96

हाय हुसैन...हाय-हाय हुसैन

हर बार की तरह इस बार भी मैंने सोचा था कि 'राजनीति' बहुत हो गई, अब 'मेरी तेरी उसकी बात' में यथासंभव शुद्ध साहित्यिक और विशेष रूप से कथा-संबंधी विषयों पर ही बात करने की कोशिश करूँगा। आखिर कथा-साहित्य एक स्वतंत्र अनुशासन भी तो है और हर विधा अपने अनुशासन, परंपरा और सौंदर्य-शास्त्र की सीमाओं में ही सक्रिय होती है, कि विषय-वस्तु, कथ्य या उनके सामाजिक-स्रोत, समय और पाठक ही तो सब कुछ नहीं होते; रूप, संरचना, कलाबोध भी विधाओं को बदलते हैं; शब्दों के साथ रचनाकार का सलूक, कहने का अंदाज यानी भाषा और भंगी विधा को अपनी स्वायत्तता और संप्रभुता बनाए रखने में कारक तत्त्व होते हैं। यह बात इस समय और भी जरूरी है कि हिंदी के कहानी-उपन्यासों में कथ्य और विषय-वस्तु की दरिद्रता, दुहराव और ठहराव का वर्चस्व है, वे एकरस और उबाऊ हैं, भाषा से लेकर कथन-कहन टेकनीक तक के प्रति खास तरह की प्रयोग-विमुखता, लापरवाही, ग़ैर-जिम्मेदारी और दृष्टिहीनता का साम्राज्य है, कल्पनाशीलता रचना का ही अनिवार्य तत्त्व है, इसे हम प्रायः भूल गए हैं। रचनाकार और पाठक सब किसी भी स्तर की ताजगी, मौलिकता और ऊर्जा के लिए तरस रहे हैं और इस भूख को देशी-विदेशी, अन्य भाषाओं के अनुवादों से पूरा कर रहे हैं। इस समय अनुवादों की भूमिका लगभग मल्टी-नेशनल पूँजी या उद्योगों जैसी है, जिनकी बेहतर सर्वसुलभता और उत्कृष्टता ने अपने स्थानीय उद्यम, अध्यवसाय और जोखिम (रिस्क) तत्त्व को स्थगित कर दिया है...

लेकिन क्या करूँ, इसी समाज में रहता हूँ और घटनाओं, सूचनाओं के धक्के पाँव उखाड़ देते हैं। इस बार भी कोई ऐसा मुद्दा उठाने की बात सोच ही रहा था कि दो-चार दिनों के अंतराल से आने वाले समाचारों ने फिर पटरी से उतार दिया : एक था अहमदाबाद की आर्ट गैलरी 'हुसैन जोशी की सराय' में हमलावर बजरंगियों द्वारा तोड़-फोड़ और सरस्वती के चित्रों का जलाया जाना, और दूसरा दिवराला में

सती के नाम पर खुले-खजाने जिंदा जला दी गई रूपकुँवर के 31 अपराधियों को 'बाइज्जत बरी' कर दिया जाना। जज महोदय ने तय कर दिया कि मुजरिम सिर्फ गवाह थे, रूपकुँवर अपने-आप जली थी। अभी इसी राजस्थान में कुछ दिन पहले एक विद्वान न्यायमूर्ति ने फ़ैसला दिया था कि भंवरीबाई ने खुद अपने साथ बलात्कार कर लिया था या बलात्कार की अफवाह फैला दी थी, वरना अभियुक्त तो परम संभ्रांत, उच्च वर्ण के उम्र-दराज लोग थे और वे ऐसा कुछ कर ही नहीं सकते थे। हुसैन वाली घटना अगर राजस्थान में हुई होती, तो निश्चय ही फैसला होता कि 'धर्मभ्रष्ट होने के डर से सरस्वतियों ने खुद अपने आपको आग के हवाले कर दिया और उनका यह जौहर परम-धार्मिक था। वे एक म्लेच्छ के हाथों नंगा होना बर्दाश्त नहीं कर पाईं' इन दोनों ताजा घटनाओं के पीछे एक ही कॉमन-सूत्र है और वह है 'हिंदुत्व' की रक्षा ! उस दिन रामू (रामचंद्र) गाँधी ने एक महत्त्वपूर्ण बात कही कि हिंदुत्व हमेशा से औरतों को जलाता आया है, कभी अग्नि-परीक्षा के नाम पर, तो कभी सती और जौहर के नाम पर। सीता, पार्वती, द्रौपदी तीनों यज्ञाग्नियों से गुजरीं–बाकी तो अनगिनत हैं ही। इन पवित्र यज्ञों के लिए मिट्टी का तेल और गैस या मिट्टी के चूल्हे तो घर-घर में आज भी हैं...'दुर्भाग्य', 'अचानक' या 'संयोग' से के तर्क वहाँ हर समय मौजूद रहते हैं। हाँ, लाखों ढाबों, होटलों या घरों में पुरुष रसोइयों के साथ यह 'संयोग' कभी घटित नहीं होता...

हुसैन ने सरस्वतियों को न्यूड (अनावृत) दिखाया है, इससे नाराज़ होकर बजरंगियों ने तोड़-फोड़ मचाई और पेंटिंगों को जला डाला। कहते हैं, बाजार में उनकी कीमत सात-आठ करोड़ रुपए थी। हुसैन वाली घटना कला-साहित्य के संदर्भ में अपने समाज और परिवेश के तीन महत्त्वपूर्ण सवालों पर नए सिरे से विचार करने की मजबूरी पैदा करती है : मकबूल फिदा हुसैन मुसलमान हैं और क्या उन्हें यह इजाजत दी जा सकती है कि वे हिंदू देवी-देवताओं के ऐसे चित्र बनाएँ, जो धर्म-धुरीणों के गले न उतरें, हालाँकि हुसैन पिछले चालीस सालों से हिंदू देवमाला पर ही चित्र बनाते रहे हैं, उनकी दुर्गाएँ तो विश्व-प्रसिद्ध हैं। उन्होंने अपने कला-जीवन का प्रारंभ 40 साल पहले, 'कल्पना' के मुख-पृष्ठों से किया था और बदरी विशाल पित्ती के पास उनके प्रारंभिक चित्रों का संकलन है। सरस्वती-सीरीज़ हिंदुजा के लिए बनाई जा रही थी। दूसरा सवाल है कि कलाकार को अभिव्यक्ति की कितनी स्वतंत्रता दी जानी चाहिए–यह छूट कहाँ तक है ? कलाकार और कला-जगत् को अनुशासित, नियंत्रित या दंडित करने का अधिकार किसे है और इस अधिकार की वैधता क्या है ? क्या धार्मिक और राजनीतिक सत्ता को यह अधिकार है कि वह कला और विचार की दुनिया को अपना उपनिवेश बना ले और उसे अपनी तरह चलाए ? जाहिर है कि इन सभी मुद्दों पर न जाने कब से तरह-तरह से विचार-विमर्श होता रहा है, लगभग हर समय हुआ है, इसलिए सैद्धांतिक और दार्शनिक स्तर के बावजूद आज के विशेष

संदर्भ को ध्यान में रखना जरूरी है, क्योंकि राजनीतिक स्थितियों के दबाव में सारे मुद्दे आपस में गड़मड़ हो गए हैं।

व्यक्तिगत रूप से सबसे अधिक तकलीफ मुझे हुसैन द्वारा खेद प्रकट करने से हुई है। एक व्यक्ति और वह भी मुसलमान के लिए यह समझदारी, रणनीति या अनावश्यक विवाद, उन्माद में असुरक्षा भय से उपजा सोच हो सकता है मगर कलाकार के लिए यह अपमानजनक भी है और दयनीय भी। सुना है पूस की रात में प्रेमचंद के किसान की तरह वे अपनी सारी कला-कृतियों को जलाकर शान्ति चाहते हैं। यह सही है कि हम जाहिलों, मूर्खों, अंधविश्वासियों से घिरे हैं : प्रो. प्यारा सिंह को सिख इतिहास की अपनी सारी शोध निष्पत्तियों को इसलिए वापस लेकर सजा भुगतनी और क्षमा माँगनी पड़ती है कि वहाँ अध्ययन और विवेक की आवाज सुनने वाला कोई नहीं है, प्रो. मुशीरूल हसन को सिर्फ यह कहने पर कि सलमान रुश्दी के उपन्यास 'शैतानी आयतें' का पक्ष लेने वालों पर भी हमें समझदारी से विचार करना चाहिए या खुशवंत सिंह की शिवाजी पर टिप्पणी को लेकर कठमुल्लों के हमलों को सामना करना पड़ता है। आचार्य तुलसी के काव्य, सीता की 'अग्नि परीक्षा' पर जबलपुर में बाकायदा आगजनी और दंगे होते हैं और अयोध्या में 'सहमत' द्वारा प्रस्तुत राम-कथा के बौद्ध-पाठ पर हंगामे खड़े कर दिए जाते हैं। इसलिए फ़र्क इससे नहीं पड़ता कि आप हिंदू-मुसलमान-सिख-जैन-बौद्ध क्या हैं। आपको अपने-अपने कठमुल्लों के गुस्से का शिकार होना ही है। अंधी आस्था किसी भी दूसरे पक्ष, व्याख्या या अलग सोच को कभी बर्दाश्त नहीं करती। वहाँ वही अंतिम होगा, जो धर्माचार्य या धार्मिक राजनेता समय-समय पर बताएँगे। वहाँ आप यह भी नहीं पूछ सकते कि धर्म-ग्रंथों में जो लिखा है या दिन-रात चलने वाले प्रवचनों में जो बताया जाता है, अगर वही निर्विवाद, अंतिम और चरम सत्य है, तो हम क्यों ज्ञान-विज्ञान की लाखों किताबें लिखते या पढ़ते चले जा रहे हैं; क्यों विचार, तर्क और विवेक के पीछे पागल हैं ? क्यों अपनी नौजवान पीढ़ियों को स्कूलों, कॉलेजों या दूसरी शिक्षण संस्थाओं में झोंक रहे हैं और जब सारे विचार-विज्ञान-तकनीक अभारतीय, विदेशी या पश्चिमी हैं, तो क्यों परम बेशर्मी से आधुनिकतम उपलब्धियों को लगातार भकोसे जा रहे हैं ? मुँह भर-भरकर भौतिकवाद को गालियाँ देने वाला कौन-सा धर्माचार्य या भक्त है, जो भौतिकता का दीवाना नहीं है ?

सवाल यहाँ यह है कि आख़िर कला क्या है ? जो है या जैसा हमने उसे मान लिया है, उसमें अपना कुछ जोड़ना ही तो कला है, यानी अपनी व्यक्तिगत व्याख्या ही कला को जन्म देती है। सारी मानव-सभ्यता का इतिहास प्राप्त तथ्यों की इसी व्याख्या का इतिहास है, व्याख्याओं की द्वंद्वात्मकता ही सभ्यता को आगे बढ़ाती है। तत्त्वतः मुझमें और घोड़े-बंदर के जीवन और जैविकता में कोई अंतर नहीं है, प्रकृति की निगाह में किसी का भी महत्त्व न कम है न ज्यादा है। वह तो हमने उस प्राकृतिक

स्थिति की अपनी व्याख्याएँ की हैं, वहाँ मूल्यों और प्रयोजनों की स्थापनाओं द्वारा अर्थों का समावेश किया है और इसी आधार पर बाकी प्राणियों से श्रेष्ठ या उनका स्वामी होने के संस्कार पाले हैं। अपनी इस अतिरिक्त शक्ति का नाम दिया है संस्कृति और कला... सही है कि दोनों ही देश-काल से बँधी हैं, मगर स्थिर और जड़ नहीं हैं, उनकी अपनी डायनैमिक्स (गतिकी) है, क्योंकि हर युग का आदमी चीजों को संस्कारों में जीने के साथ-साथ अपनी बदली हुई नई दृष्टि से भी देखता है। इस प्रक्रिया में संस्कृति बदलती, विकसित और समृद्ध होती है। कला ही संस्कृति को बदलती और नया बनाती है। यह नया बनाना, अक्सर आपत्तिजनक और विद्रोही होने का भ्रम देता है और मूर्ति-भंजन लगता है। अजीब विडंबना है कि कला ही संस्कृति को जन्म देती है लेकिन कालान्तर में संस्कृति स्वयं कला की सबसे बड़ी शत्रु बन जाती है। यह तब होता है, जब हम संस्कृति को जड़, विकासहीन और इक़हरा मानकर उसकी किसी भी अलग और नई व्याख्या को कुफ्र के रूप में देखते हैं। संस्कृति की रक्षा का दायित्व (ठेका) जब-जब धर्म ने लिया है, तब-तब उसे अतीत और ईश्वर से जोड़कर जीवित मनुष्य के ऊपर स्थापित किया है, उसे लगभग नियति का दर्जा दे दिया है। 'यह तो ईश्वर और ऋषियों की दी गई व्यवस्था है, इसमें हम मर्त्य-प्राणी कुछ भी जोड़ने या घटाने का दंभ कैसे पाल सकते हैं ?' का तर्क संस्कृति को ज्यों का त्यों या जिस रूप में वह पहले या ऊपर वालों द्वारा दे दी गई है, उसे वैसा ही स्वीकार करने की आस्था देता है। आस्था, श्रद्धा, विश्वास तत्त्वतः परिवर्तन के विरोधी हैं। धार्मिक यथास्थिति या जड़ता की रक्षा के ये सबसे अभेद्य कवच हैं, क्योंकि यह विवेक की नहीं, पूजा की माँग करते हैं, बल्कि आग्रहपूर्वक विवेक, तर्क या शंकाओं को धर्म-विरुद्ध मानते हैं। जब-जब धर्म ने अपने आपको संस्कृति का एकमात्र कस्टोडियन (संरक्षक) या उसका पर्याय बनाया है; जड़ता, कठमुल्लेपन और अंधविश्वास की तानाशाही का साम्राज्य रहा है। धर्म और संस्कृति की 'विचार-पुलिस' किसी की कोई दलील नहीं सुनती। वह सिर्फ ऊपर वालों (या ऊपर वाले) का आदेश मानती है। जैसा कि मैंने ऊपर कहा, कला अपनी व्याख्या द्वारा संस्कृति में हमेशा कुछ नया या अलग जोड़ती है, इसलिए अंधविश्वासी अपरिवर्तनीयता से उसे मुक्त भी करती है। इस अर्थ में कला, सांस्कृतिक जड़ता यानी धार्मिक यथास्थिति के खिलाफ विद्रोह है—वह आस्था या अंधविश्वास के घुटे बंद कमरों में नया प्रकाश और ताजा हवा है। शायद हर व्यवस्था के लिए कलाकार एक संदिग्ध प्राणी है, क्योंकि जब तक वह हाँ में हाँ मिलाता रहे, यानी व्यवस्था और यथास्थिति का समर्थन करता रहे, वह हमारा 'अपना आदमी' होता है, लेकिन जैसे ही उसने कला की मूल प्रकृति के दबाव में कुछ भी नया किया कि विद्रोही और बागी मानकर बहिष्कृत कर दिया जाता है। संस्कृति की छाती पर बैठी हुई धार्मिकता के पास अगर शक्ति और अधिकार हैं, तो दी हुई परिपाटी से अलग सोचने/करने वाले कलाकार की सजा देश निकाला

और मौत के सिवा कुछ नहीं है। धर्म-विश्वासी समाज में कलाकार तोड़-फोड़ करने या अस्थिरता फैलाने वाला, किसी ऐसे दुश्मन देश का जासूस है, जिसका नाम-पता न व्यवस्था-प्रबंधकों को मालूम है, न शायद स्वयं कलाकार को...चूँकि कलाकार अपने होने मात्र से ही यथास्थितिवादियों के लिए खतरा है, इसलिए वह हमेशा आउट साइडर (अजनबी) भी है और अल्पमत भी...धार्मिक वर्चस्व की संस्कृति में हम सब सोचने-लिखने, कला-कर्म से जुड़े लोग 'आउट साइडर' और काफ़िर हैं—परिणामतः संदिग्ध भी हैं और शत्रु भी...

हुसैन के साथ यह ट्रेजेडी और भी अनेक स्तरों पर है, वे कलाकार भी हैं और मुसलमान भी। वे व्यक्तिगत स्तर पर कलाकार होने के नाते ही 'आउट साइडर' संदिग्ध या अल्पमत में नहीं हैं—मुसलमान होने के कारण हिंदू राज्य में दुश्मन के घुसपैठिए भी हैं। बी.जे.पी. के के.आर. मल्कानी ने तो 'पायोनियर' में कहा ही है कि वे मुहम्मद गजनवी हैं, जो हिंदू मूर्तियाँ तोड़ने आए हैं। सुना है मलकानी इतिहासकार भी हैं और जरूर जानते होंगे मूर्तियाँ तोड़ते वक्त गजनवी ने बजरंगियों की भाषा में यह भी कहा था कि वे भोंडी-कुरूप और अश्लील हैं। (यहाँ उन्हें बाबर-अकबर-शाहजहाँ याद नहीं आए, जिन्होंने देश की सांस्कृतिक संपदा को सातवें आसमान पर पहुँचा दिया) मगर हिंदूवादी चुनौती देते हैं कि अगर हुसैन में हिम्मत है, तो मुहम्मद साहब और फातिमा बीवी की तस्वीरें बनाएँ—मरियम को अनावृत करें। हुसैन जैसे कलाकारों की ट्रेजेडी यह भी है कि वे नाम के अलावा कहीं से मुसलमान भी नहीं हैं। कम से कम उनके धर्मवाले उन्हें नहीं मानते। मुझे हिंदू भी नहीं मानते। हम दोनों अपने-अपने धर्मों में 'काफिर' हैं। अगर सचमुच हुसैन मुसलमान होते, तो कला को अपना जीवन बना ही नहीं सकते थे। क्योंकि वहाँ तो चित्र-संगीत-मूर्ति सभी कुछ 'अधार्मिक' है। अपने धर्म में विद्रोही या काफिर होने का सलीब उठाए ही वे कलाकार हैं—या कहें कि कलाकार हैं, इसीलिए अपने धर्म से बहिष्कृत, निष्कासित हैं। अगर अपने धार्मिक विश्वासों और रवायतों में ही बने रहते, तो बहुत हिम्मत करके मक्का-मदीना की इमारतों में फूल-पत्तियाँ बना रहे होते, अरबी-फारसी अक्षरांकनों के कमाल दिखा रहे होते या इस्लामी नायकों की विजय-गाथाएँ चित्रित कर रहे होते...और हुसैन-रजा सूजा, गुलाम शेख ही क्यों, बड़े-छोटे गुलाम अली, बिस्मिल्ला खाँ, डागर-बंधु या अमजद, जाकिर सभी या तो सूफियों की कव्वालियाँ गा रहे होते या नातें-कसीदे, वजीफे पढ़ रहे होते...कहाँ होते शराब और माशूक की बातें करने वाले ग़ालिब से लेकर फ़ैज़ तक के शायर; इश्क मजाजी के शीर्ष स्तंभ जायसी और बुल्लेशाह ? भारतीय संगीत के आदि पुरुष अमीर खुसरो और तानसेन ? राजपूताना, मुग़ल और बसोली शैली के गुमनाम चित्रकार ? अपने-अपने धर्म से विद्रोह करके ही तो ये सब कला की दुनिया में आए हैं ? कैसे नष्ट करेंगे हिंदुत्व के अलमबरदार अपनी इस सारी सांस्कृतिक विरासत को...? आज इन मुसलमान नामों को छोड़ दें, तो क्या रह जाएगा भारतीय

संगीत या हिंदी-सिनेमा के पास ? कैसे पोंछ डालेंगे हिंदी नाटक से मास्टर फ़िदा हुसैन को, जिनके भजन 'निर्बल के प्राण पुकार रहे, जगदीश हरे जगदीश हरे' गाते हुए पीढ़ियाँ बड़ी हुई हैं ? हाँ, यह कह सकते हैं कि 'मुख्य धारा' के धार्मिक समर्थन में ही ये कलाकार या इनकी कृतियाँ हमारी संस्कृति के हिस्से बनी हैं, मगर ऐसा करते हुए क्या वे अपने धार्मिक विश्वासों के खिलाफ नहीं खड़े हुए थे ? नाम के अलावा क्या ये सचमुच मुसलमान हैं ? अगर वे सच्चे मुसलमान होते, तो कलाकार हो ही नहीं सकते थे। धार्मिक विश्वास, भक्त या चारण पैदा करते हैं, कलाकार नहीं। अजीब अन्याय और अंतर्विराध हैं कि एक धार्मिक विश्वास को ठुकराकर आए हुए कलाकार से हम आग्रह करें कि वह दूसरे यानी हमारे धार्मिक विश्वासों का गुलाम बना रहे ? गुलाम बनकर ही रहना है, तो वह अपने समाज में कम से कम सुरक्षित तो है। आप तो कभी भी फतवा दे देंगे कि बशीर अहमद 'मयूख' के उच्चारण या वेदों की ऋचाओं के अर्थ सही नहीं हैं। अमुक संगीत की शुद्धता भ्रष्ट कर रहा है। इसलिए यह हमारे धार्मिक विश्वासों पर हमला है। राही मासूम रजा 'महाभारत' सीरियल क्यों लिख रहे हैं--इस पर हुई चिल्लपों तो ताजा घटना है। मुझे शक है कि हुसैन वाली घटना का स्रोत भी कहीं किसी कुंठित, ईर्ष्यालु कलाकार द्वारा शुरू किया शोशा तो नहीं है। जिसे हम भारतीय-संस्कृति कहते हैं, वह न जाने कितने धर्मों (बौद्ध इस्लाम प्रमुख रूप से) का संयुक्त प्रयास है। नस्ल शुद्धता के नाम पर अगर यहूदियों को छाँट दिया जाए, तो पश्चिम का सारा ज्ञान-विज्ञान, कला-संस्कृति साहित्य भरभरा कर नीचे आ पड़ें...हम यह कैसे भूल जाते हैं कि हमारे सारे महान् सांस्कृतिक-धार्मिक भवन बनाने वाले वे लोग हैं, जिन्हें हमने या तो बस्तियों के बाहर और सामाजिक-धार्मिक हाशियों पर फेंक दिया है या वे हैं, जो हमारे धर्म से बाहर हैं।

'अश्लील' शब्द के साथ मेरी याद में सोनागाछी के वे दृश्य नहीं आते, जब मैं वहाँ पहली बार गया था, न आनंद पर्वत के कैबरे के वे विशिष्ट दृश्य आते हैं, जब साक्षात् बीभत्स को सामने होते हुए देखा था--दृश्य आते हैं सुदूर दक्षिण के शुचींद्रम और मीनाक्षीपुरम् के या कालीबाड़ी, पुरी और विश्वनाथ की कीचड़, भीड़, अँधेरे चीकट और घुटनभरी धार्मिक लुटेरों और डाकुओं भरी दुनिया से गुजरने के ...बात को लगभग 45-46 वर्ष होने को आ रहे हैं--डॉ. रामविलास शर्मा, अमृतलाल नागर और मैं दक्षिण-भारत की यात्रा पर गए थे। अँधेरे, धूप-दीप गंधित गर्भ-गृहों में जगह-जगह काले चिकने पत्थरों से बनी देवी-देवताओं की मूर्तियाँ खड़ी थीं। काले पत्थरों वाली पृष्ठभूमि में शायद उधर ध्यान भी न जाता, मगर उन्हें सफेद कपड़ों से ढँक दिया गया था, इसलिए एकदम निगाह खींचती थीं। देखा, उनके नग्न हिस्सों को दुपट्टे जैसे कपड़ों से ढँक दिया गया था और वे कफ़न जैसे लग रहे थे। बाद में जब भी अश्लीलता की बात याद आई, वे कफ़न ही मेरे सामने कौंध जाते। 'हुसैन जोशी की सराय' एक अभिजात आर्ट गैलरी है, सार्वजनिक चौराहा या मंदिर नहीं।

जो कला-प्रेमी वहाँ जाएगा, वह जानता है कि उसे क्या देखना है, वह कला-संस्कारों वाला ही व्यक्ति होगा। वह यह भी जानता है कि सरस्वती, लक्ष्मी या दुर्गा इसीलिए तो देवियाँ हैं कि वे प्राकृतिक ऊर्जाओं की प्रतीक हैं। किसी भी कला पारखी को अलग से यह समझाने की जरूरत नहीं है कि इन मूर्तियों को न्यूड या अनावृत दिखाना, नंगा करना नहीं, ऊर्जा को मुक्त और निर्बंध करना है। शायद इसीलिए काली के शरीर पर कोई आवरण नहीं होता—वह अपने आदिम रूप में नंगी होती है। हुसैन द्वारा एक टैक्स्ट को दूसरे टैक्स्ट में बदलना अपराध है या कला-कर्म ? आस्था के बंदीगृह से ज्ञान-कला को मुक्त करना, संस्कृति में कुछ जोड़ना है या उसे अपमानित करना...?

अश्लीलता को लेकर मैं यहाँ कामसूत्र, अनंग-रंग, खजुराहो-कोणार्क के होने की बात नहीं दुहराऊँगा, न कामाख्या देवी की योनि-पूजा या योनि में फँसे शिव-लिंग के हर घर में पूजन की बात करूँगा। वह बीमारी हिंदू संस्कारों के दुहरे मानदंडों से जुड़ी है। दार्शनिक और आध्यात्मिक स्तर पर विलक्षण अमूर्तन गढ़ने में हिंदू-मानस का कोई जवाब नहीं है, मगर व्यक्तिगत आचार-व्यवहार में उससे ज्यादा अमानवीय, नृशंस, आत्मकेंद्रित शायद ही दुनिया का कोई दूसरा नागरिक हो। वह भयानक अंतर्विरोधों में जीने वाला पैरानोइक (विभ्रांत) है, इसलिए मैनियाक (उन्मादी) भी क्योंकि जिन दो दुनियाओं में वह एक साथ रहता है, वे कभी एक-दूसरे को छूती-काटती नहीं हैं। वह बिना किसी खलिश या अपराध-बोध के झूम-झूमकर देवी-स्तुति करेगा और अगले ही क्षण किसी देवी या बच्ची से बलात्कार कर डालेगा। किसी भी गली-दीवार पर सारी भीड़ के सामने पेशाब करेगा; नलों, नदी के किनारों और कुओं पर, फिल्मों या फैशन-प्रदर्शनों में, औरत के नंगे होने को 'सहज' ढंग से स्वीकार कर लेगा, मगर तस्वीर या मूर्ति में, विशेषकर स्त्री-संदर्भ में, 'नंगापन' देखकर हाय-तौबा मचाने लगेगा। साहित्य में दुनियाभर के नायिका-भेद, नख-शिख, विपरीत रति-वर्णन पढ़कर वाह-वाह करने वाले यह प्रश्न अपने-आप से कभी नहीं करते कि कालिदास, जयदेव, विद्यापति, सूरदास—शिवपार्वती या राधाकृष्ण के साथ वहीं तो कर रहे हैं, जिसका शतांश भी हुसैन ने नहीं किया। शब्दों में विस्तार से पार्वती और राधा का नखशिख वर्णन करना और चित्र में रेखाएँ खींचकर उन्हें दृश्यमान करना दो विरोधी बातें क्यों हैं ? दोनों ही हमारी देवियाँ हैं और दोनों ही अपने-अपने माध्यमों से उन्हें अनावृत कर रहे हैं। अपने पढ़े हुए दृश्यों में मेरे मन में रीतिकालीन दरबारी कविताएँ तो अश्लील बनकर उभरती ही हैं, बचपन में 'सुख-सागर' (श्रीमद्‌भागवत) में पढ़ा वह दृश्य मैं आज भी भूल नहीं पाता, जब आगे-आगे मोहिनी (यानी रूप बदलकर विष्णु) भाग रही है। और अपना उत्तेजित लिंग पकड़े कामातुर शिवजी पीछा कर रहे हैं। जगह-जगह जहाँ उनका वीर्य स्खलित होता है, वहाँ-वहाँ सोने, लोहे, ताँबे की खानें पैदा होने लगती हैं। यह परम धार्मिक वर्णन कई पन्नों में चलता है और हस्तमैथुन के लिए

उत्प्रेरित करता है।

बहरहाल, ये धर्म और समाज की वे सर्वसुलभ बातें हैं, जिन्हें बच्चा-बच्चा जानता है, मगर यहाँ हुसैन की आर्ट गैलरी एक एक्सक्लूसिव (केवल कुछ के लिए) जगह है। ठीक उसी तरह जैसे शरीर-विज्ञान का अध्ययन करने वाली कक्षाएँ...या गायनॉकलॉजी की प्रयोगशालाएँ—मुझे डर है कि कुछ बजरंगिए वहाँ भी पहुँचकर तोड़-फोड़ न मचाने लगें कि ये सब क्या अश्लील और संस्कृति-विरोधी हरकतें की जा रही हैं। हमारा मुख्य अंतर्विरोध यह है कि संस्कृति जिन मध्यकालीन सामंती मूल्यों की प्रतिष्ठा करती है, औद्योगिक लोकतंत्र उनका विरोधी है। हम लोकतंत्र भी चाहते हैं और पुराने सांस्कृतिक मूल्य भी।

लाखों बार दुहराई जाती बात को एक बार और बताने में हर्ज नहीं है कि अश्लीलता सिर्फ देखनेवाले की आँख में होती है। स्त्री की नग्न देह को ही एक डॉक्टर, एक दर्जी, एक कलाकार और एक बच्चा क्या सचमुच अश्लील मान कर देखता है ? अश्लील मानकर देखते हैं कामुक और कुंठित। स्वस्थ व्यक्ति और स्वस्थ समाज वहाँ सौंदर्य ही देखते रहे हैं।

कलाकार को दी जाने वाली छूट या अभिव्यक्ति की स्वतंत्रता को लेकर अक्सर यह कहा जाता है कि वहाँ किसी की भावनाओं को ठेस पहुँचाने की निरंकुशता नहीं दी जा सकती। व्यक्तिगत स्तर पर इस तर्क से दुनिया के सारे ज्ञान-विज्ञान, बहसें और विशेषकर कार्टून बंद कर देने चाहिए, जो किसी व्यक्ति के चरित्र या व्यवहार के उन पक्षों को दिखाते हैं, जिन्हें वह सार्वजनिक रूप से कभी देखना-दिखाना पसंद नहीं करता—यह चित्रकार की वह छूट भी है, जो दूसरे की 'स्वतंत्रता' को अतिक्रमित करती है। इसकी भावनाओं को धक्का तो लगता ही है। कह सकते हैं कि वहाँ अप्रिय या गोपन सत्य का सार्वजनिक हित में उद्घाटन है—शैली मजाकिया है, मगर भावनाओं के धक्के का क्या है, गणेश जी के दूध पीने को आप 'फ्रॉड' कह दीजिए और धक्के का प्रभाव देख लीजिए। वैज्ञानिक आविष्कार तो मानो धर्म-विश्वासियों को धक्का देने के लिए ही किए जाते हैं। किसी भी बात का दूसरा पक्ष चूँकि अस्वीकार्य होता है। इसलिए भावनाओं को आहत करता है। हुसैन जब सरस्वती का अनावृत चित्र बनाते हैं, तो कहा जाता है कि उनके दबाव या प्रयोजन ऊँचे बाजार की व्यावसायिकता है। हो सकता है इसमें सचाई भी हो। यह आरोप पिकासो से लेकर सत्यजित राय तक हर कलाकार के ऊपर लगाया गया है। राय भी कुछ के हिसाब से अंतर्राष्ट्रीय बाजार में भारत की गरीबी बेच रहे थे। बाजार छोटा हो या बड़ा, रचना जब अपना 'मूल्य' तय करेगी, तो 'पण्यवस्तु' बनेगी ही, इससे निस्तार नहीं है और यह एक अलग ही बहस का विषय है। रामायण. महाभारत या दूसरी पुराण-कथाओं का जो बाजारीकरण और बाजारूकरण दिन-रात हो रहा है, हमारी चिंता का केंद्र वह क्यों नहीं है ? अपने धर्मग्रंथों के इन बलात्कारों पर हमने कोई

आवाज़ उठाई ? राजनीति जिस अश्लील ढंग से हमारी सारी संस्कृति या सांस्कृतिक प्रतीकों को बेच रही है, उस पर भी खुली बातचीत होनी चाहिए। 'लक्ष्मी' सीमेंट या श्रीराम छाप बीड़ी बेचना या व्यवसाय के लिए उसका धुआँधार विज्ञापन करना अगर व्यवसाय है, तो आडवानी का राम-रथ यात्रा द्वारा राजनीति बेचना क्यों व्यावसायिकता नहीं है ? धार्मिक भावनाओं और नामों का बाज़ारू दोहन तो दोनों ही कर रहे हैं।

अहमदाबाद में चित्रों को जलाने और हुसैन को हिन्दुत्ववादियों द्वारा दी जाने वाली धमकियों के विरोध में चित्रकारों, रंगकर्मियों और साहित्यकारों की दिल्ली में हुई मीटिंग में सबने एक स्वर से इन कृत्यों की भर्त्सना की थी। सबसे अधिक बौद्धिक कौशल दिखाया निर्मल वर्मा ने। इधर आठ-दस वर्षों से वे बी.जे.पी. के समर्थक हिन्दू हो गए हैं। अगर मैं भूलता नहीं हूँ, तो चुनाव से पहले 6 मार्च 1991 के 'टाइम्स ऑफ इंडिया' में प्रकाशित परिचर्चा में अनेक बुद्धिजीवियों के बीच वही अकेले साहित्यकार थे, जिन्होंने खुलकर बी.जे.पी. का पक्ष लिया था। यहाँ भी द्वंद्व था कि वे न हिंदुत्ववादियों को गलत बता पा रहे थे, न कलाकार पर हुए हमले का समर्थन कर पा रहे थे। एक सच्चे बुद्धिजीवी की तरह अभिव्यक्ति के दमन के वे हमेशा से मुखर विरोधी रहे हैं। यहाँ भी उन्होंने विरोध ही व्यक्त किया, मगर जैसी कि उम्मीद थी, समाजवादी देशों में हुए रचनाकारों के दमन उनकी एकमात्र गाँठ हैं और उनके बिना निर्मल वर्मा का कोई वक्तव्य पूरा नहीं होता। उन्होंने वहाँ के जिक्र के साथ सलमान रुश्दी और तस्लीमा नसरीन को लेकर छद्म धर्मनिरपेक्षियों को खूब खरी-खोटी सुनाई है। उन्हें धर्म-निरपेक्ष सरकार के साथ जोड़कर बुद्धिजीवियों की चालाकियों को भी कोसा, जबकि सचाई यह है कि सरकार ने भले ही रुश्दी के उपन्यास पर प्रतिबंध लगाया हो, उस समय के हर बुद्धिजीवी रचनाकार ने रुश्दी का समर्थन ही किया था—आज भी सारे लोग तस्लीमा नसरीन के साथ हैं। यह चिंतनीय है कि निर्मल जैसा व्यक्ति राजनेताओं के चतुर वक्तव्यों को रचनाकारों का भी तर्क बना दे। दुखद यह भी है कि अंतर्राष्ट्रीय उदाहरणों के जंजाल में ठेठ अपने मुद्दों पर वे सिर्फ दार्शनिक होकर रह जाएँ। सोवियत और समाजवादी सरकारों या इस्लामी फंडामेंटलिस्टों को लेकर बुद्धिजीवियों की 'चुनी हुई चुप्पियाँ' उन्हें बेईमानी और कायरता लगती है, काश ! उतने ही साहस और ईमानदारी से वे अपने धर्म और समाज को लेकर खुद अपनी ही चुनी हुई चुप्पियों पर भी प्रकाश डालते। अश्वेत दमन, ॲपार्थाइड, इस्लामी क्रूरताएँ उन्हें जितना व्यथित करती हैं, क्या उस पीड़ा का सौवाँ हिस्सा भी वे अपने यहाँ की वर्ण-व्यवस्था में दलितों-स्त्रियों पर हजारों सालों से होते अत्याचारों को लेकर महसूस करते हैं ? हो सकता है, 'वर्ग' मार्क्सवादियों की कुत्सित अवधारणा हो, मगर जाति-व्यवस्था और वर्ण-विषमता तो अपने यहाँ की ही सच्चाई है। मैंने आज तक नरबलि, सती, डायन, दहेज-दहन, दलितों,

अल्पसंख्यकों, दंगों को लेकर हिंदू मानसिकता पर उनका लिखा कुछ नहीं पढ़ा। तस्लीमा अपने यहाँ के अल्पसंख्यकों का पक्ष लेने और अपनी धार्मिक जड़ताओं का विरोध करने के कारण निर्वासन भोग रही है, निर्मल अपने अल्पसंख्यकों के बारे में क्या सोचते हैं ? सलमान रुश्दी अपने धर्म-ग्रंथ में कुछ नया जोड़ने-घटाने या उसकी एक दूसरी व्याख्या करने के अपराध में मौत की सजा 'जी' रहा है, और निर्मल को उससे सच्ची सहानुभूति है, मगर जब 'सहमत' अपने धर्मग्रंथ का दूसरा पूर्व स्वीकृत पाठ रखता है, तो निर्मल हिंदू हो जाते हैं। 'सहमत' वालों ने राम की कहानी रुश्दी की तरह खुद तो नहीं लिखी, सिर्फ उसी बौद्ध-पाठ को सामने रखा था, जो अनेक रूपों में अनेक शताब्दियों से प्रचलित है।

निर्मल वर्मा मेरे अत्यंत ही प्रिय और सम्मानित कथाकार हैं, मगर मेरे लिए सचमुच उनका आडवानी-प्रिय हिंदू हो जाना मानसिक परेशानी पैदा करता रहा है। विशेष रूप से इसलिए कि जो दुनियाभर के अत्याचारों, दमन और विषमताओं पर इतनी पैनी नजर रखता है, वह अपने पैरों के नीचे की जमीन क्यों नहीं देख पाता ? कभी लगता था कि उन पर लगातार 'पश्चिमी संवेदना का कथाकार' होने का जो आरोप है, यह सब शायद उसी का बौद्धिक प्रायश्चित्त हो और उनका 'पलट' हिंदुत्व अपने देश को न देख पाने के अपराध-बोध से आया हो। मगर उस दिन हुसैन वाली मीटिंग में मुझे लगा कि यह अंतर्विरोध नहीं, कहीं दोनों में एक अंतःसूत्र भी है। रचनात्मक स्तर पर निर्मल मूलतः ठहरी हुई संवेदनाओं के कथाकार हैं। उनके पात्रों की उम्रें भले ही बढ़ गई हों—मानसिकताओं या उनके अंतर्जगत में बहुत परिवर्तन नहीं हुआ है। उनकी हर नई रचना में हम एक पूर्वपरिचित दुनिया में ही प्रवेश करते हैं। वहाँ निर्मल की अद्भुत भाषा, व्यक्तियों, स्थितियों, घटनाओं को जादुई अमूर्तनों और वायवीयता में द्रवीकृत करती रहती है। पात्रों में भी बहुत विविधता या भीड़ उनके पास नहीं है। कुछ गिने-चुने पात्र हैं और उनके व्यक्तिगत संबंध और संदर्भ हैं, वे खुद बेहद सावधान, चौकन्ने और लगभग वत्सल भाव से उनके व्यक्तिगत कक्षों में प्रवेश करते हैं, ताकि वहाँ का कोमल, नाजुक और प्रिय, डिस्टर्ब न हो, लगभग पूजा-भाव से ठीक उनकी यही एप्रोच हिंदुत्व और भारतीय संस्कृति को लेकर है—उनका इस हिंदुत्व में आना एक ठहरी हुई दुनिया से दूसरी ठहरी दुनिया में आना है, जहाँ दार्शनिकताएँ हैं अवधारणाएँ हैं, अमूर्तन हैं और वे प्राचीनताएँ, जो पवित्र रहस्य-बोध देती हैं। हो सकता है, यहाँ भी उन्होंने अपने कथा-संसार की तरह कुछ शाश्वत किस्म के पात्र और स्थितियाँ चुन रखी हों। निर्मल का हिंदुत्व और भारतीय संस्कृति एक हजार साल पहले (या जितना भी समय उन्होंने तय किया हो) का रुका हुआ संरक्षित-सुरक्षित संसार है और उसी मुग्ध पूजा-भाव से वे वहाँ प्रवेश करते हैं जैसे अपने कथा-जगत् में। दोनों उनकी अपनी मानसिक निर्मितियाँ हैं। यही उनकी मूल संवेदना से मेल भी खाता है। उसके बाद या बाहर जो कुछ भी होता है, वह

प्रदूषण, अतिक्रमण और विकृति है। क्योंकि वह स्वीकार्य नहीं है, इसलिए एक तरह से वह है ही नहीं। विश्व-संस्कृतियों की बेहद गहरी समझ रखने वाले निर्मल यह तो जानते ही हैं कि संस्कृतियाँ न ठहरी होती हैं; न विकृत, पतित, प्रदूषित होती हैं, वे सिर्फ विकसित होती हैं—हमेशा मूल्यों के संक्रमण में बनी रहती हैं। वह तो हम हैं तो पीछे देखते हुए श्रेष्ठ या निकृष्ट के फैसले देते रहते हैं। चूंकि निर्मल के यहाँ सब कुछ स्थिर और निर्धारित है, इसलिए अपने वर्तमान से सुदूर होना—चाहे देश में हो या काल में, निर्मल को ज्यादा आश्वस्त करता है। हो सकता है, इसे वे कला की संवेदनात्मक दूरी कहते हों। इसलिए जब कृष्ण बलदेव वैद ने कहा कि हुसैन वाले वर्तमान मुद्दे को अभिव्यक्ति दमन का सार्वभौमिक मुद्दा बनाकर निर्मल इश्यूज़ को संभ्रमित कर रहे हैं, तभी मुझे लगा कि वे न तो मुद्दे को डिफ्यूज कर रहे थे, न सूडो-सेक्यूलरों को कोस रहे थे; वे सिर्फ वर्तमान को कहीं दूर ले जाकर प्रत्यारोपित कर रहे थे। अभिव्यक्ति की स्वतंत्रता उनके लिए ऐसा अमूर्तन है, जिस पर वे भारतीय स्थितियों के सिवा हर कहीं विचार करने के लिए तैयार हैं। फिर रचनाकार की स्वतंत्रता, दमन के मुद्दे पर बात करते हुए नाज़ियों, सोवियतों और इस्लामी कट्टरताओं पर सात्विक क्रोध-प्रदर्शन काफी सुविधाजनक भी है...

मेरी तेरी उसकी बात, 'हंस', नवंबर 96

अपनों की गुलामी

मैंने सीधे ही सवाल किया—"प्रेमचंद जी, कहें तो 'हंस' के संस्थापक-संपादक के रूप में आपका नाम हटा दूँ ?"

"हटा दो। मुझसे पूछ कर तो रखा भी नहीं था।" उनका उत्तर था, "मगर अब यह सवाल क्यों उठा है ? मुझे तो लगता है कि समाज और साहित्य के जिन सरोकारों और चिंताओं के लिए मैंने 'हंस' और 'जागरण' निकाले थे, अपने समय-संदर्भों के लिहाज से तुम भी तो उन्हीं से जूझ रहे हो। हाँ, तुम्हारी अपनी सीमाएँ और समझ तो रहेंगी ही।"

"अपनी समझ से तो मैं यही कर रहा हूँ, मगर जब भी किसी को कोई चीज पसंद नहीं आती, तभी वह नारे लगाना शुरू कर देता है कि मैं आपका नाम संस्थापक-संपादक के रूप में न दूँ।"

वे हँसकर बोले, "मुझसे तो कोई नहीं पूछता। ऐसे फ़तवे देने से पहले कम-से-कम उन्हें मुझे पढ़ तो लेना चाहिए। माना कि उन्हें उस समय का 'हंस' देखने का अवसर नहीं मिला, पुरानी फाइलें पलटने का सवाल ही नहीं है, मगर अमृत ने तीन जिल्दों में जो 'विविध प्रसंग' दिए हैं, उनके पन्ने तो वे पलट ही सकते हैं। ऐसे अनपढ़ लोगों की चिंता तुम्हें कब से होने लगी ? अच्छा, कुछ के नाम तो बताओ..."

"अब सब नाम तो याद नहीं हैं। बंबई से निकलने वाली 'समझ' नाम की पत्रिका तो आपने देखी होगी। पहले साइक्लोस्टाइल निकलती थी। उसके नए अंक में जगदंबा प्रसाद दीक्षित ने मेरे ऊपर लिखते हुए फिर फ़तवा दिया है कि मैं इस 'हंस' से प्रेमचंद का नाम हटा दूँ।"

"अच्छा ! वो 'मुरदाघर' वाला ?" वे भड़क उठे, "पहली बात तो यह कि मैंने उसे कभी ऐसा कोई अधिकार नहीं दिया। दूसरे यह कि आज जो खुद बी.जे. पी. शिवसेना को सबसे बड़ी राष्ट्रीय पार्टी बता रहा है, उसकी बात प्रामाणिक कैसे

हो गई ? मैंने तो कभी ऐसी सांप्रदायिक ताकतों के साथ साँठ-गाँठ नहीं की। अति वामपंथी लफ्फ़ाजियों से लदालद भरी उसकी 'समझ' मैंने देखी है। वहाँ तो पूरी पत्रिका की भाषा, शब्द, तर्क इतने उबाऊ-दुहराव वाले हैं कि मुझे शक है कि आत्माराम, गोपाल शर्मा, जगदंबा प्रसाद के नाम से एक ही आदमी तो नहीं लिख रहा। इस दीक्षित के बारे में और बताओ..."

"पिछला तो आप सब जानते ही हैं। मैंने 'हंस' में ही लिखा है...संक्षेप में अब यह कि बी.जे.पी. शिवसेना के अखबारों और बाजारू हिंदी फिल्मों में समान निष्ठा से लिखता है--बाकी सबको बिका हुआ और व्यावसायिक बताता है। अतिवामपंथ और हिंदू-सांप्रदायिकता के बीच उसी तरह की बाजीगरी दिखा रहा है। जैसे जे.के. जैन नाम के एक डॉक्टर दिखा रहे हैं। ये सज्जन एक ही साँस में बी.जे.पी. के 'विचार कुंभ' (थिंक टैंक) भी हैं और अपने टी.वी. चैनल पर अश्लील ब्लू फिल्में दिखाने के लिए बदमान भी हैं। शायद मुकदमे भी चले हैं। अभी इन 'समझ' वालों ने बंबई में लेखकों का कोई सम्मेलन भी किया था। मगर आधे इनकी 'मनु और माओ एक हैं' की लफ्फाजियों से भड़ककर बीच में ही भाग खड़े हुए..."

"तो इसमें नया क्या है ?" वे सोचते हुए कहने लगे, "बहुत-से ऐसे लेखकों को तुम भी जानते होगे, जो पहले तो सान्निपातिक रूप से क्रांतिकारी होते हैं, राष्ट्रीय-अंतर्राष्ट्रीय स्थितियों का ऐसा विश्लेषण करेंगे कि अच्छे-अच्छों के छक्के छूट जाएँ, लेनिन-माओ के उद्धरणों में साँस लेना मुश्किल है, लेकिन जब इन हवाई यात्राओं से देश लौटेंगे, तो हिंदुत्व, अध्यात्म, सांप्रदायिकताओं में जा घुसेंगे..."

"हाँ, यही लोग कह रहे हैं कि गरीबी, सांप्रदायिकता, अल्पसंख्यक, दलित जैसी कोई समस्या ही नहीं है। असली खतरा है, विश्व-पूँजीवाद, अंतर्राष्ट्रीय साम्राज्यवाद और मल्टीनेशनलों के लिए खुले बाजार की दलाली करने वाली राजनीतिक पार्टियाँ--कांग्रेस, भा.ज.पा., माकपा इत्यादि...इनसे लड़ने के लिए जो स्वदेशी की नीति अपना रही हैं, वो हिंदुत्ववादी पार्टियाँ ही सच्ची क्रांतिकारी और राष्ट्रीय हैं। ऐसे समय जो गरीबी, सामाजिक विषमता, अल्पसंख्यक, दलित और नारी की समस्याएँ उठाते हैं, वे वैश्विक आक्रमण से ध्यान हटाने वाले गद्दार हैं।" मैंने खुलासा किया।

प्रेमचंद जी बोले, "बात सही हो, तो भी बेहद बचकाना सरलीकरण है। पहली बात तो यह कि ये दोनों लड़ाइयाँ आपस में विरोधी कैसे हैं ? लड़ना तो हमें दोनों ही मोर्चों पर है। दूसरे, ये वामपंथी शब्दजीवी शुरू से ही अंतर्राष्ट्रीयताओं में साँस लेते रहे हैं और हमेशा यही समझाते रहे हैं कि विश्व-पूँजीवाद ही एकमात्र दुश्मन है, उसे मार दोगे तो सारी राष्ट्रीय समस्याएँ खुद-ब-खुद हल हो जाएँगी। इस रणनीति से विश्व पूँजीवाद तो ध्वस्त होने से रहा। हाँ, इस बीच आप देश को अनपढ़ों और सांप्रदायिक ताकतों के हवाले जरूर कर देंगे, बलिक उन ताकतों को सुविधाएँ देने के लिए ही ये अपने पुराने हथियारों से 'पनचक्की दैत्यों' से लड़ने की सूरमाई दिखाते

रहेंगे...यह इन लोगों का पुराना रोग है और इस शब्दावली से ये मुक्त नहीं हो सकते कि आर्थिक समस्याएँ हल कर लो, बाकी सब अपने-आप ठीक हो जाएगा। इस मामले में गांधी जी ज्यादा व्यावहारिक हैं। वे एक तरफ अंग्रेजी उपनिवेशवादियों से लड़े, तो दूसरी तरफ सामाजिक लड़ाइयों को भी चलाए रखा...उनके लिए ये दोनों ही राष्ट्रीय आंदोलन का हिस्सा थीं...एक-दूसरे की विरोधी नहीं थीं। अच्छा, एक बात बताओ, क्या तुमने विश्व बाजारवाद और उनके दलालों के बारे में कुछ भी नहीं लिखा ?"

मुझे गुस्सा आ गया, "देखिए, ये लोग या तो पढ़ते-लिखते नहीं हैं या सचमुच धूर्त हैं। मैं हमेशा से ही इस निरंकुश आर्थिक उदारीकरण के खिलाफ रहा हूँ और न जाने कितनी बार लिख चुका हूँ कि ये नरसिंह राव, मनमोहन सिंह और चंद्रास्वामी बेशर्मी से देश को बेच रहे हैं। न हम विश्व पूँजी की बाढ़ से बच पाएँगे, न इनकी उन्नत और विकसित टेक्नॉलॉजी के खिलाफ टिक पाएँगे। हम औद्योगिक और सांस्कृतिक–दोनों स्तरों पर अगले सौ साल तक फिर इनके गुलाम उपनिवेश बने रहने के अभिशाप में जिएँगे। हमें दोनों से लड़ना है और किसी एक को अनदेखा नहीं करना है, वरना हर स्तर पर हम इनके दलाल बने रहने को मजबूर हैं। अपने इस स्टैंड पर मैंने तो खुल कर और नाम लेकर लिखा है। अब अगर ये लोग उसे पढ़े बिना ही धाँय-धाँय किए जा रहे हैं, तो इसका क्या इलाज है ?"

प्रेमचंद जी हँस पड़े, "इन हिंदुत्ववादियों को राष्ट्रीय-अंतर्राष्ट्रीय, सामाजिक-आर्थिक जटिलताओं की ऐसी जानकारी कब से होने लगी ? ये सब तो उनके एजेंडा में नहीं हैं। इनकी चिंता तो सिर्फ सांस्कृतिक, धार्मिक राष्ट्रीयता की अमूर्तताएँ हैं। तेरह दिन बी.जे.पी. केंद्र की सरकार में रही और एकमात्र काम उन्होंने एनरॉन प्रोजेक्ट की स्वीकृति दिलाने का किया। मुरली मनोहर जोशी से लेकर आडवाणी तक सारे दिग्गज सैकड़ों बार अमेरिकी सरकार को आश्वासन दे रहे हैं कि हम सत्ता में आए, तो आर्थिक उदारीकरण की नीतियों को नहीं बदलेंगे। अभी-अभी शिवसेना के ठाकरे ने माइकल जैक्सन तमाशा कराया–करोड़ों की हेरा-फेरी हुई–कहाँ गया स्वदेशी का विचार और कहाँ गई भारतीय संस्कृति ? शिवाजी महाराज के अवतार इसी बात से गद्‌गद हैं कि माइकल जैक्सन ने उनके पाखाने में टट्टी करने की कृपा की। कहते हैं, इस कमाई से बेकारी और समाज-कल्याण की योजनाओं के लिए पैसा आएगा। कोई आश्चर्य नहीं है कि कल ये इन्हीं तर्कों से दाऊद इब्राहिम जैसों से साँठ-गाँठ करके अपनी और देश की सारी समस्याएँ ही हल कर डालें...इन बातों पर तुम्हारी दीक्षित ऐंड कंपनी कुछ नहीं बोलती ?"

"नहीं मैंने तो सीधे-सीधे पूछा भी था, मगर टाल गए–वही अतिवामपंथी हवाई लफ्फाजी...रबर के साँपों की वामशब्दों वाली फुंकारें" मैंने बताया, "यही नहीं, इनका आरोप है कि मैं जातिवाद का समर्थक हूँ।"

"ये जातिवादी आरोप तो मुझ पर भी लगे हैं। इनके हिसाब से तो मुझसे ज्यादा ब्राह्मण-विरोधी पैदा ही नहीं हुआ।" प्रेमचंद को गुस्सा आ गया, "ब्राह्मणवाद का विरोध करना जातिवादी होना है क्या ? सुनो, जिस दिन तुम्हारे अपने नाम के साथ ही सचमुच इन्हें लालू यादव और मुलायम सिंह यादव का नाम याद नहीं आएगा, उस दिन मैं समझ लूँगा कि ये जातिवाद से ऊपर हैं। खुद चोटी तक जातिवाद में धँसे हुए लोग ऐसे आरोप लगाने की हिम्मत करते हैं ? इन कमबख्तों को बता दो कि जातिवादी होना और सांप्रदायिक होना दो विरोधी बातें नहीं हैं। सांप्रदायिक होने का मतलब हिंदुत्ववादी होना है और हिंदुत्ववादी वह है, जो मनु की वर्ण-व्यवस्था में विश्वास रखता है। इस हिसाब से जातिवादी तुम हुए या वे ? मैं फिर दुहराता हूँ कि संप्रदायवादी ही जातिवादी भी होता है। जब विधर्मियों, विशेष रूप से मुसलमानों का विरोध करने के लिए वह सारे हिंदुओं का प्रतिनिधि बनता है, तो उसके सामने मनु की बनाई व्यवस्था में रहने वाला हिंदू होता है। सारे समाज को जातिवाद में बाँटने वाला मनु नहीं तो और कौन है ? अगर कर्म से ही जातियाँ तय होती हैं, तो अवर्णों या सवर्णों का काम करने वाले या एक-से-व्यवसाय में लगे लोग ही आपस में रोटी-बेटी का संबंध क्यों नहीं बनाते ? वहाँ क्यों जन्मपत्रियाँ और जन्म देखते हैं ? असल बात तो यह है कि जिनका ये अब तक इस्तेमाल और शोषण करते रहे हैं, उनका उठना और सत्ता में हिस्सा बाँटना इनसे बर्दाश्त नहीं हो रहा..."

मैंने बात को मोड़ा, "दीक्षित जी एक और बात से भड़के हुए हैं। मायावती ने कहीं कहा होगा कि मुहम्मद गोरी को हम लाए थे। मैंने उस मानसिकता को समझने की कोशिश की थी कि जब अपने ही एक वर्ग को आप पशुओं से भी गई-गुजरी नारकीय जिंदगी में रहने के लिए मजबूर करते हैं, तो हमला करके आपको मार कर उन्हें मुक्ति देने वाला, आपको शत्रु लगता होगा। उन्हें तो मित्र और उद्धारकर्ता ही लगता है। ये मनुवादी हमेशा से एक वर्ग को समझाते रहे हैं कि बाहर के लोगों की गुलामी के मुकाबले अपनों की गुलामी ज्यादा अच्छी चीज है। अंबेडकर पर भी आरोप यह है कि जब पूरा देश स्वतंत्रता की लड़ाई लड़ रहा था, तो अंबेडकर अंग्रेजों से मिलकर अपनी मुक्ति माँग रहे थे...अरुण शौरी ने बड़ी शोध करके अंबेडकर की गद्दारियों के चिट्ठे खोले हैं।

"और ये जनसंघी, हिंदू महासभाई, आर.एस.एस. वाले क्या कर रहे थे ? क्या ये तब भगत सिंह और गांधी के साथ देश के स्वाधीनता आंदोलन में जुटे थे ? तब ये अंग्रेजों और देसी रियासतों के तलुवे नहीं चाट रहे थे ? राजा राममोहन राय, बंकिम चंद्र से लेकर प्रारंभिक रवींद्रनाथ तक क्या थे ? अंबेडकर को लगा कि इन सवर्णों की माँगी गई आजादी देश को मिल गई, तो ये सदियों तक हम दलितों को मुक्त नहीं होने देंगे।" प्रेमचंद फिर गंभीर हो गए।

"यही दीक्षित ऐंड कंपनी की थीसिस है कि सवर्णों की व्यवस्था में सिसकते

अस्सी प्रतिशत लोगों की सामंती गुलामी तो कोई समस्या ही नहीं है, असली समस्या है विदेशों की आर्थिक गुलामी...अगर दलितों और पिछड़ों को यह विश्वास हो जाए कि ग्लोबलाइजेशन और उदारीकरण से उन्हें गरिमामयी जिंदगी मिलेगी, तो यह निश्चित है कि विदेशी पूँजी के साम्राज्यवाद से इस देश को कोई नहीं बचा सकता..."

"मगर प्रेमचंद जी, यह तो देश को बेचना हुआ।" मैंने बेचैन होकर कहा।

"और ये दुनियाभर के घोटालों, रिश्वतों, स्कैमों के माध्यम से बी.जे.पी. या काँग्रेस वाले जो कर रहे हैं, यह देश को बेचना नहीं है ? देश को बेच-बेच कर ये उपनिवेशवादियों को नहीं बुला रहे; देश का सारा पैसा विदेशी बैंकों में नहीं भर रहे ? कान खोलकर सुन लो, जब तक ये पिछड़ों, दलितों और अल्पसंख्यकों, स्त्रियों को राजनीतिक अधिकार और बराबरी का सामाजिक सम्मान देकर अपने साथ नहीं लेते, तब तक इस देश को बाहरी हमलों से कोई नहीं बचा सकता—न यह इस्लाम से बचा पाए, न ईसाइयत से। बारूद तो अपने घर में ही भरी है, दूसरों को क्या दोष देना ?"

"मगर ये तो न दलितों, गरीबों, बेकारों की बात करते हैं, न अल्पसंख्यकों और स्त्रियों की—ये तो बाहरी हमलों और स्वदेशी संस्कृति की रट लगाए हैं..."

"तब इन हवाई किताबियों को मेरा लेख 'क्या हम वास्तव में राष्ट्रवादी हैं ?' दुबारा पढ़वा दो। इसे सन् 34 में लिखा था, मगर इससे पहले बंकिमचंद्र के एक लेख का हिस्सा जरूर सुनाना चाहता हूँ। इन हिंदुत्ववादियों के आदि आचार्य तो बंकिम ही हैं। उन्होंने भी तो मुसलमानी नवाबी से मुक्ति के लिए 'आनंद मठ' में संन्यासियों के विद्रोह को अंग्रेजों की मदद से सफल कराया। यह देशी गुलामी के खिलाफ विदेशी आक्रमणकारियों से हाथ मिलाना नहीं था ? मायावती से पहले विदेशी गुलामी का स्वागत-गान तो 'आनंद मठ' करता है। सुनो, इनके राष्ट्रगीत 'वंदे मातरम्' के रचनाकार सवा सौ साल पहले अपने लेख 'भारत वर्ष की स्वाधीनता और पराधीनता' में क्या कहते हैं," फिर प्रेमचंद ने नेशनल बुक ट्रस्ट से छपी 'बंकिमचंद्र : प्रतिनिधि निबंध' से पढ़ना शुरू किया, इसी पुस्तक के पृष्ठ 82 पर बंकिम ने लिखा है—"सुविज्ञ लेखक बाबू तारापद चट्टोपाध्याय ने 'बंगाल मैगजीन' में एक निबंध में ठीक ही लिखा है कि ब्राह्मण ही प्राचीन भारत के अंग्रेज थे," फिर आगे लिखते हैं :

"बहुतेरे कहेंगे, अंग्रेजों के प्राधान्य और ब्राह्मण-क्षत्रियों के प्राधान्य के बीच तुलना नहीं की जा सकती, क्योंकि ब्राह्मण, क्षत्रिय शूद्र पीड़क होने पर भी स्वजाति के हैं—अंग्रेज भिन्न जाति है। इस बात का जवाब इस रूप में देने की इच्छा होती है कि जो पीड़ित होता है, उसके लिए स्वजाति द्वारा पीड़न और भिन्न जाति द्वारा पीड़न—दोनों ही समान है। स्वजाति के हाथों मिली पीड़ा कुछ मीठी लगती हो और परजातिकृत पीड़ा कुछ तिक्त मालूम पड़ती हो, ऐसा तो होता नहीं है, लेकिन हम यह उत्तर देना नहीं चाहते। यदि स्वजातिकृत पीड़ा पर किसी को प्रीति हो, तो इसमें

हमें कोई आपत्ति नहीं है। हमारा उद्देश्य यह कहना मात्र है कि आधुनिक भारत के जाति-प्राधान्य के नाम पर प्राचीन भारत में वर्ण की प्रधानता थी। अधिकांश लोगों के लिए दोनों समान हैं।"

इस अंश को पढ़कर प्रेमचंद ने कहा—"क्या इसी बात पर ब्राह्मणों को धिक्कारते हुए विवेकानंद ने सारा भविष्य शूद्रों के नाम नहीं कर दिया था ?"

बहरहाल, बंकिम के इस उद्धरण के बाद पाठकों के सामने है प्रेमचंद का यह लेख :

क्या हम वास्तव में राष्ट्रवादी हैं ?

टके-पंथी पुजारी, पुरोहित और पंडे हिंदू जाति के कलंक हैं–प्रेमचंद

यह तो हम पहले भी जानते थे और अब भी जानते हैं कि साधारण भारतवासी राष्ट्रीयता का अर्थ नहीं समझता, और यह भावना जिस जागृति और मानसिक उदारता से उत्पन्न होती है, वह अभी हममें से बहुत थोड़े आदमियों में आई है, लेकिन इतना जरूर समझते थे कि जो पत्रों के संपादक हैं, राष्ट्रीयता पर लंबे-लंबे लेख लिखते हैं और राष्ट्रीयता की वेदी पर बलिदान होनेवालों की तारीफों के पुल बाँधते हैं, उनमें जरूर यह जागृति आ गई है और वह जात-पाँत की बेड़ियों से मुक्त हो चुके हैं, लेकिन अभी हाल में 'भारत' में एक लेख देखकर हमारी आँखें खुल गईं और यह अप्रिय अनुभव हुआ कि हम अभी तक केवल मुँह से राष्ट्र-राष्ट्र का गुल मचाते हैं, हमारे दिलों में अभी वही जाति-भेद का अंधकार छाया हुआ है। और यह कौन नहीं जानता कि जाति-भेद और राष्ट्रीयता—दोनों में अमृत और विष का अंतर है। यह लेख किन्हीं 'निर्मल' महाशय का है, और यदि यह वही 'निर्मल' हैं, जिन्हें श्रीयुत् ज्योति प्रसाद जी 'निर्मल' के नाम से हम जानते हैं, तो शायद वह ब्राह्मण हैं। हम अब तक उन्हें राष्ट्रवादी समझते थे, पर 'भारत' में उनका यह लेख देखकर हमारा विचार बदल गया, जिसका हमें दुःख है।

हमें ज्ञात हुआ कि वह अब भी उन पुजारियों का, पुरोहितों का और जनेऊधारी लुटेरों का हिंदू समाज पर प्रभुत्व बनाए रखना चाहते हैं, जिन्हें वह 'ब्राह्मण' कहते हैं, पर हम उन्हें ब्राह्मण क्या, ब्राह्मण के पाँव की धूल भी नहीं समझते। 'निर्मल' की शिकायत है कि हमने अपनी तीन-चौथाई कहानियों में ब्राह्मणों को काले रंगों में चित्रित करके अपनी संकीर्णता का परिचय दिया है, जो हमारी रचनाओं पर अमिट कलंक है। हम कहते हैं कि अगर हममें इतनी शक्ति होती, तो हम अपना सारा जीवन हिंदू-जाति को पुरोहितों, पुजारियों, पंडों और धर्मोपजीवी कीटाणुओं से मुक्त कराने में अर्पण कर देते। हिंदू-जाति का सबसे घृणित कोढ़, सबसे लज्जाजनक कलंक यही टकेपंथी दल है, जो एक विशाल जोंक की भांति उसका खून चूस रहा है, और

हमारी राष्ट्रीयता के मार्ग में यही सबसे बड़ी आधा है। राष्ट्रीयता की पहली शर्त है, समाज में साम्य-भाव का दृढ़ होना। इसके बिना राष्ट्रीयता की कल्पना ही नहीं की जा सकती। जब तक यहाँ एक दल, समाज की भक्ति, श्रद्धा, अज्ञान और अंधविश्वास से अपना उल्लू सीधा करने के लिए बना रहेगा, तब तक हिंदू समाज कभी सचेत न होगा। और यह दल दस-पाँच लाख व्यक्तियों का नहीं है, असंख्य है। उसका उद्यम यही है कि वह हिंदू जाति को अज्ञान की बेड़ियों में जकड़े रखे, जिसमें वह जरा भी चूँ न कर सके, मानो आसुरी शक्तियों ने अंधकार और अज्ञान का प्रचार करने के लिए स्वयंसेवकों की यह अनगिनत सेना नियत कर रखी है। अगर हिंदू-समाज को पृथ्वी से मिट नहीं जाना है, तो उसे इस अंधकार-शासन को मिटाना होगा। हम नहीं समझते, आज कोई भी विचारवान् हिंदू ऐसा है, जो इस टकेपंथी दल को चिरायु देखना चाहता हो, सिवाय उन लोगों के, जो स्वयं उस दल में हैं और चखौतियाँ कर रहे हैं। खुद निर्मल, शायद उसी टकेपंथी समाज के चौधरी हैं, वरना उन्हें टकेपंथियों के प्रति वकालत करने की जरूरत क्यों होती ? वह और उनके समान विचारवाले उनके अन्य भाई शायद आज भी हिंदू-समाज को अंधविश्वास से निकलने नहीं देना चाहते; वह राष्ट्रीयता की हाँक लगाकर भी भावी हिंदू समाज को पुरोहितों और पुजारियों ही का शिकार बनाए रखना चाहते हैं, मगर हम उन्हें विश्वास दिलाते हैं कि हिंदू-समाज उनके प्रयत्नों और सिरतोड़ कोशिशों के बावजूद अब आँखें खोलने लगा है और इसका प्रत्यक्ष प्रमाण यह है कि जिन कहानियों को 'निर्मल' जी ब्राह्मण-द्रोही बताते हैं, वे सब उन्हीं पत्रिकाओं में छपी थीं, जिनके संपादक स्वयं ब्राह्मण थे। मालूम नहीं, 'निर्मल' जी 'वर्तमान' के संपादक श्री रमाशंकर अवस्थी, 'सरस्वती' के संपादक श्री देवी दत्त शुक्ल, 'माधुरी' के संपादक पं. रूपनारायण पांडे, 'विशाल भारत' के संपादक श्री बनारसीदास चतुर्वेदी आदि सज्जनों को ब्राह्मण समझते हैं या नहीं, पर इन सज्जनों ने उन कहानियों को छापते समय जरा भी आपत्ति न की थी। वे उन कहानियों को आपत्तिजनक समझते, तो कदापि न छापते। हम उनका गला तो न दबा सकते थे। मुरौअत में पड़ कर भी आदमी अपने धार्मिक विश्वास को तो नहीं त्याग सकता। ये कहानियाँ उन महानुभावों ने इसीलिए छापीं कि वे भी हिंदू-समाज को टकेपंथियों के जाल से निकालना चाहते हैं, वे ब्राह्मण होते हुए भी इस ब्राह्मण जाति को बदनाम करने वाले जीवों का समाज पर प्रभुत्व नहीं देखना चाहते।

हमारा खयाल है कि टकेपंथियों से जितनी लज्जा उन्हें आती होगी, उतनी दूसरे समुदायों को नहीं आ सकती, क्योंकि यह धर्मोपजीवी दल अपने को ब्राह्मण कहता है। हम कायस्थ कुल में उत्पन्न हुए हैं और अभी तक उस संस्कार को न मिटा सकने के कारण किसी कायस्थ को चोरी करते या रिश्वत लेते देख कर लज्जित होते हैं। ब्राह्मण क्या इसे पसंद कर सकता है कि उसी समुदाय के असंख्य प्राणी

भीख माँग कर भोले-भाले हिंदुओं को ठग कर बात-बात में पैसे वसूल करके निर्लज्जता के साथ अपने धर्मात्मापन का ढोंग करते फिरें। यह जीवन व्यवसाय उन्हीं को पसंद आ सकता है, जो खुद उसमें लिप्त हैं और वह भी उसी वक्त तक, जब तक उनकी अंध स्वार्थ-भावना प्रचंड है और भीतर की आँखें बंद हैं। आँखें खुलते ही वह उस व्यवसाय और उस जीवन से घृणा करने लगेंगे।

हम ऐसे सज्जनों को जानते हैं, जो पुरोहित-कुल में पैदा हुए, पर शिक्षा प्राप्त कर लेने के बाद उन्हें वह टकापंथपन इतना जघन्य जान पड़ा कि उन्होंने लाखों रुपए सालाना की आमदनी पर लात मारकर स्कूल में अध्यापक होना स्वीकार कर लिया। आज भी कुलीन ब्राह्मण पुरोहितपन और पुजारीपन को त्याज्य समझता है और किसी दशा में भी यह निकृष्ट जीवन अंगीकार न करेगा। ब्राह्मण वह है, जो निस्पृह हो, त्यागी हो और सत्यवादी हो। सच्चे ब्राह्मण महात्मा गांधी हैं, मदन मोहन मालवीय जी हैं, नेहरू हैं, सरदार पटेल हैं, स्वामी श्रद्धानंद हैं। वह नहीं, जो प्रातःकाल आपके द्वार आकर करताल बजाते हुए 'निर्मलपुत्र देहि भगवान्' की हाँक लगाने लगते हैं, या गणेश-पूजा और गौरी-पूजा और अल्लम-गल्लम पूजा पर यजमानों से पैसे रखवाते हैं या गंगा में स्नान करने वालों से दक्षिणा वसूल करते हैं या विद्वान होकर ठाकुर जी और ठकुराइन जी के शृंगार में अपना कौशल दिखाते हैं या मंदिरों में मखमली गावतकिए लगाकर वेश्याओं का नृत्य देखकर भगवान् से लौ लगाते हैं।

हिंदू बालक जब धरती पर आता है और जब तक वह धरती से प्रस्थान नहीं कर जाता, इसी अंधविश्वास और अज्ञान के चक्कर में सम्मोहित पड़ा रहता है और नाना प्रकार के दृष्टांतों से, मनगढ़ंत-किस्से-कहानियों से, पुण्य और धर्म के गोरख-धंधों से, स्वर्ग और नरक की मिथ्या कल्पनाओं से, वह उपजीवी दल उनकी सम्मोहनावस्था को बनाए रखता है। और उनकी वकालत करते हैं हमारे कुशल पत्रकार 'निर्मल' जी, जो राष्ट्रवादी हैं। राष्ट्रवाद ऐसे उपजीवी समाज को घातक समझता है, और समाजवाद में तो उसके लिए स्थान ही नहीं। और हम जिस राष्ट्रीयता का स्वप्न देख रहे हैं, उसमें तो जन्मगत वर्णों की गंध तक न होगी, वह हमारे श्रमिकों और किसानों का साम्राज्य होगा, जिसमें न कोई ब्राह्मण होगा, न हरिजन, न कायस्थ, न क्षत्रिय। उसमें सभी भारतवासी होंगे, सभी ब्राह्मण होंगे या सभी हरजिन होंगे।

कुछ मित्रों की यह राय हो सकती है कि माना, टकेपंथी समाज निष्कृष्ट है, त्याज्य है, पाखंडी है, लेकिन तुम उसकी निंदा क्यों करते हो, उसके प्रति घृणा क्यों फैलाते हो, उसके प्रति प्रेम और सहानुभूति क्यों नहीं दिखलाते, घृणा तो उसे और भी दुराग्रही बना देती है और फिर उसके सुधार की संभावना भी नहीं रहती। इसके उत्तर में हमारा यही नम्र निवेदन है कि हमें किसी व्यक्ति या समाज से कोई द्वेष नहीं। हम अगर टकेपंथीपन का उपहास करते हैं, तो जहाँ हमारा एक उद्देश्य यह भी होता है कि समाज में से ऊँच-नीच, पवित्र-अपवित्र का ढोंग मिटावें, वहाँ दूसरा

उद्देश्य यह भी होता है कि टकेपंथियों के सामने उनका वास्तविक और कुछ अतिरंजित चित्र रखें, जिसमें उन्हें अपने व्यवसाय, अपनी धूर्तता, अपने पाखंड से घृणा और लज्जा उत्पन्न हो, और वे उनका परित्याग कर ईमानदारी और सफाई की जिंदगी बसर करें और अंधकार की जगह प्रकाश के स्वयंसेवक बन जाएँ। 'ब्रह्मभोज' और 'सत्याग्रह' नामक कहानियों ही को देखिए, जिन पर 'निर्मल' जी को आपत्ति है। उन्हें पढ़कर क्या यह इच्छा होती है कि चौबे जी या पंडित जी का अहित किया जाए ? हमने चेष्टा की है कि पाठक के मन में उनके प्रति द्वेष न उत्पन्न हो। हाँ, परिहास द्वारा उनकी मनोवृत्ति दिखाई है। ऐसे चौबों को देखना हो, तो काशी या वृंदावन में देखिए और ऐसे पंडितों को देखना हो, तो वर्णाश्रम स्वराज्य संघ में चले जाइए, और यदि निर्मल जी पहले ही उस धर्मात्मा दल में नहीं जा मिले हैं, तो अब उन्हें चटपट उस दल में जा मिलना चाहिए, क्योंकि वहाँ उन्हीं की मनोवृत्ति के महानुभाव मिलेंगे। और वहाँ उन्हें मोटेराम जी के बहुत-से भाई-बंधु मिल जाएँगे, जो उनसे कहीं बड़े सत्याग्रही होंगे। हमने कभी इस समुदाय की पोल खोलने की चेष्टा नहीं की, केवल मीठी चुटकियों से और फुसफुसे परिहास से काम लिया, हालाँकि जरूरत थी बर्नार्ड शॉ जैसे प्रतिभाशाली व्यक्ति की, जो घन के से चोट लगाता है।

निर्मल जी को इस बात की बड़ी फिक्र है कि आज के पचास साल बाद के लोग, जो हमारी रचनाएँ पढ़ेंगे, उनके सामने ब्राह्मण समाज का कैसा चित्र होगा और वे हिंदू-समाज से कितने विरक्त हो जाएँगे। हम पूछते हैं, महात्मा गांधी के हरिजन आंदोलन को लोग आज के एक हजार साल के बाद क्या समझेंगे ? यही कि हरिजनों को ऊँची जाति के हिंदुओं ने कुचल रखा था। आज के पचास साल बाद हमारे लेखों से भी लोग यही समझेंगे कि उस समय हिंदू-समाज में इसी तरह के पुजारियों, पुरोहितों, पंडों, पाखंडियों और टकेपंथियों का राज था और कुछ लोग उनके इस राज को उखाड़ फेंकने का प्रयत्न कर रहे थे। निर्मल जी इस समुदाय को ब्राह्मण कहें, हम नहीं कह सकते। हम तो उसे पाखंडी समाज कहते हैं, जो अब निर्लज्जता की पराकाष्ठा तक पहुँच चुका है। ऐतिहासिक सत्य चुप-चुप करने से नहीं दब सकता। साहित्य अपने समय का इतिहास होता है, इतिहास से कहीं अधिक सत्य। इसमें शर्माने की बात अवश्य है कि हमारा हिंदू-समाज क्यों ऐसा गिरा हुआ है और क्यों आँखें बंद करके धूर्तों को अपना पेशवा मान रहा है और क्यों हमारी जाति का एक अंग पाखंड को अपनी जीविका का साधन बनाए हुए है, लेकिन केवल शर्माने से तो काम नहीं चलता। इस अधोगति की दशा सुधारनी है। इसके प्रति घृणा फैलाइए, प्रेम फैलाइए, उपहास कीजिए या निंदा कीजिए--सब जायज है और केवल हिंदू-समाज के दृष्टिकोण से ही नहीं जायज है, उस समुदाय के दृष्टिकोण से भी जायज है, जो मुफ्तखोरी, पाखंड और अंधविश्वास में अपनी आत्मा का पतन कर रहा है और अपने साथ हिंदू-जाति को डुबाए डालता है। हमने अपने गल्पों में इस पांखड़ी समुदाय का यथार्थ रूप नहीं

दिखाया है। वह उससे कहीं अधिक पतित है। उसकी सच्ची दशा हम लिखें, तो शायद निर्मल जी को तो आश्चर्य न होगा, क्योंकि वह उसी समुदाय के एक व्यक्ति हैं, लेकिन हिंदू-समाज की आँखें जरूर खुल जाएँगी, मगर यह हमारी कमजोरी है कि हम बहुत-सी बातें जानते हुए भी उन्हें लिखने का साहस नहीं रखते और अपने प्राणों का भय भी है, क्योंकि यह समुदाय कुछ भी कर सकता है। शायद इस सांप्रदायिक प्रसंग को इसीलिए उठाया भी जा रहा है कि पंडों और पुरोहितों को हमारे विरुद्ध किया जाए।

निर्मल जी ने हमें 'आदर्शवाद' और कला के विषय में भी कुछ उपदेश देने की कृपा की है, पर हम यह उपदेश ऐसों से ले चुके हैं, जो उनसे कहीं ऊँचे हैं। आदर्शवाद इसे नहीं कहते कि अपने समाज में जो बुराइयाँ हों, उनके सुधार के बदले उन पर पर्दा डालने की चेष्टा की जाए, या समाज को एक लुटेरे समुदाय के हाथों लुटते देखकर जबान बंद कर ली जाए। आदर्शवाद का जीता-जागता उदाहरण हरजिन-आंदोलन हमारी आँखों के सामने है। निर्मल जी जबान में तो इस आंदोलन के विरुद्ध कुछ कहने का साहस नहीं रखते, लेकिन उनके दिल में घुसकर देखा जाए, तो मंदिरों का खुलना और मंदिरों के ठेकेदारों के प्रभुत्व का मिटना, उन्हें जहर ही लग रहा होगा। मगर बेचारे मजबूर हैं, क्या करें ?

निर्मल जी हमें ब्राह्मण-द्वेषी बताकर संतुष्ट नहीं हुए। उन्होंने हमें हिंदू-द्रोही भी सिद्ध किया है, क्योंकि हमने अपनी रचनाओं में मुसलमानों को अच्छे रूप में दिखाया है। तो आप क्या चाहते हैं, हम मुसलमानों को भी उसी तरह चित्रित करें, जिस तरह पुरोहितों और पाखंडियों को करते हैं ? हमारी समझ में मुसलमानों से हिंदू जाति को उसकी शतांश हानि नहीं पहुँची है, जितनी इन पांखडियों के हाथों पहुँची और पहुँच रही है। मसुलमान हिंदू को अपना शिकार नहीं समझता, उसकी जेब में धोखा देकर और अश्रद्धा का जादू फैलाकर कुछ ऐंठने की फिक्र नहीं करता। फिर भी मुसलमानों को मुझसे शिकायत है कि मैंने उनका विकृत रूप खींचा है। हम ऐसे मुसलमान मित्रों के खत दिखा सकते हैं, जिन्होंने हमारी कहानियों में मुसलमानों के प्रति अन्याय दिखाया है। हमारा आदर्श सदैव से यह रहा है कि जहाँ धूर्तता और पाखंड और सबलों द्वारा निर्बलों पर अत्याचार देखो, उसको समाज के सामने रखो, चाहे हिंदू हो, पंडित हो, बाबू हो, मुसलमान हो या कोई हो। इसलिए हमारी कहानियों में आपको पदाधिकारी, महाजन, वकील और पुजारी गरीबों का खून चूसते हुए मिलेंगे, और गरीब किसान, मजदूर, अछूत और दरिद्र उनके आघात सहकर भी अपने धर्म और मनुष्यता को हाथ से न जाने देंगे, क्योंकि हमने उन्हीं में सबसे ज्यादा सच्चाई और सेवा-भाव पाया है और यह हमारा दृढ़ विश्वास है कि जब तक सामुदायिकता और सांप्रदायिकता और यह अंधविश्वास हममें से दूर न होगा, जब तक समाज को पाखंड से मुक्त न कर लेंगे, तब तक हमारा उद्धार न होगा। हमारा स्वराज्य केवल

विदेशी जुए से अपने को मुक्त करना नहीं है, बल्कि हम सामाजिक जुए से भी, इस पाखंडी जुए से भी, जो विदेशी शासन से कहीं घातक है, और हमें आश्चर्य होता है कि निर्मल जी और उनकी मनोवृत्ति के अन्य सज्जन कैसे इस पुरोहिती शासन का समर्थन कर सकते हैं, उन्हें खुद इस पुरोहितपन को मिटाना चाहिए, क्योंकि वे राष्ट्रवादी हैं। अगर कोई ब्राह्मण, कायस्थों के करारदाद की, उनके मदिरा-सेवन की या उनकी अन्य बुराइयों की निंदा करे, तो मुझे जरा भी बुरा न लगेगा। मैंने खुद इन बुराइयों की ओर समाज को मुखातिब किया है। कोई हमारी बुराई दिखाए और हमदर्दी से दिखाए, तो हमें बुरा न लगने या दाँत किटकिटाने का कोई कारण नहीं हो सकता। मिस मेयो ने जो बुराइयाँ दिखाई थीं, उनमें उसका दूषित मनोभाव था। वह भारतीयों को स्वराज्य के अयोग्य सिद्ध करने के लिए प्रमाण खोज रही थी। क्या निर्मल जी मुझे भी ब्राह्मण-द्रोही, हिंदू-द्रोही की तरह स्वराज्य-द्रोही भी समझते हैं ?

अंत में मैं अपने मित्र निर्मल जी से बड़ी नम्रता के साथ निवेदन करूँगा कि पुरोहितों के प्रभुत्व के दिन अब बहुत थोड़े रह गए हैं और समाज और राष्ट्र की भलाई इसी में है कि जाति से यह भेदभाव, यह एकांगी प्रभुत्व, यह खून चूसने की प्रवृत्ति मिटाई जाए, क्योंकि जैसा हम पहले कह चुके हैं, **राष्ट्रीयता की पहली शर्त वर्ण-व्यवस्था, ऊँच-नीच के भेद और धार्मिक पाखंड की जड़ खोदना है।** इस तरह के लेखों से आपके पुरोहित भाई चाहे अपना हीरो समझें और मंदिर के महंतों और पुजारियों की आप पर कृपा हो जाए, लेकिन राष्ट्रीयता को हानि पहुँचती है और आप राष्ट्र-प्रेमियों की दृष्टि से गिर जाते हैं। आप इस ब्राह्मण समुदाय की सेवा नहीं, इसका अपमान कर रहे हैं।

7 जनवरी, 1934 — मेरी तेरी उसकी बात, 'हंस', दिसंबर 96

रघुवीर बाबू का संपादक न रहना

सुनते हैं कि प्रखर चिंतक और जुझारू कवि मुक्तिबोध व्यक्तिगत जीवन में खासे डरे हुए, नर्वस और झंझटों से बचने वाले व्यक्ति थे। हो सकता है, उनकी घरेलू और आर्थिक परेशानियों ने उन्हें ऐसा मुलायम बना दिया हो। कुछ-कुछ यही स्थिति श्रीकांत वर्मा और रघुवीर सहाय की भी रही है–एक असुरक्षा की मानसिकता वैचारिक बारीकियों और व्यक्तित्व के इसी द्वंद्व और दबाव से शायद कविता या कला का जन्म होता है। बहरहाल, आत्महत्या की, निहायत तर्कपूर्ण, बौद्धिक और तेजस्वी वकालत करने वाले किसी दार्शनिक ने कभी खुद आत्महत्या की हो--ऐसा ध्यान नहीं आता–शॉपेनहावर, नीत्शे से लेकर कामू तक...लेकिन सिर्फ इसी से वे छोटे दार्शनिक या चिंतक हैं या मुक्तिबोध हल्के कवि हैं, कोई भी कभी नहीं मानेगा...शरीर को माया, कर्मों का भोग, पुराने कपड़े मानने वाला हर भारतीय विचारक, वीतरागी, संत और विदेह, दयनीय हदों तक जर्जर वयोभ्रष्ट देह से चिपका रहा है और भौतिकता के लिए रेंगता रहा है। कभी यह मजबूरी होती है; कभी चालाकी।

रघुवीर सहाय के इस अंतर्विरोध को शैलेश मटियानी ने बहुत प्रभावी ढंग से रेखांकित किया है। यह सही है कि रघुवीर सहाय के जमाने में 'दिनमान' शायद सबसे अधिक पठनीय साप्ताहिक था। उसे पढ़ना या उसमें छपे पर बातचीत करना, पढ़े-लिखे होने का सबूत था। यह 'संपूर्ण क्रांति' का समय था। लेकिन कुछ ही दिनों बाद राज पलटा और इंदिरा गांधी ने अँगूठा छाप और अखबार मालिकों ने अँगूठीबद्ध–अनपढ़, मूर्खों, चापलूसों और दरबारियों को शीर्षस्थ स्थान देने का सिलसिला शुरू किया–मूलतः यह विचार की देश निकाले जाने और व्यक्तिगत वफादारी के अभिषेक का युग था...जिसके जैसे मानसिक स्तर या व्यक्तिगत शौक थे, उसने वैसा ही 'अनुभवी' चुना...

और इसी में रघुवीर सहाय मारे गए। वे छुट्टी ले कर बैठ गए। फिर सुना कि उन्हें 'नवभारत टाइम्स' में फीचर संपादक बनना है। अपने श्रेष्ठ कवि और प्रिय संपादक

के इस अपमान से दिल्ली में बड़ा क्षोभ था, और हम लोगों की इच्छा थी कि रघुवीर बाबू एक वक्तव्य जारी करें...अस्वास्थ्य या पता नहीं किन कारणों से जब वह संभव नहीं हुआ तो हम लोगों ने ही वक्तव्य तैयार किया और सोचा कि इस पर बड़े नामों से हस्ताक्षर कराके सीधे श्रीमती इंदिरा गांधी से मिला जाए। दस-बीस हस्ताक्षरों के साथ एक विरोध-पत्र भी तैयार किया गया, मगर उन्हीं की ओर से रोक दिया गया कि कुछ भीतरी मशविरे चल रहे हैं और इस तरह के वक्तव्य से नुकसान हो सकता है। वह विरोध-पत्र अभी भी कहीं मेरे कागजों में होगा। जब बहुत स्पष्ट रूप से यह तय हो गया कि मालिक लोग अपना निर्णय नहीं बदलेंगे तो फिर शायद मुआवजे की बातें चलीं। बहरहाल, स्थितियों के इस विकास तक आते-आते हमारी दिलचस्पी समाप्त हो चुकी थी। हाँ, यह जरूर सुनाई दिया कि 'अनावश्यक लंबी अनुपस्थिति' या ऐसा ही कोई मुद्दा लेकर रघुवीर बाबू के खिलाफ अंतिम कार्यवाही होने जा रही है (यों हो चुकी है) और रघुवीर बाबू कोर्ट में जा रहे हैं। फिर सुना कि बात समाप्त या तय हो गई है। आज की भारतीय राजनीति में यह तय करना सचमुच मुश्किल है कि किस मंत्री ने सचमुच त्याग-पत्र दिया है या उसे निकाला गया है। त्यागपत्र रघुवीर बाबू ने दिया हो या न दिया हो, इससे शायद कोई फर्क इसलिए भी नहीं पड़ता कि कभी-कभी यह बात को समाप्त करने का एक 'सम्मानजनक' तरीका भी होता है। हाँ, वे अपने स्वभाव की सीमाओं के चलते अपने अधिकारों के लिए लड़ते या लड़ने की बात सोचते रहे, यही क्या कम है।

जैसा कि मैंने कहा, इस प्रसंग से न वे छोटे विचारक हो जाते हैं, न ग़ैर-महत्त्वपूर्ण कवि...हमारा यह आग्रह क्यों हो कि हर लिखने-सोचने वाला विद्रोही और शहीद हो ही...

हाँ, हमें यह मानने में भी कोई आपत्ति नहीं होनी चाहिए कि इंग्लैंड, अमरीका, फ्रांस की तरह हमारा प्रेस-उद्योग, न तो वैसे पढ़े-लिखे, जागरूक प्रबुद्ध पैसेवालों के हाथ में है, न वैसे दबंग संपादकों की लंबी परंपरा ही सामने है। प्रायः जिन संपादकों की बातें हम करते हैं, वे स्वयं अपने पत्र-पत्रिका के मालिक थे। खुद लिखते थे और खुद भुगतते थे। अन्य उद्योगों के साथ प्रेस उद्योग भी लगाया जाए और अच्छे संपादक की तलाश की जाए—यह रिश्ता शायद स्वतंत्रता के बाद ही पैदा हुआ है। अगर अपने किसी प्रभावशाली के लिए उसी के अखबार में असुविधाजनक खबर छापने पर उद्योगपति के सीमेंट, तेल या कपड़े की मिलों पर छापे पड़ें—या इन्कम-टैक्स जैसे विभागों के माध्यम से उसकी बांह मरोड़ी जाए तो वह अपने संपादक की चटनी न बनाए तो क्या करे ? अगर मोटर या मशीनों के आयात-निर्यात में मुझे करोड़ों का फायदा हो रहा हो और इसके लिए मुझे सिर्फ महावीर प्रसाद द्विवेदी को संपादक के पद से हटाकर किसी ऊँचे आदमी के पप्पूलाल जी को संपादक बनाना हो—तो आप ही बताइए, मैं क्या करूँगा ? द्विवेदी जी के लिए मेरे मन में बड़ा सम्मान है,

में उनके लिए कुछ और कर दूँगा—पुरस्कार दिला दूँगा—लेकिन पप्पूलाल जी को तो संपादक बनाना ही है। चाहे दाँत पीसते हुए मुझे यही तय क्यों न करना पड़े कि ज़रा इस बड़े आदमी को इस कुर्सी से हटने दो, फिर इस पप्पूलाल साले को भी देखूँगा ...लेकिन एक के हटते ही डोरियों में लटका नया पप्पूलाल सामने होता है। आप लोग पत्रकारिता की शक्ति चौथे स्तंभ की गरिमा सबके राग अलापते हैं; उस मालिक की मजबूरी भी समझिए। ज्यादा से ज्यादा यही कर सकता हूँ कि इस पप्पूलाल को रगड़ दूँ और तीन संपादकों का काम अकेले उससे लूँ।

अगर रघुवीर सहाय ने भी हर नए प्रधानमंत्री या राष्ट्रपति या उनके किसी नाक के बाल की शरबती आँखों और रसीले होंठों पर सेहरे लिखे होते तो शायद इसकी नौबत ही नहीं आती।

'श्रोता समाचार' के लिए

स्मृति-दंश

पिछले दिनों हमारा साथ छोड़ने वालों में हैं वायक्कम मुहम्मद बशीर—भारत के महान कथा-शिल्पी और मलयालम के दिग्गज कहानीकार। बुलाने का नाम बेपोर सुल्तान ...बचपन में सारे भारत में घूमे : दस साल जेबतराशों के साथ रहे, हिजड़ों और पुरुष वेश्याओं की संगत की, मदारी और भिखारी की ज़िंदगी जी। ऐसे भरे-पूरे अनुभव जगत् से आया यह लेखक तकषि शिवशंकर पिल्लै के साथ पचास साल मलयालम कथा-शिखर के रूप में सम्मानित रहा। हिंदी में उनकी कहानियों का शायद एक ही संग्रह आया है। उपन्यास शायद आ रहे हैं।

दूसरे हैं श्रीपत राय। प्रेमचंद के बाद 'हंस' के आदि संपादक और 'कहानी' मासिक के जनक। हम सब जानते हैं कि 'नई कहानी' आंदोलन की एकमात्र पत्रिका रही है 'कहानी'। यह श्रीपत जी के अनेक स्तरीय व्यक्तित्व का कमाल था कि नई कविता के शलाका पुरुष अज्ञेय, त्रिलोचन, शमशेर, मुक्तिबोध सभी उनसे जुड़े रहे। सभी को उन्होंने मंच और सहयोग दिए। 'शेखर', 'तारसप्तक' और 'प्रतीक' के प्रकाशक भी श्रीपत थे और भैरव जी के संपादन में निकलने वाली 'कहानी' के भी। उन्होंने स्वयं अकलंक मेहता के नाम से कहानियाँ लिखीं। पैनी और बेबाक समीक्षाओं के लिए श्रीपत सराहे जाते रहे। पेंटिंगें कीं, अनेक एकल प्रदर्शन किए और सरस्वती प्रेस को व्यावसायिकता से व्यवस्थित किया। वे दोस्त-नवाज़ आदमी थे। इधर आठ-दस वर्षों से सांसारिक उदासीनता या वैराग्य जैसा भी शायद महसूस करने लगे थे। बंद होने से पहले 'कहानी' के दो-तीन संपादकीय और अपनी एकमात्र लंबी मुलाकात में मुझे उन पुराने डायनेमिक श्रीपत जी को खोजने में दिक्कत हुई। हम लोग हौज़खास आए, तो पता चला, लोकैलिटी के एक सिरे पर बच्चन जी हैं, तो दूसरे पर श्रीपत जी। बच्चन जी ने तो बाकायदा हमारे गृह-प्रवेश का पौरोहित्य किया। श्रीपत जी से समय तय करके मिलने गया। 'अक्षर' के पड़ोस में ही सरस्वती प्रेस था, और वहाँ वे रोज आते थे, मगर मुझे घर जाना ही उचित लगा। नीचे परिवार की गहमागहमी

थी और ऊपर बड़े हाल में बीच के सोफ़े पर वे अकेले बैठे थे। बातचीत में सिर्फ़ हम दोनों ही थे। उसी दौरान मैंने पूछा, "आजकल आप क्या कर रहे हैं?" उनका क्लासिक उत्तर आज भी शब्दशः मेरी स्मृति में खुदा है : "राजेन्द्र जी, हम संपन्न हैं, हम सुखी हैं, हम संतुष्ट हैं। हम क्यों कुछ करें?" उस दिन सचमुच मैं उनसे डर गया था। प्रचंड प्रतिभा अपनी अभिव्यक्तियाँ न पाकर क्या अपने स्रोत को ही डँसने लगती है? बहरहाल, श्रीपत जी एक युग थे। सही अर्थों में संस्था थे और हिंदी को आधुनिकता तक लाने वाले सेतु थे। इन दोनों विभूतियों की स्मृति को 'हंस' के नमन...

अपने जन्मदिन से ठीक दस दिन पहले यानी 10 अगस्त 95 को साहित्य का एक और दिग्गज हरिशंकर परसाई भी चलता बना। सहसा एक वाक्य याद आता है : "पुरज़ा-पुरज़ा कटि मरै तबहुँ न छोड़ै खेत..." शायद वह वैसा ही सूर था। पचास साल हिंदी प्रदेश की शायद ही कोई विसंगति, विषमता और विडंबना रही हो जिस पर परसाई ने वेधक व्यंग्य न लिखा हो। उसने श्रीलाल शुक्ल की तरह 'रागदरबारी' जैसा बड़ा उपन्यास नहीं लिखा, लेकिन सब मिलाकर जैसी शतरंजी बुनी, वह अपने आप में सैकड़ों पात्रों वाला उपन्यास ही है। परसाई के साथ स्वतंत्र लेखकों की एक रवायत ही समाप्त हो गई। होने को हिंदी में निर्मल वर्मा, शैलेश मटियानी और कमलेश्वर भी हैं, मगर पहले दो भारत की और व्यक्तिगत आध्यात्मिक खोज में लगे हैं (इस देश में साधु-संत कभी भूखे नहीं मरे)। रहा तीसरा, सो वह देवकीनंदन खत्री की लाश बेच रहा है। परसाई ने जिस प्रतिज्ञा से लिखना शुरू किया था, वहीं वह युयुत्सु की तरह लड़ता रहा। शारीरिक और सामाजिक विरोध भी सहे। इधर तो वह शायद हिंदी का अकेला लेखक था, जिसे नाटककार हबीब तनवीर की तरह अपने लिखने के कारण बजरंगियों से हाथ-पाँव भी तुड़वाने पड़े...(सफ़दर हाशमी ने तो अपनी प्रतिबद्धता के लिए प्राण ही दे दिए)। बिहार में रेणु और मध्य प्रदेश में परसाई हर साक्षर के लिए एक 'हाउसहोल्ड' (घरेलू) नाम रहे हैं, जिन्हें वहाँ के धार्मिक, सामाजिक, राजनीतिक नेताओं ने पढ़ा है तो सामान्य दुकानदारों और मजदूरों ने भी। उसने अपने लेखन से ही मध्य प्रदेश को व्यंग्य-विधा का सबसे बड़ा केंद्र बना दिया। उसका अपना परिवार नहीं था, मगर उसके परिवार में शरद जोशी, ज्ञान चतुर्वेदी, यशवंत व्यास, जैसे न जाने कितने व्यंग्यकार आज भी हैं। निर्भीकता, बेबाकी और दबंग लेखन की पैनी धार के लिए उसकी तुलना कबीर से की जाती है, खुद उसने अपने सबसे बड़े संकलन का नाम 'मैं कहता आंखिन की देखी' रखा है। कबीर के बाद उसे जिस दूसरे आदमी ने प्रभावित किया है, वह प्रारंभिक चेखव है—जब वह चेखोन्ते के नाम से व्यंग्य लिखता था। चेखव का मूल स्वर करुणा है, कबीर का गुस्सा...परसाई दोनों

का मिश्रण था--तीनों का सरोकार था समाज...मुझे तो यह भी लगता है कि भाषा के अद्‌भुत, रचनात्मक और चमत्कारी प्रयोग करने वाले ज्ञानरंजन, उदय प्रकाश और स्वयं प्रकाश जैसे लेखक संभव ही इसलिए हो पाए कि पूरे पर्यावरण पर आसमान की तरह छाया था हरिशंकर परसाई...निराला, राहुल, प्रेमचंद, यशपाल की परंपरा में वह हमारा बहुत बड़ा समाजद्रष्टा लेखक था और अपने खड्डे पर बैठकर ही 'झीनी-झीनी चदरिया' कातता और अन्यायों को उधेड़ता रहा...

हममें से अनेक के पास उनकी व्यक्तिगत यादें हैं, यहाँ सिर्फ एक : कलकत्ता कथा-समारोह में जब मंच से श्रीकांत वर्मा ने ईश्वर के मरने की घोषणा की, तो जैनेन्द्र जी से रहा नहीं गया। बीच में ही बोले, "कहाँ मर गया है ईश्वर ? हमें तो दिखाई नहीं देता..." तभी श्रोताओं में से परसाई ने आवाज़ लगाई, "श्रीकांत, जैनेन्द्र जी तब तक ईश्वर को मरा हुआ नहीं मानेंगे, जब तक तुम उन्हें उसकी लाश नहीं दिखा दोगे..." अब क्या यह अलग से कहने की जरूरत है कि हरिशंकर परसाई ज़िंदगी भर अपने लेखन में जैनेन्द्र जी जैसों को ईश्वर की लाश ही दिखाता रहा...ईश्वरीय विधानों से मुक्त करता रहा। वह मनुष्य की मुक्ति का रचनाकार था।

उपन्यासकार जगदीश चंद्र इसी 10 अप्रैल को नहीं रहे। उम्र मात्र 61 वर्ष, जगदीश चंद्र दिल्ली में रहकर उपन्यास लिख रहे होते, तो विमोचनों, पुरस्कारों, विमर्शों, साक्षात्कारों और दूरदर्शनी समाचारों के केंद्र में होते। तब उनका अखिल भारतीय दबदबा होता। मगर वह दिल्ली की केंद्रीयता से निर्वासित पंजाब में बैठकर लेखन कर रहे थे।

सही है कि उन्होंने न भाषा के प्रयोग किए, न उपन्यास-शिल्प में कुछ नया जोड़ा। वह परंपरागत अर्थ में यथार्थवादी उपन्यासकार थे--प्रेमचंद, यशपाल, रांगेय राघव, भगवती चरण वर्मा, अमृतलाल नागर और भीष्म साहनी की तरह। उनकी शक्ति थी अपने विषय की गहरी जानकारी और जीवंत मनुष्यों के बीच घटित होने वाले समय का इतिहास। गिरिराज किशोर, संजीव के साथ वह ऐसे उपन्यासकार भी थे, जिनका अनुभव और विषय-क्षेत्र, लेखक-प्राध्यापक और पत्रकार तक ही सीमित नहीं था--वह आत्मग्रस्त कवि-उपन्यासकारों की रचना समस्याओं की घुटी दुनिया में ही जीने को अभिशप्त, संसार की हर समस्या को अपने से शुरू और अपने पर ही समाप्त नहीं मानते थे। उनके रचना-स्रोत बाहर भी थे और अपने भीतर भी।

'धरती धन न अपना' की ऊर्जा और यथार्थ की नुकीली असहनीयताओं ने सहसा ही हम सबका ध्यान उस ओर खींचा था। 'मंडल' से दस साल पहले गाँव के अवर्ण-सवर्णों के जिस भयानक संघर्ष को उन्होंने काली के माध्यम से दिखाया, वही दलित उभार की पहली दस्तकें थीं। 'आधा पुल' भारत-पाकिस्तान के युद्ध के

दौरान लड़ाई के अग्रिम मोर्चों में बैठकर लिखा गया उपन्यास था—शायद गुलेरी जी की 'उसने कहा था' और गिरीश अस्थाना के 'धूप छाँही रंग' के बाद युद्धभूमि को कार्यस्थल (लोकेल) की तरह इस्तेमाल करने वाला। अगला उपन्यास 'कभी न छोड़ें खेत' में सामंती मानसिकता में पारिवारिक लड़ाइयों को पीढ़ी-दर-पीढ़ी खींचते संपन्न किसान थे। तो 'मुट्ठी भर कांकर' खेतों की उपजाऊ भूमियों का शहरी अधिग्रहण और लोहे-कंक्रीट के उभरते जंगलों और बदलते मानवीय रिश्तों की कहानी थी—दिल्ली के विस्तार का वह रूप, जिसके एक पक्ष को रमाशंकर ने 'छोटे-छोटे महायुद्ध' और गिरिराज किशोर ने 'इंद्र सुने' में दिखाया है। 'घास गोदाम' और 'टुंडालाट' के बाद 'नरककुंड में बास' द्वारा फिर उसी दलित दुनिया में लौटे थे, जिसे 'धरती धन न अपना' में उठाया था। यह उस शृंखला का दूसरा खंड था, तीसरा लिखा जाना था।

अनुभवों के विस्तार को अपना कथा-क्षेत्र बनाने वाले इस महत्त्वपूर्ण उपन्यासकार का इस समय जाना विशेष रूप से दुखद है कि हिंदी के रक्तहीन, अपठनीय, निष्प्राण और कुंडेरा-मार्खेज-बोर्खेज़-उम्बार्तो की टक्कर के उपन्यास-लेखन में बौद्धिक तनाव झेलते 'विश्वस्तरीय' लेखकों की बिरादरी में यह पुराने ढंग का उपन्यासकार शुद्ध अपनी दुनिया, अपने लोगों और अपने ग़ैर-शहरी समाज की बात कर रहा था—अपने से बाहर देखने का जोखिम उठा रहा था। शायद इसीलिए दिल्ली के साहित्यकारों द्वारा बहिष्कृत था।

डॉ. श्यामाचरण दुबे भारतीय समाज-शास्त्र के ऐसे शलाका पुरुष थे, जिन्होंने समाज विज्ञान की अनेक पीढ़ियों को प्रभावित किया। देशी-विदेशी विद्वानों ने उनके अवदान को मुक्त-कंठ से सराहा। भारतीय गाँव का गहरा अध्ययन उन्हें अपने समकालीनों में विशिष्ट स्थान देता है। अंग्रेजी के अतिरिक्त हिंदी में लिखी उनकी मौलिक पुस्तकें साहित्यकारों के सोच को भी प्रभावित करती रही हैं। शायद वे अकेले उन समाजशास्त्रियों में थे जो साहित्य की नई से नई पुस्तकें पढ़ते और लेखकों से हमेशा संवाद में बने रहना पसंद करते थे। शिक्षा और अकादमिक क्षेत्रों के ऊँचे से ऊँचे पदों पर रहने वाले इस मनीषी से हर पीढ़ी के लोग निर्भीक बहस कर सकते थे। इधर मेरे मयूर विहार आ जाने पर मिलना सुविधाजनक हो गया था और शामें सिर्फ बहस-नीरस नहीं होती थीं। अनेक साहित्यिक पुरस्कारों के महत्त्वपूर्ण निर्णायक होने के चलते मेरी उनसे तीखी असहमतियाँ थीं और मैं उन्हें हिंदी के बूढ़ों का संरक्षक, ठंडे जड़-भरतों के पुरस्कर्ता के रूप में छेड़ता था और 'अपनी उदारता से लाचार' अपराधी की तरह दोनों हाथ फैलाकर "आप तो राजेन्द्र जी..." कहकर वे मुस्करा देते थे। पता नहीं, हमारे बीच कैसी अनकही ऊष्मा थी कि बिना मिले या बिना कहे संक्रमित होती रहती थी। 'हंस' के हर वार्षिक आयोजन के अनिवार्य सदस्य और

मुख्य वक्ता के रूप में दुबे जी दिल्ली वालों के बौद्धिक अभ्यास में आ गए थे। वैसे भी, शायद ही कोई गंभीर गोष्ठी हो, जिसमें वे न होते हों। "यह वह 'हंस' तो नहीं है जिसमें प्रेमचंद के जमाने में हम लिखा करते थे।" पहले अंक पर उनकी प्रतिक्रिया आई थी। बाद में मानने लगे थे कि समय के अनुरूप रंग-सज्जा बदल गई है, मगर कड़क शायद उससे ज्यादा है...मेरा उत्तर था कि पहले विदेशी और अब देशी सरकारों के बीच पत्र निकालने की सीमाएँ या सुविधाएँ भी तो हैं...

इधर दुबे जी पर मध्य प्रदेश के भूतपूर्व मुख्यमंत्री और कांग्रेस के नेता श्यामाचरण शुक्ल ने आरोप लगाया है (नवभारत टाइम्स, 14 फरवरी 1996) कि वे देशद्रोही थे और उन्होंने शुक्ल जी के बड़े भाई के खिलाफ गवाही दी थी। आश्चर्य है कि मुख्यमंत्री के रूप में शुक्ल जी के शासन-काल या बाद में भी दुबे जी जब मध्य प्रदेश शिक्षा-जगत् के उच्चतम पदों पर रहे, तब कभी भी शुक्ल जी को उनके देशद्रोही होने का ध्यान नहीं आया। इंदिरा सरकार में शुक्ल जी प्रभावशाली नेता थे। तब भी आपत्ति उठा सकते थे कि ऐसे व्यक्ति को देश की सर्वोच्च संस्था, 'सेंटर फॉर एडवांस स्टडीज' (शिमला) का डायरेक्टर क्यों बनाया जा रहा है ? दुबे जी के न रहने पर यह आरोप अचानक कुछ दूसरी ही शंकाएँ पैदा करता है। बहरहाल, दुबे जी दिल्ली और हिंदी की साहित्यिक दुनिया की प्रेरणास्पद उपस्थिति थे, रहेंगे।

सन् 46 में जब मैं झाँसी से आगरा आया तो विशारद-साहित्यरत्न की परीक्षाओं के लिए नागरी प्रचारिणी सभा जाने लगा। डॉ. पद्म सिंह शर्मा 'कमलेश' हुए मेरे बड़े भाई और साहित्यिक अभिभावक। उन्होंने बेहद प्रतिभाशाली गीतकार के रूप में परिचय कराया एक लापरवाह-से युवक घनश्याम अस्थाना से। सचमुच, घनश्याम का शब्द चयन, लय और अदायगी का ढंग इतना मोहक था कि मैं (मुहावरे में कहूँ तो) सौ जान से फ़िदा हो गया। फिर जो दोस्ती का सिलसिला शुरू हुआ तो वह निर्बाध चला मेरे आगरा छोड़ने तक। रोज सुबह-शाम का मिलना। राजामंडी और गोकुलपुरा लगभग एक ही मुहल्ले हैं। हम चार दोस्त थे : घनश्याम, मैं, प्रकाश दीक्षित और राजेन्द्र शर्मा। अक्सर जमावड़ा मेरे ही यहाँ होता या कभी शास्त्री के रेस्त्रां में। कॉलेज में घनश्याम अंग्रेज़ी में और मैं हिंदी में था—मगर रोज पाँच-छः घंटों का साथ ज़रूरी था। तब घनश्याम मेरा हीरो था—बालों की लापरवाह अदा, नीचा कुर्ता, सांवला रंग, सिगरेट पीने का अभिनेताई अंदाज, खनकती आवाज़, संगीतात्मक ढंग से कविता पाठ, घनघोर अध्ययन और चमत्कारी याद्दाश्त...उन दिनों मंच पर सिर्फ़ चार-पाँच ही कवि थे; अलीगढ़ में नीरज, ग्वालियर में वीरेंद्र मिश्र, रामकुमार चतुर्वेदी चंचल, मुकुट बिहारी सरोज, आगरा में घनश्याम अस्थाना या थोड़े-बहुत कमलेश जी। मंच पर इन लोगों की तूती बोलती थी। सोम ठाकुर तब तक उदित नहीं हुए थे। रामविलास शर्मा और

रांगेय राघव का बौद्धिक जगत् में डंका बजता था और घनश्याम इन दोनों के घनिष्ठ संपर्क में था। अंग्रेजी की पृष्ठभूमि वाले कवियों की इस दुनिया में घनश्याम सबसे अधिक मौलिक, विकासमान और प्रयोगशील था—यह ताज़गी और प्रयोग बाद में सोम ठाकुर में ही दिखाई दिए।

मेरे लिए घनश्याम की चार चीजें हमेशा से ईर्ष्या का केंद्र रहीं—याद्दाश्त, हैंडराइटिंग, अध्ययन और एडवेंचर के लिए आकर्षण। और हाँ, इश्क-मिज़ाज़ी...मेरी ज़िंदगी के न जाने कितने प्रसंग, तारीखें, दिन और अवसर हैं जो घनश्याम को पूरी चित्रात्मकता और नाटकीयता के साथ याद थे और वह उन्हें दोस्तों के बीच बेहद दुष्टता के साथ सुना-सुनाकर मज़ा लेता था। हैंडराइटिंग तो मैंने शायद इतना सुंदर, कलात्मक किसी का आज तक नहीं देखा। मित्र मेरे हस्तलेख की भी प्रशंसा करते हैं मगर यह शायद पासंग भी नहीं है—जो है वह खुद 'घनश्याम जैसे लिखने' की प्रेरणा से आया है। लगभग दस वर्ष वह मेरा फ्रेंड-फिलॉस्फर-गाइड रहा...कभी दो-चार मित्रों के साथ साइकिल पर तीन हज़ार मील की यात्रा करते हुए श्रीलंका जा रहे हैं तो कभी हिचहाइकिंग करते कश्मीर...उसने हैमिंग्वे पर पी-एच.डी. की थी और बाद में हैमिंग्वे और 'ओल्डमैन एंड द सी' की चित्रमाला बनाई थी। लेखन और पेंटिंग या फ़ोटोग्राफ़ी—दो उसके मुख्य पागलपन थे, बाकी दुनिया भर के स्पोर्ट्स, फिल्में, चमकीली पत्रिकाएँ और जानकारियों का खजाना। विद्यार्थी-जीवन में भी शायद पत्रिकाओं पर वह सबसे अधिक खर्च करता था। हम सब बेहद संस्कारी, सद्गृहस्थ परिवारों से आए थे, प्रकाश और राजेन्द्र तो बाकायदा पति और पिता भी हो गए थे (प्रकाश उन दिनों 'सारा आकाश' की कहानी जी रहा था) इसलिए हमारे बीच घनश्याम 'विद्रोही' (रिबेल) था और आखिरी समय तक मेरी बाई (माँ) की यह धारणा नहीं टूट पायी कि घनश्याम ने ही मुझे बिगाड़ा। यहाँ तक कि परम बिगाड़ और घाट-घाट का पानी पिए मनमोहन ठाकौर तुलनात्मक दृष्टि से बाई को मेरे आदर्श संरक्षक लगने लगे थे। रांगेय राघव और रामविलास पहले ही आगरा छोड़ चुके थे, मैं भी कलकत्ता चला आया और आगरा कॉलेज में प्रोफेसर बना घनश्याम बौद्धिक, साहित्यिक दृष्टि से अकेला रह गया। मैं कलकत्ते से दो बार में दो गेम लाया था—चाइनीज चेकर और स्पैलक्राफ्ट। साल-दो साल के अंतराल से लौटने पर मुझे आश्चर्य होता था कि कैसे घनश्याम, डॉ. रामविलास शर्मा और राजनाथ बरसों-बरस, नियमित रूप से रोज़ इन्हीं गेमों पर घंटों बैठे रहते थे। बेहद प्रतिभाशाली और मेधावी व्यक्ति को इस आपराधिक ढंग से आत्मविनाश करते देखना बहुत सुखद नहीं था। घनश्याम ने कहानियाँ भी लिखीं और संस्मरण भी—कभी अंग्रेजी में कविताएँ तो कभी टेबिल टेनिस की चैम्पियनशिप, कभी पेंटिंग तो कभी हिंदी से अंग्रेजी या इसके उलट अनुवाद...क्रमशः वह सब भी समाप्त हो गया।

स्कूटर के छोटे-से एक्सीडेंट ने पता नहीं सिर में कहाँ चोट पहुँचाई कि धीरे-धीरे

शरीर और दिमाग़ से नियंत्रण छूटता ही चला गया। और वह व्यक्ति, जिससे मैं पूछता था कि 52-53 में कलकत्ता या अकोला के लिए मैं किस दिन या समय पर ट्रेन में बैठा था, साथ कौन-कौन थे, या मैंने किस रंग की कमीज़ या घड़ी पहनी थी, उन दिनों मेरे चश्मे का नंबर क्या था—वही अब पिछले साल-डेढ़ साल से बिलकुल ज़िंदा लाश की तरह बैठा रहता था। इसी मई में जब हम और ठाकौर साहब उसे देखने, बेटे मिंकी (अभिषेक) के यहाँ नोएडा गए तो न कहीं कोई पहचान थी, न प्रतिक्रिया, न स्पंदन...खुली आँखें और भावहीन चेहरा...शायद उसे पता भी नहीं था कि हम लोग आए हैं...इस 14 अगस्त को वह शरीर भी नहीं रहा। शायद उसे मुक्ति ही मिली। स्कूटर-एक्सीडेंट तो निमित्त था, घनश्याम पता नहीं कब से क्रमशः मर रहा था। विलक्षण और अद्वितीय प्रतिभाशालियों के साथ बार-बार यह दुर्घटना क्यों घटती है कि उनकी सबसे बड़ी शक्ति ही उनका साथ बार-बार छोड़ देती है—घनश्याम के पिछले चार-पाँच साल उसकी याद्दाश्त खत्म होते जाने के दिन रहे हैं...घनश्याम शायद मेरा सबसे पुराना मित्र था—अंतरंग और घनिष्ठ। कहने को तो मन करता है कि कहूँ : उसके साथ मेरा एक बड़ा हिस्सा भी मरा है—मगर नहीं, यह झूठ होगा। घनश्याम अब मेरे साथ अधिक जीवित होने लगा है—जैसे तिजोरी में रखे सुरक्षित गहनों को निकालकर आप शरीर पर पहन लें और वे आपका अपना हिस्सा बन उठें...न जाने कब से स्थगित संवाद को अब मैं किसी भी क्षण अपने भीतर जीवित होते महसूस कर सकता हूँ...

रामप्रसाद विद्यार्थी का ही दूसरा नाम था रावी ! पहले उन्होंने अपने नाम को छोटा रा.वि. किया, फिर कहीं पढ़ा कि अरब रेगिस्तानों में जब कबीलों के काफ़िले यात्राएँ करते थे तो उनके साथ पेशेवर क़िस्सागो चला करता था। जहाँ पड़ाव डाले जाते, अलाव जलाए जाते, खाना-पीना होता, वहीं ये किस्सागो अपनी कला से काफ़िले का मनोरंजन करते। इन्हें कहते थे 'रावी'। विद्यार्थी जी ने यही समानधर्मा नाम रखा और बेहद सार्थक छोटी-छोटी कहानियाँ लिखीं। उनसे पहला परिचय, मेरे महल्ले राजामंडी से लगे बल्का बस्ती में पं. श्रीराम शर्मा के यहाँ हुआ। वे 'विशाल भारत' के संपादक थे और अक्सर ही नवोदित उनके यहाँ जाते थे। आँखों में मोतियाबिंद था, इसलिए हम लोग अक्सर उन्हें कहानियाँ सुनाते। वहीं रावी जी की पहली कहानी सुनी। उन दिनों, मुझे बृजलाल बयाणी, कन्हैयालाल मिश्र 'प्रभाकर', रामकृष्ण बल्दुआ की गद्यगीतनुमा लघुकथाएँ बहुत सारगर्भित लगती थीं। यह कहानी अलग और अपनी-सी लगी। बाद में तो लोग रावी जी को 'हिंदी का ख़लील जिब्रान' कहने लगे थे।

वे फ्री-मैसोनिक सोसाइटी के सदस्य थे। सुनते हैं, सदियों से चली आती इस

संस्था के लोग न इस रूप में अपनी पहचान बताते हैं, न अपनी अंतरंग गोष्ठियों का ज़िक्र करते हैं। कुछ दूसरी दुनिया की आत्माओं से वार्तालाप का चक्कर था। रावी जी की कहानियों में भी यह दूसरी दुनिया उभरने लगी और वहाँ के निवासी, यहाँ की फाइलें मँगाकर अपनी अंतिम अगम्य राय या फ़ैसले देने लगे। उन निवासियों में प्रमुख थे इस नाम की सर्व-समर्थ चिरयुवा महिला और अदृश्य देह 'कनिष्ठ तनु'। ये रावी जी की ही इच्छा-सृष्टि थे और इन्हीं के माध्यम से उन्होंने नए नगर का यूटोपिया बुना था। यह नगर उनके एकमात्र उपन्यास की थीम है।

रावी जी एक बेहद दिलचस्प मासिक पत्रिका 'नए विज्ञापन' निकालते थे। अनियमित। जब साधन हुए तो निकाला, वरना स्थगित। विज्ञापनों में अक्सर ऐसी साधन-संपन्न, बेहद धनी युवा महिला की, अनेक प्रकारों और नामों से तलाश होती थी जो आवेदक से हर प्रकार के संबंध रखने में संकोच न करे और नए नगर की कल्पना को साकार करने में मदद दे। वस्तुतः मुक्त-नारी साहचर्य और देह-मन संबंध की आकांक्षा उनका मूल अंतरा थी। मगर न शब्दों का जैनेन्द्रजी जैसा उलझाव, न रजनीश जैसी निर्भीक, ऊर्जावान बौद्धिकता। हाँ, पैसे और सेक्स का 'ऑब्सेशन' लगभग मूल में वैसा ही था।

उन्होंने इस पत्र में ऊर्ध्वांग-विवाह के भी विज्ञापन निकाले, यानी कोई भी स्त्री-पुरुष अपनी-अपनी पारिवारिकता निभाते हुए केवल 'कमर से ऊपर' की परकीय मैत्री रख सकते हैं। इस परिकल्पना से अंशतः सहमत बंधुओं को साथ लाने के लिए उन्होंने अनेक बार कैंपों और कार्यशालाओं का आयोजन किया, मगर दूर-दूर से बार-बार लोगों के लिए आना संभव नहीं था। इसलिए दस-बीस से अधिक बाहर से कोई नहीं आया। रावी जी अपनी इन्हीं दो गुह्य साधनाओं में अधिक से अधिक अकेले होते चले गए। अपनी दरिद्रता, उपेक्षा और अभाव के समाधान के लिए उन्होंने कहाँ-कहाँ चक्कर नहीं लगाए, किस-किस को उन्होंने अपनी योजनाओं में शामिल नहीं करना चाहा। लोग सहानुभूति से सुनते और हज़ार-पाँच सौ की मदद करते। नए नगर के लिए लाखों-करोड़ों की योजना ज़िंदगी-भर सपना ही बनी रही। मगर धुन के पक्के रावी जी आख़िरी वक्त तक दैवी चमत्कार की प्रतीक्षा करते रहे। एक समय उन्होंने मुझसे भी आशाएँ की थीं कि मैं कलकत्ता में हूँ और किसी सेठ या सेठानी से उन्हें मिला सकता हूँ जो उनके सपने का सहभागी बने और अनंत यश का भागीदार हो। एक तो कलकत्ता में मैं खुद सेठों से दूर था, दूसरे 'अन्य लोक के प्राणियों' से संवाद वाले दर्शन में मेरा तब भी विश्वास नहीं था। बाद में वे मुझसे खिन्न ही हुए। शायद यही कारण है कि कहीं सुदूर दूसरे नक्षत्रों या सुदूर अतीत की रहस्य-कथाएँ कहनेवाले लेखक मुझे बहुत रास नहीं आते, चाहे नरेश मेहता हों, शिवप्रसाद सिंह हों, गोविन्द मिश्र (अब शैलेश मटियानी भी) और चाहे दस प्रतिशत गिरिराज किशोर हों (गनीमत है, अभी गिरिराज ने इस महाबोध की छाया से लेखन

को बचाकर रखा है)।

इसी महीने रावी जी अपने दूसरे लोक के साथियों से जा मिले हैं। मैं उनकी निष्ठा और लगन को प्रणाम करता हूँ। 'मेरे कथा-गुरु का कहना है', 'नए नगर की कहानी', 'बुकसेलर की डायरी', 'क्या मैं अंदर आ सकता हूँ' उनकी प्रमुख पुस्तकें हैं। शायद उन्हें हम आश्रमवादी स्वप्नों के अंत के रूप में याद करेंगे...उनकी कुछ लघुकथाएँ आज भी बेजोड़ हैं।

मेरे लेखकीय जीवन के प्रारंभ में (सन् 1950 तक) जिन कुछ लोगों को प्रोत्साहन-प्रशिक्षण देने का श्रेय है, उनमें नाना रामचंद्र सिंह, झाँसी 'जागरण' के संपादक श्याम प्रकाश दीक्षित, 'सुधा' (और बाद में धर्मयुग) के सहायक संपादक सुधीन्द्र वर्मा और कन्हैयालाल मिश्र 'प्रभाकर' के नाम ही अनायास याद आ रहे हैं। छुट्टियों में मैं सहारनपुर गया था—चाचा जी के पास। एक दिन पहुँच गया विकास कार्यालय। रावी जी के पास 'नया जीवन' देखा ही था। बेहद सहज, आत्मीय और बड़े भाई के भाव से मिले थे 'प्रभाकर' जी। शायद मेरी कोई कहानी पढ़ी थी या मैंने ही पढ़ने को दी थी 'नरभक्षी'। इसे उन्होंने 'नया जीवन' में दुबारा छापा। मेरे ऊपर लंबा स्केच लिखा। गांधीवादियों के लिए मेरे मन में खास श्रद्धा कभी नहीं थी। फिर, प्रभाकर जी की व्यवहारकुशलता के प्रवाद भी सहारनपुर में थे ही—खास तौर पर उनके राजनीतिक और व्यक्तिगत जीवन को लेकर। मगर अद्भुत चुंबक था प्रभाकर जी की बातों में। जब मैं मिलकर लौटा तो लगा, सारे दिन की धूप-गर्मी के बाद नदी या नहर में मुक्त स्नान करके लौटा हूँ। तीन-चार बार मुलाकात हुई। पुत्र अखिलेख जी और सुदर्शन चोपड़ा से भी परिचय हुआ। बाद में जब वहीं से उनकी देख-रेख और संपादन में 'ज्ञानोदय' निकला तो महावीर अधिकारी के बाद मैं उनके सहायक के रूप में डेढ़-दो महीने रहा भी। फिर 'ज्ञानोदय' कलकत्ता चला गया। अंग्रेज़ी नहीं पढ़े थे शायद इसीलिए प्रभाकर जी की शैली इतनी पारदर्शी, प्रवाहमयी और आत्मीय थी कि प्रभावशाली संवाद का सुख देती थी। राजनीतिक और सामाजिक रूप से सजग, बौद्धिक रूप से बेहद चौकन्ने और मानव-मनोविज्ञान के चतुर अध्येता थे प्रभाकर जी। उन्होंने इतने छोटे-छोटे घरेलू और साधारण विषयों पर अद्भुत ताज़गी-भरे लेख लिखे थे कि तेज निगाह की तारीफ करनी पड़ती है। व्यक्तिगत रूप से तब मुझे रावी, रामनाथ सुमन और प्रभाकर जी की भाषा और शैली बहुत आकर्षित करती थी। कारण शायद यह भी हो कि मैं स्वयं तब 'अर्धनिमीलित नेत्रों' के शब्द-जाल के नीचे छटपटा रहा था। इसलिए जिस तरह "तू बोलता है, उस तरह तू लिख" का मुहावरा खींचता था। उनके संपर्क में सचमुच मैंने भाषा की आत्मा को देखा...माखनलाल चतुर्वेदी, गणेश शंकर विद्यार्थी, बनारसीदास चतुर्वेदी व राहुल बारपुते जैसे तेजस्वी देसी पत्रकारों की पंक्ति की शायद वे अंतिम

कड़ी थे—परिपाटी से अलग हटकर सोचने और बलपूर्वक कहने वाले स्वयंभू दिग्दर्शक, परंपरावादी होने के बावजूद मुक्त परिश्रमी, स्वाध्यायी और आश्वस्त...इसी मई को स्मृतिशेष हुए। पंडिताऊ पत्रकारिता और प्राध्यापकीय शब्दाडंबर की कोठरियों से निकालकर हमारी भाषा और सोच को खुली दुनिया में लाने वालों में कन्हैयालाल मिश्र प्रभाकर हमेशा याद किए जाएँगे। उन जैसी प्रतिभा को दिल्ली के संसाधन मिले होते तो वे निश्चय ही राष्ट्र के महत्त्वपूर्ण पत्रकार होते, सिर्फ हिंदी तक ही सीमित नहीं रह जाते। शायद सहारनपुर उनकी शक्ति भी थी और सीमा भी।

ग्रह-नक्षत्र देखकर किसी साहब ने घोषणा की कि अमुक तारीख को उनके अपने घर में आग लग जाएगी। आग लग गई (उसे लगाने में उनकी घोषणा का कितना हाथ है, यह फिलहाल छोड़ दें)। उन्हें अफ़सोस इस बात का नहीं कि उनके अपने भरे-पूरे घर में आग लगी, प्रसन्नता इस बात की थी कि उनकी भविष्यवाणी सच निकली। अटल बिहारी वाजपेयी अस्थायी प्रधानमंत्री बन गए, इस बात पर सबसे प्रसन्न पत्रकार रामशरण जोशी हैं। उनकी भविष्यवाणी सच हुई। बहरहाल सबसे बड़ी पार्टी होने के नाते बी.जे.पी. केंद्र में आ गई। अभी उसे बहुमत सिद्ध करना है। दूसरी दावेदार पार्टी है कांग्रेस। तीसरी रामो-वामो की मिली-जुली पार्टी है, जिसने अपना नाम दिया है 'संयुक्त मोर्चा'। यहाँ अभी संयुक्त होने के सिद्धांत, पार्टी, नेता या अगर अवसर मिला तो प्रधानमंत्री के नामों पर ही शास्त्रार्थ चल रहा है। भारतीय राजनीति में शायद ऐसी स्थिति कभी नहीं आई कि सत्ता की दावेदार तीनों पार्टियाँ अल्पमत में हों। इसलिए खेल सिर्फ इतना है कि बहुमत लायक कौन-कितने सांसद जुटाता है। 'संयुक्त मोर्चा' एक तो बिखरा हुआ है, दूसरे इस सच को भी जानता है कि आज की राजनीति सिर्फ सिद्धांतों और आदर्शों का झुनझुना बजाने से नहीं चलती। खेल पैसे, पदों के प्रलोभन का है। इसलिए सत्ता की यह लड़ाई सीधे-सीधे बी.जे.पी. और कांग्रेस के बीच है। जून के पहले सप्ताह में तय हो जाएगा कि किसके साथ बहुमत है, तब दोनों पार्टियाँ फिर घोषणा करेंगी कि हमारे सिद्धांतों और आदर्शों से आकर्षित होकर ही सांसद हमारे साथ आए हैं, वे स्वार्थहीन, त्यागी और वीतरागी लोग हैं। दक्षिण और उत्तर की दो घुटी खोपड़ियों और भरी जेबों की यह शतरंज, शताब्दी के अंत का सबसे 'काँटेदार' जोड़ है।

एक बार यशपाल जी ने मुझे लिखा था कि 'तुम लोग प्रेमचंद जी के पीछे पागल हो। कभी हिमांशु श्रीवास्तव का 'नदी फिर बह चली' उपन्यास पढ़ना, समाज पर उनकी पकड़ प्रेमचंद से कम नहीं है।' दो दर्जन से अधिक उपन्यासों के लेखक हिमांशु

जी इसी महीने हमसे बिछुड़ गए। अंतिम आठ-दस साल आर्थिक अभावों और बीमारियों से जूझते रहे। जगदीश चंद्र की तरह चूंकि वे भी दिल्ली की केंद्रीयता से बाहर थे। इसलिए उपेक्षा झेलते या स्थानीय ईर्ष्या-द्वेष के शिकार होते रहे। सच यह भी है कि रेणु का जन्म अचानक ही नहीं हुआ, उसके पीछे शिवपूजन सहाय, ब्रजनंदन, राधाकृष्ण, अनूप लाल मंडल, मोहनलान महतो 'वियोगी', हिमांशु श्रीवास्तव, हवलदार त्रिपाठी 'सहृदय' या नागार्जुन आदि न जाने कितने कथाकारों की पृष्ठभूमि है। हिमांशु जी अंतिम समय तक सक्रिय थे और 'हंस' को उनकी अनेक रचनाएँ छापने का गौरव प्राप्त है।

आधुनिक हिन्दी पत्रकारिता के जीवित प्रशिक्षण-केंद्र राहुल बारपुते की विदाई के समय उनके सबसे तेजस्वी शिष्य राजेंद्र माथुर का लेख भी इसी अंक में दुबारा दिया जा रहा है। नया लेख है चंद्रकांत देवताले का। स्वतंत्र-हिंदी पत्रकारिता को व्यापक विजन और जिम्मेदारी देने वाले आज के अधिकांश पत्रकार राहुल जी के हाथों की छाप लेकर इंदौर की 'नई दुनिया' से आए हैं। वे माधवराव सप्रे और विष्णु राव पराड़कर की वंश-परंपरा के पत्रकार थे। वे न होते, तो हिंदी पत्रकारिता को शाखामृगी कूपमंडूकताओं और बजरंगी कूढ़मग्ज़ताओं के सहारे ही जीना होता—कब तक बचाए रखते सुरेंद्र प्रताप सिंह, मृणाल पांडे, मणिमाला, राजकिशोर, हरिवंश, विभांशु दिव्याल या विश्वनाथ सचदेव, जो 'राहुल बारपुते शाला' से नहीं आए।

बहरहाल, देखें ग्यारहवें वर्ष का प्रारंभ क्या गुल खिलाता है।

15 अगस्त से ठीक एक दिन पहले दिवंगत हुए अमृत राय पर 'हंस' अगले अंक में विशेष सामग्री दे रहा है। स्वयं मैंने चाहे अमृत भाई से 'हंस' के अधिकार न लिए हों, लेकिन 'हंस' के पूर्व संपादक के नाते पहले अंक में ही उनका कमल गुप्त द्वारा विशेष रूप से लिया गया इण्टरव्यू छापा था। जब कवर पर लेखकों के चित्र देने की योजना बनी, तो पहला चित्र अमृत राय का था। अमृत राय अपने 'हंस' के माध्यम से मेरी कहानियों के आदि संपादक भी रहे हैं। पहली कहानी रामरख सिंह सहगल के 'कर्मयोगी' में छपी और दूसरी 'जय गंगे' हंस में। अमृत हमारी पीढ़ी की सोच और समझ को ढालने वाले प्रारंभिक प्रशिक्षक भी रहे हैं। कहानियों से ही नहीं उन्होंने रामविलास शर्मा की कट्टरता के विरुद्ध 'प्रगतिशील साहित्य की समस्याएँ', 'साहित्य का संयुक्त मोर्चा' जैसी लेखमालाओं से अधिक उदार और सर्जनात्मक वातावरण दिया। वे तब राहुल, रांगेय राघव, सुमित्रानंदन पंत, यशपाल इत्यादि के पक्ष में थे। अपने कहानी-संग्रहों, ललित-निबंधों, उपन्यासों, अनुवादों और सबसे प्रसिद्ध प्रेमचंद की जीवनी 'कलम का सिपाही' ने उन्हें हिंदी का अनिवार्य आधार व्यक्ति बनाया। उनका गद्य विलक्षण रूप से प्रभावशाली है। वे बेहद उदार और

संवेदनशील संपादक थे उन्होंने पहले 'हंस', फिर 'नई कहानियाँ' मिलाकर लगभग पंद्रह वर्ष के संपादन काल में न जाने कितनी नई प्रतिभाओं का प्रोत्साहन-परिचय दिया। व्यक्तिगत रूप से खुला, भावनाप्रवण और आत्मीय व्यवहार उनकी विशेषताएँ थीं। बेटे के रूप में प्रेमचंद पर गर्व था, लेकिन लेखक के रूप में सबसे बड़ा अवरोध। 'हंस' की ओर से उनकी स्मृति को नमन !

'हंस' की विभिन्न संपादकीय टिप्पणियों से

□□□